ज्ञान गरिमा के
70 वर्ष

भारतीय
ज्ञानपीठ

समय बे-समय

(कहानी-संग्रह)

समय बे-समय

(कहानी-संग्रह)

देवेन्द्र

भारतीय ज्ञानपीठ

लोकोदय ग्रन्थमाला : ग्रन्थांक 1285

ISBN 978-93-263-5472-1

समय बे-समय

(कहानी-संग्रह)

देवेन्द्र

प्रथम संस्करण : 2016

मूल्य : 220 रुपये

प्रकाशक : **भारतीय ज्ञानपीठ**

18, इन्स्टीट्यूशनल एरिया, लोदी रोड, नयी दिल्ली-110 003

मुद्रक : विकास कम्प्यूटर ऐंड प्रिंटर्स, दिल्ली

आवरण चित्र : अवधेश मिश्र

आवरण : महेश्वर

SAMAY BE-SAMAY
(Short-stories)
by Devendra

Published by
Bharatiya Jnanpith
18, Institutional Area, Lodi Road, New Delhi-110 003
Ph. : 011-24698417, 24626467; 23241619 (Daryaganj)
Mob. : 9350536020; e-mail : bjnanpith@gmail.com
sales@jnanpith.net; website : www.jnanpith.net

First Edition : 2016
Price : Rs. 220

लखीमपुर-खीरी के चौबीस बरस
ढेर सारी आवारा रातें,
वह साँझ,
जब शहर के शोर को लय देता सूरज
हसीन चचा की दुकान के पिछवाड़े डूबने चला जाता

और
हमारा दिन शुरू होता था

अनुक्रम

रंगमंच पर थोड़ा रुक कर

सेना के जवानों और पैसा लेकर हत्या करनेवाले पेशेवर हत्यारों में बहुत कुछ एक-सा होता है। पेशेगत नैतिकता में हत्या का महत्त्व तो एक जैसा होता ही है, समानता इस अर्थ में भी कि दोनों उस आदमी के बारे में कुछ विशेष नहीं जानते, जिनकी हत्या उन्हें करनी होती है। उससे उनकी कोई व्यक्तिगत रंजिश नहीं होती है। कभी-कभी तो उन्हें अपने दुश्मन का नाम पता तक नहीं मालूम होता है। मरनेवाले के माँ, बाप, भाई, बहन बीवी और बच्चों पर क्या गुजरेगी, इस बारे में सेना के जवान या हत्यारे नहीं सोचते। सोचना उनके पेशे में जुर्म माना जाता है। इस मामूली बात से कोई फ़र्क नहीं पड़ता कि हत्या करने के एवज में उन्हें नियमित वेतन का भुगतान किया जाता है या भुगतान का 'कांट्रैक्ट' दिया जाता है। भुगतान करनेवाले की इच्छा—यही दोनों का अकेला तर्क होता है। वे दोनों पेशेवर हत्यारे थे। बँगले के भीतर एक कोने में चुपचाप बैठे हुए वे सुव्रत को देख रहे थे।

होश में आने के बाद कुछ देर तक वैसे ही पड़े-पड़े सुव्रत ने आहिस्ते से अपने घाव की ओर देखा और फिर फ र्श पर फै ला खून, तो तत्काल उसकी समझ में कुछ नहीं आया। शायद ज़िन्दगी और मृत्यु के बीच चन्द साँसों का फासला भर रह गया है। एक नज़र उसने बँगले की दीवारों को देखा और पहचानने की कोशिश करने लगा। कहाँ हूँ मैं? मैं यहाँ कब आया था? सामने मेज पर पड़ी अधूरी चिट्ठी को देखकर उसे कुछ-कुछ याद आया। उन दोनों ने मेरे ऊपर गोली चलाई है। शायद गोली लगने की वजह से मैं बेहोश हो गया था। उसने मन-ही-मन ईश्वर का शुक्रिया अदा किया कि जिन मानसिक तकलीफों से गुजरने के कारण मैं पिछले दो महीने से सुकून की मामूली नींद के लिए तरस गया था, वह बेहोशी की इस हालत में मयस्सर तो हुई। दस बारह घंटे या कौन जाने दस बारह दिन दिमाग शान्त रहा है। उसे गोली लगी थी और खून बहुत ज्यादा रिस गया था, फिर भी इत्मीनान महसूस हो रहा था। हालाँकि दर्द बहुत ज्यादा था।

—क्या अब मैं थोड़ी देर बाद मर जाऊँ गा! यहाँ इस उचाट एकान्त में मेरे

मरने की ख़बर मेरे गाँव या घर वालों को कभी मिल सकेगी? मेरे यहाँ होने की ख़बर तक किसी को नहीं है। मेरी मृत्यु से नावाकिफ पत्नी जीवन भर मेरे लौट आने की प्रतीक्षा में तिल-तिल मरती रहेगी। यह तो और भी भयानक होगा उसके लिए। अब मैं मृत्यु के एकदम करीब हूँ। बिल्कुल अकेला। अपने बाहर और भीतर के खामोश अँधेरे में निस्पन्द डूबता हुआ मैं! मुझे इस समय पत्नी या बेटे के बारे में नहीं सोचना चाहिए। इस तरह मैं कुछ कर भी तो नहीं सकता सिवा, अपने हिस्से बचे थोड़े इत्मीनान को गँवाने के। मृत्यु मुझे छू रही है। मुझे एकाग्र होकर इसे महसूस करना चाहिए।

शायद यह सुबह की लालिमा है—उसने झरोखों के आसपास छितरी पड़ी रोशनी को देखते हुए सोचा—शायद साँझ हो रही हो! आखिर वे दोनों लड़के कौन थे, जिन्होंने गोली चलाई थी। वे कहाँ गये—सुव्रत ने कमरे में चारों ओर नज़र दौड़ाई। उठने की कोशिश में उसने महसूस किया कि सब कुछ घूम रहा है। हाँ, मुझे चक्कर आ रहा है। फिर वह गहरे अँधेरे नशे में लड़खड़ाता डूबता चला गया।

शायद इसे होश आ रहा है—उसे लड़खड़ाते हुए देख कर लड़कों ने सोचा और दौड़ कर पास पहुँच गये। सुव्रत गिर कर दुबारा बेहोश हो चुका था। बड़ेवाले लड़के ने निराश होकर कहा—''इसके मुँह पर पानी का छींटा मारो।''

बड़े की उम्र तीस साल के करीब होगी। दूसरावाला उससे थोड़ा छोटा था। दो-चार साल छोटा।

हुआ यह कि जिस समय सुव्रत अपनी प्रेमिका सुवर्णा सोनी के लिए चिट्ठी का आखिरी पैरा लिख रहा था—वह बहुत उत्साहित था कि सब कुछ मन मुताबिक वैसा ही हो रहा है, जैसा कि लिखना चाहता था। बिना कोई जल्दी किए मुझे एक-एक बातें इत्मीनान से लिखनी चाहिए—उसने सोचा। उमस भरी दोपहरी थी। खिड़कियाँ खोल दूँ—यह सोच कर वह जैसे ही उठा उसी क्षण बँगले के भीतर किसी के घुसने की आहट हुई। दोनों लड़के बिल्कुल ढीठ अन्दाज में भीतर घुसे।

''आप लोग कौन हैं'' सुव्रत को उन लड़कों का यह ढंग बेहत आपत्तिजनक लगा था। धृष्टतापूर्ण भी। तभी उन लड़कों ने हँसते हुए—सिहरन पैदा करनेवाली वह एक क्रूर और खतरनाक हँसी थी—उस पर गोली चला दी।

सुव्रत को कभी यह अनुमान नहीं था कि कोई उसे जान से मार सकता है। उसकी किसी से प्रत्यक्ष या अप्रत्यक्ष दुश्मनी नहीं थी। उसे याद भी नहीं कि उसने इन लड़कों को पहले कभी कहीं देखा भी है। कोई लूटने की गरज से आ सकता है। लेकिन आमतौर से पहाड़ों पर ऐसे अपराध नहीं होते। इस नई जगह पर उसे कोई पहचानता भी नहीं है। दूर दूर तक फै ली सुनसान पहाड़ियों के बीच अथाह सन्नाटे में डूबा यह एक अत्याधुनिक बँगला था। सुवर्णा सोनी की यादें, उसकी बेवफाई,

उसके द्वारा किए गये अपमान से आहत अकेला सुव्रत दो महीने से यहाँ तड़प रहा था।

—हे भगवान क्या मेरे पुराने दिन दुबारा लौट कर आ सकेंगे! सुवर्णा सोनी से मुलाकात के पहले के सुख भरे दिन। क्या कभी चैन की दो घड़ी नींद मयस्सर हो सकेगी। एक ऐसी शान्त नींद जिसमें उस लड़की का कोई दखल न हो।

वह रात दिन उसी के बारे में सोचा करता। तीन साल पहले वह उसके जीवन में आई थी। उसका आना इतना चुपचाप था कि वह उसकी आहट बहुत दिन बाद सुन सका। अपनी मरजी से वह उसके भीतर दाखिल हुई थी। उसकी हँसी, उसका दुलार सब कुछ एक सम्मोहक नशे की तरह सुव्रत के भीतर बसता जा रहा था। पत्नी यह सब देखा करती। चिढ़ती, कुढ़तीं। चिड़चिड़ी होकर समय से पहले ही विद्रूप और बूढ़ी होती जा रही थी—पत्नी। एक दिन सुवर्णा सोनी चुपचाप उसके जीवन से चली गई। उसका जाना भी वह बहुत दिन बाद जान सका। यह तो सरासर धोखा है—वह सुवर्णा सोनी को एक पत्र लिखकर उसे उसकी सारी नीचताएँ, लालच और मतलबपरस्ती याद दिलाना चाहता था।

वह पिछले दो महीने से पत्र लिखता और फाड़ डालता। नहीं! मुझे यह सब बातें नहीं लिखनी चाहिए। इस तरह तो वह यही सोचेगी कि चलो अच्छा हुआ जो नीच आदमी से पीछा छूटा। उसे अपने किए से तसल्ली होगी। नहीं! मुझे ऐसा कुछ नहीं करना जिससे उसे रत्ती भर तसल्ली मिले—वह पत्र को फाड़ डालता। बँगले में जगह-जगह फटे कागजों के चिथड़े बिखरे हुए थे।

लड़कों की उस बेहूदी हँसी से ही सुव्रत ने अन्दाजा लगाया कि शायद इनके इरादे भयानक हैं। उसी क्षण उसने पास रखे 'रिमोट' से पूरे बँगले को 'लॉक' कर दिया। गोली चलने की आवाज के साथ ही एक हल्की 'खटाक' की आवाज भी हुई और वह बँगला पूरी तरह बन्द हो गया।

अचानक दरवाजों को बन्द होता देख कर दोनों लड़के घबड़ा गये। एकबारगी तो उन्हें समझ में नहीं आया कि यह क्या हो रहा है। शायद कोई बाहर हो, जिसने दरवाजों को बन्द कर दिया हो। उन्होंने तेजी से खींच कर दरवाजों को खोलना चाहा, लेकिन वह टस से मस नहीं हो रहा था। अगर कोई आदमी बाहर होता तो जरूर चिल्लाता, लेकिन ऐसा कुछ नहीं हुआ। तभी उन्होंने सुव्रत के हाथ में 'रिमोट' को देखा—अब कुछ नहीं हो सकता—बड़े ने लगभग बुदबुदाते हुए छोटे से कहा—''यह दरवाजा शायद इसी 'रिमोट' से खुलेगा। हमें इसका 'कोड' नहीं मालूम है।''

थोड़ी देर तक दोनों कमरे में इधर-उधर भागते रहे—नहीं! दरवाजा तो हिल भी नहीं रहा है। वे एक-एक खिड़की तक गये, लेकिन कहीं कुछ नहीं। अचानक पिंजड़े में फँस जाने के बाद जैसे कोई भेड़िया बार-बार सलाखों से टकराता है, वे

दोनों दीवारों से टकरा रहे थे। कोई गुंजाइश नहीं। "क्या करें! हे भगवान!" बड़ेवाले ने छोटे से कहा—"तुम इसके घाव को दबाए रखो। खून बह जाने से अगर यह मर गया तो... किसी तरह इसका बचना जरूरी है।"

खून सने लोथड़े की तरह सुव्रत फर्श पर छितरा गया था। "अभी यह बेहोश है"—छोटावाला उसके घाव को दबाकर खून का बहना रोके हुए था। बड़ेवाले ने पास पड़े चादर को फाड़ कर पट्टियाँ बाँधीं। उन्होंने उसे उठाकर पानी का छींटा मारा। जितना भी समझ में आ रहा था, तरह-तरह से उन्होंने बहुत कोशिश की। कई बार ऐसा लगा कि उसे होश आ रहा है। उसकी पलकें काँपतीं। होंठ हिलते। उम्मीदें जागतीं। लेकिन उसे होश नहीं आया। दोनों हत्यारे खून से लथपथ चौकन्ने और डरे हुए थे।

धीरे-धीरे साँझ हुई और फिर रात। दूर-दूर तक फैले पहाड़ों का सन्नाटा एक खिड़की के खुले पट से कमरे के भीतर भरता जा रहा था। भुतैली खोहों से निकल कर अँधेरा धीरे-धीरे गाढ़ा होने लगा। बँगला उस रात उन तमाम बँगलों से डरावना लग रहा था जो उन्होंने पुरानी फ़िल्मों में देखे थे। यहाँ न तो बूढ़े विकलांग चौकीदार के हाथ में लालटेन की काँपती लौ थी और न ही दूर सुनाई देता किसी बाँसुरी का रहस्यमय मोहक संगीत। ऐसा कुछ भी नहीं था यहाँ। एक मरे हुए दरियाई घोड़े के पेट को जंगली जानवरों ने खाकर खोह जैसा बना डाला था। दोनों उसी खोह में डर कर बैठे हुए सूअर के हूँफने जैसी सुव्रत की साँस को सुन रहे थे।

—हत्यारे को उसी आदमी के साथ बाँधकर किसी निर्जन स्थान पर छोड़ आना चाहिए जिसकी उसने हत्या की है। वह देख सके कि एक अच्छे-भले आदमी को कौवे और सियार किस तरह घसीट-घसीट कर, धीरे-धीरे खाते रहते हैं। मरना सचमुच कितना भयानक होता है, हत्यारों को अवश्य ही यह जानना चाहिए—

—तीन-चार साल पहले छोटे ने कहीं पढ़ा था और इस कल्पना से ही सिहर उठा था। तब मुझे क्या पता था कि यह एक दिन मेरे लिए सच होगा। अँधेरे में कुछ भी दिख नहीं रहा है। उसने दोनों हाथों से उसी तरह बड़ेवाले को थाम रखा है जैसे खुद बड़ेवाले ने उसे।

बड़ावाला दूसरी बातें सोच रहा था। उसे यकीन नहीं था कि अब यह आदमी बचेगा। गोली सीने और पेट के बीच लगी है। कल तक जहर भी फैलना शुरू हो जाएगा। अगर इस बीच इसे होश आ भी जाए तो यह दरवाजा खोलेगा—इस बात का कोई भरोसा नहीं है। अब यह मृत्यु के इतना करीब है कि भय या लालच किसी वजह से इसे फुसलाया नहीं जा सकेगा।

थोड़ी मुश्किल तो होगी, लेकिन फिर भी...। एक उम्मीद के बतौर वह सरकार, पुलिस और अदालतों के बारे में सोच रहा था। सरकार ने उसे धरने के लिए

आठ लाख रुपया घोषित कर रखा है। पुलिस ने उसे धर भी लिया तो अदालतें जरूर न्याय करेंगी। उसे अदालतों पर पूरा यकीन है। लेकिन यह सब तो बाद की बातें हैं। इस समय तो वह एक डरावनी काली रात के भीतर चुपचाप बैठा सुव्रत के होश आने की प्रतीक्षा कर रहा है।

पूरी रात वे दोनों एक-दूसरे को पकड़ कर बैठे हुए उस एकान्त अँधेरे को चुपचाप सुनते रहे जो आहिस्ता-आहिस्ता उनके दिल की धड़कन और रुक-रुककर सुव्रत की कराहों में बज रहा था।

दूसरे दिन का लगभग चौथा पहर था। बड़े ने उठ कर एक बार फिर सुव्रत का जायजा लिया।—किसी तरह इसे एक बार होश आ जाता—वह सोच रहा था। तभी बँगले के बाहर ढेर सारे लोगों का शोर सुनाई दिया। आवाज बढ़ती जा रही है। शायद लोग इस तरफ ही आ रहे हैं। क्या लोगों को ख़बर हो चुकी है। बगल के गाँववाले होंगे। दोनों चौकन्ने हो गये। अगर पुलिस का कोई जिम्मेवार अफसर इनके साथ होता तो निश्चित ही यह शोर इतना अनियन्त्रित बदहवास नहीं होता। यह तो और भी भयानक होगा। खून और हत्या इन सबके लिए एक अनोखी चीज़ होगी। एकदम वहशी और बर्बर तरीका अपनाते हुए ये बर्छियों से कोंच कर और पत्थर से कुचल-कुचल कर हमें मारेंगे। आवाज दौड़ती हुई बँगले की ओर आ रही है। एक निरंकुश और आदिम उतावलापन सुनाई दे रहा है—मारो! मारो! घेर लो!! दोनों कोने में पड़ी चारपाई के नीचे दुबक कर बैठ गये। भयभीत भेड़िए की तरह चौकन्नी और हमलावर मुद्रा थी उनकी।

शायद शोर अहाते के भीतर घुस रहा है। लाठियों के बजने और फिर किसी को मारने की आवाजें आ रही हैं। सफलता और विजय का सम्मिलित कहकहा। एक लम्बी चिंचियाहट। किसी भेड़िए, सूअर या साही के चिंचियाने की आवाज है। सम्भवत: भागता हुआ जानवर ही बँगले की दीवारों में आकर घिर गया। शिकार का उल्लास भीड़ में भर गया। नहीं, इन लोगों को हमारे बारे में कुछ नहीं मालूम है—दोनों ने राहत की लम्बी साँस के साथ सोचा। इसी आवाज से सुव्रत को दूसरे दिन थोड़ी देर के लिए होश आया था, जब वह उठने की कोशिश में लड़खड़ा कर दुबारा बेहोश हो गया। दोनों थके हारे चुपचाप कोने में जाकर बैठ गये।

फिर वही भयानक रात उनके जीवन में दुहराई गई। तीसरे दिन सुबह के समय दर्द से ऐंठी सुव्रत की चीख सुनाई पड़ी। आँखें खोल कर उसने चारों तरफ देखा। एक लम्बे सपने से जागने की कोशिश में उसने सोचा—अगर यह स्वप्न नहीं है, और वाकई मुझे गोली लगी है तो यहाँ यह पट्टी किसने बाँधी है?

तभी उसकी नज़र उन दोनों लड़कों पर पड़ी। दीवार के सहारे चुपचाप बैठे हुए वे उसे ही देख रहे थे। हाँ, इन्होंने ही मेरे ऊपर गोली चलाई थी। आज! अभी,

थोड़ी देर पहले। पता नहीं आज, कल या परसों! मैं तो बेहोश था।

सुव्रत को होश में आया देख दोनों लड़के उसके करीब आ गये। पता नहीं कितने दिन से ये दोनों भी यहाँ मेरे साथ बन्द पड़े हैं। खूब! बहुत खूब!—सुव्रत ने सोचा और उसके होंठों पर एक कुटिल मुस्कान फैल गयी।

बड़ेवाले लड़के ने कहा—''हमने गलती से तुम्हारे ऊपर गोली चलाई है। दो दिन हो गये। हम यहाँ बन्द हैं। अगर हम वाकई चाहते तो इस बीच तुम्हें मार सकते थे। अगर अब तुम दरवाजा नहीं खोलोगे तो हम सचमुच तुम्हें मार डालेंगे।''

सुव्रत धीरे-धीरे सारी बातें याद कर रहा था। उसने उनकी बात को कोई तवज्जो नहीं दी और सोचा—सुवर्णा सोनी से धोखा खाने के बाद दुनिया में अब कोई मुझे धोखा नहीं दे सकता। उसने मुस्करा कर कहा—''आप लोग मुझे मार नहीं सकते हैं। अगर मैं मर गया तो आप यहाँ से कभी निकल नहीं पाएँगे। सिर्फ मैं ही आप दोनों को यहाँ से बाहर निकाल सकता हूँ। या फिर पुलिस आकर आपको यहाँ से ले जाएगी। मैं बगैर यह जाने कि आप लोग कौन हैं? मुझे कैसे जानते हैं? क्यों मारना चाहते हैं मुझे? जब तक मैं यह सब नहीं जान लूँगा, तब तक यह दरवाजा कभी नहीं खोलूँगा।''

''दरवाजा तो तुम्हारे सात पुरखे आकर खोलेंगे। शायद तुम नहीं जानते कि मैं कौन हूँ। सरकारें मेरा नाम सुन कर मूत देती हैं। तुम हमें पुलिस का भय दिखा रहे हो।'' बड़े ने हँसते हुए कहा—''पुलिस हमारे लिए रास्ता साफ करती है। हम उस पर आगे-आगे चलते जाते हैं और वह पीछे-पीछे हमें खोजती रहती है। रही बात तुम्हारे मरने की! उसे तुम भुगतो!'' उसने सुव्रत के घाव, जहाँ गोली लगी थी, उसे अपने पैर के अँगूठे से कस कर दबाया। सुव्रत दर्द से तड़प पड़ा।

''यह क्या बदतमीजी है''—छोटावाला लगभग चीख पड़ा—''तुम्हें पता है! अगर यह मर गया तो...''

सुव्रत काँप कर फिर बेहोश हो गया।

—''अब अगर यह मर गया तो मैं तुम्हारा खून कर डालूँगा।'' छोटे ने बेकाबू होते हुए कहा।

बड़े को अपनी गलती का अहसास हुआ। तब भी छोटे का यहाँ इस तरह बोलना उसे भीतर तक चुभ गया। उसने मन-ही-मन सोचा—अगर मैं कभी बाहर निकल सका तो तुम्हें यह बदतमीजी जरूर भुगतनी पड़ेगी—वह चुपचाप कोने में जाकर बैठ गया।

उस रात दोनों कमरे के दो अलग-अलग कोनों में बैठे थे। संशय, नफरत और भय की कई परतों में लिपटी थी वह रात। वहाँ अँधेरे उस सन्नाटे में सुव्रत की साँस बज रही थी। कभी धीमी आहट की तरह, और कभी कंठ तक भर आए कफ

में फँसकर घर्र-घर्र। वह एक लम्बी नींद की ओर जा रहा था। जबकि दोनों जाग रहे थे और उससे ज्यादा उसके जीवन की कामना कर रहे थे। वे दोनों, खासकर उनमें बड़ावाला खूँखार हत्यारा था।

दूसरे दिन एक बार फिर सुव्रत की नींद टूटी।

"देखिए, आप एक बार हम पर यकीन करें।" बड़े ने याचना के लहजे में कहा—"इस तरह आप धीरे-धीरे मृत्यु की ओर जा रहे हैं। अगर आप दरवाजा खोल देंगे तो हम सचमुच आपको अस्पताल तक ले जाएँगे। आप क्यों नहीं विश्वास करते कि हमारी आपसे कोई दुश्मनी नहीं है। और जिस तरह आप हमारे बारे में कुछ नहीं जानते, हमें भी आपके बारे में कुछ खास पता नहीं है। मुझे तो आपका नाम तक नहीं मालूम है।"

सुव्रत ने हँसने की कोशिश की, लेकिन असह्य दर्द में फँसकर हँसी विद्रूप हो गई। उसने कहा —"सचमुच कितना अजीब है! आप हमारे बारे में कुछ नहीं जानते, फिर भी आपने हमें जान से मारने की कोशिश की है। उल्टे जब आप मुसीबत में फँस गये तो मुझे अस्पताल ले जाने को कह रहे हैं और चाहते हैं कि मैं आप पर यकीन कर लूँ।"

"तुम इस मुगालते में न रहना कि हम अन्तिम रूप से तुम्हारी दया के मुहताज हैं। ज्यादा से ज्यादा यही होगा कि पुलिस आकर यह दरवाजा तोड़ेगी और हमें गिरफ्तार करेगी। पुलिस इससे ज्यादा और कुछ नहीं कर सकती। इसके बाद कानून की किताबें होंगीं और अदालतें। वहाँ अदालतों में सारा कुछ इस धारणा के साथ शुरू होगा कि दो बेगुनाहों को पुलिस धर लायी है। वहाँ से तो हम निबट ही लेंगे। लेकिन उससे पहले हम तुमसे निबटेंगे। बेहोशी की शान्त मौत हम तुम्हें नहीं मरने देंगे। पहले तुम्हारे नाखूनों को चीरेंगे। तुम्हारी आँखों में सुराख करेंगे। हम तुम्हें धीरे-धीरे तड़पाएँगे। मृत्यु कितनी भयानक और मुश्किल होती है तुम्हें इसका अहसास कराएँगे।"

"इससे कुछ फायदा नहीं होगा आपको।" सुव्रत थरथराते होंठों से बुदबुदा रहा था—"सुवर्णा सोनी ने जो मेरे साथ किया है उससे ज्यादा आप कुछ नहीं कर सकते। मैं दो महीने में इतना ज्यादा तड़प चुका हूँ कि, शायद आप यह कभी नहीं जान पाएँगे, जो सुकून मुझे आपसे मिला है। अब और अधिक तड़पाने की आपकी हर कोशिश मेरे लिए मलहम ही होगी।" अपने घाव की ओर देखते हुए उसने बताया—"मवाद की वजह से बहुत जलन हो रही है। शायद जहर पूरी तरह फैल चुका है। अब दुनिया का कोई डॉक्टर मुझे नहीं बचा सकेगा। फिर भी आप चाहते हैं कि मैं एक झूठी उम्मीद पर यकीन करूँ।"

वह भी ऐसा ही चाहती थी—उसने मन ही मन सोचा—अब मैं कभी किसी

पर यकीन नहीं करूँगा—सुव्रत शान्त आँखों से एकटक छत को देखते हुए सोच रहा था। उसकी आँखें डबडबा गई थीं—क्या खोया! क्या पाया!! वह जीवन की पड़ताल कर रहा था—थोड़ी देर बाद मेरी देह बदबू और मवाद का थैला बन कर रह जाएगी। पता नहीं इस एकान्त में मेरे मरने की ख़बर उसे होगी या नहीं। क्या वह कभी जान पाएगी कि उसके चले जाने के बाद मैं पहाड़ पर चला आया था। यहाँ मेरी हत्या कर दी गयी। मेरी हत्या की ख़बर से उसे कैसा लगेगा? क्या वह अपने पति से कभी भी मेरा जिक्र करेगी? आखिर ये दोनों लड़के कौन हैं? कहीं इनमें कोई सुवर्णा सोनी का पति तो नहीं है। उसके अलावा कोई दूसरा क्यों मारेगा? किसी तरह एक बार मैं उस सुवर्णा सोनी को देख पाता।

बँगले के बाहर साँझ घिरने लगी थी। भीतर अँधेरे की आहट बजने लगी। वहाँ हत्यारे थे। भय था। घुटन थी। बावजूद इन सबके उसकी जागती आँखों के आसपास यादों और सपनों का एक संसार बसता और घना होता जा रहा था। इस अनोखे संसार में लोगों की भीड़ थी। बीवी थी। बेटा था। गर्मी की छुट्टियों में आम के बाग थे। बचपन था। निशा दीदी थीं और शकुन्तला थी। सब उसे ही ढूँढ़ रहे हैं। वह सबकी नज़रों से बचता सुवर्णा सोनी को खोज रहा है। सपने उसे एक अनियन्त्रित नींद की ओर लेकर चले गये। जहाँ सारा कुछ धीरे-धीरे डूबता चला जा रहा था।

अन्तिम रूप से निरुपाय होकर दोनों कातर भाव से उसे देखने लगे।—अब कुछ नहीं हो सकेगा—फिर अपने-अपने कोनों में जाकर बैठ गये। रात का दूसरा या तीसरा पहर। घड़ी की टिक-टिक और कैलेंडर की तारीखों से बहुत दूर किसी अँधेरे सन्नाटे के भयावह दु:स्वप्नों में फँसकर समय सुव्रत की साँसों में अटक गया था और सिर्फ घर्र-घर्र बज रहा था—मैंने अपने जीवन में कभी किसी को मरते हुए नहीं देखा है—बड़ावाला काँपती आवाज में बुदबुदाया। दीवार से किसी छिपकली के गिरने की आवाज आई। छोटावाला हँसा, फिस्स!—''मैंने भी ज़िन्दगी में तुमसे फितरती और जालिया आदमी नहीं देखा है! रोज सुनाया करते थे कि मैंने बीसों हत्याएँ की हैं। कुछ नहीं होता हत्या करने में। पाँच सेकेंड लगते हैं बस। और अभी, जबकि पुलिस भी नहीं आई है, तुम सफाई देने लगे।''

ओह! यह जितना मूर्ख है उससे कई गुना ज्यादा बदतमीज—बड़े ने सोचा और तिलमिला कर ऐंठ गया।

वह शायद चौथा या पाँचवा दिन था जब सुव्रत पूरी तरह निस्पन्द हो गया। उसका मरना, जैसा कि गालिब सोचा करते थे—'पड़िए गर बीमार तो कोई न हो तीमारदार, औ अगर मर जाए तो नौहख्वाँ कोई न हो।'

रिश्तों के जंगल और जंजाल में रहते हुए वह सुव्रत बिना किसी को बताए

चुपचाप इस संसार से अनुपस्थित हो गया। जबकि लोगों की स्मृतियों और सम्भावनाओं में हमेशा उसकी उपस्थिति दर्ज की जाती रहेगी। पत्नी की प्रतीक्षा को दुखाती हुई उसकी उपस्थिति ताउम्र उसे बेनींद और बेसपनों का बंजर बना देगी। मेले-ठेले और भीड़भाड़ की तमाम जगहों पर उसकी छाया सुवर्णा सोनी को हमेशा डराती रहेगी। पुलिस, फौज, कानून और कचहरी किसी पर भरोसा न करते हुए उसकी मृत्यु अकेले अपने दम पर हत्यारों का पीछा करती रहेगी। जैसा कि उसने कहा भी था कि अब मुझे दुनिया में कोई धोखा नहीं दे सकता। अब वह नहीं था। सिर्फ उसकी मृत्यु थी। बगल में उसके हत्यारे थे।

चार या पाँच दिन कितने दिन से मैं इस कमरे में बन्द हूँ—बड़ेवाले ने सोचा—जैसे कई वर्ष हो गये। हो सकता है बाहर लोग उसे भूल चुके हों और अब कोई पहचान भी न पाए। समय का आयतन इस बात पर निर्भर करता है कि आप किस जगह पर हैं और उसकी लय किस धुन में आपके भीतर बज रही है। भय और दुःस्वप्नों से भरी एक अँधेरी सुरंग में वह फँस गया है। बँगले में एक लाश धीरे-धीरे सड़ रही है। कितने दिन हो गये मैंने किसी से कोई बात नहीं की है—उसने सोचा—कहीं मेरी आवाज खो न जाए। इस ख्याल के साथ ही वह बहुत जोर से चीखा दूसरे ही क्षण रुककर सोचने लगा—कहीं मैं पागल तो नहीं हो रहा हूँ। उसने एक बार फिर जाकर दरवाजे को हिलाया।

छोटावाला दुबक कर उसे आश्चर्य से देख रहा था—दरवाजा जब फिर टस से मस नहीं हुआ तो उसने सिटकनी भीतर से बन्द कर दी—"यह क्या कर रहे हो तुम?" छोटे ने पूछा—"तुमने सिटकनी भीतर से क्यों चढ़ायी?"

"मुझे बहुत घबराहट हो रही है।" बड़े ने कातर होते हुए कहा—"एक तो यहाँ इस लाश के साथ मेरा दम घुट रहा है। ऊपर से तुम्हारी उजड्डता। मैंने जानबूझ कर तुम्हें इस मुसीबत में नहीं फँसाया है। मैंने दरवाजा भीतर से बन्द कर दिया है बस इस विश्वास के लिए कि मैं अब भी जब चाहूँ बाहर निकल सकता हूँ। कि यहाँ अब भी सब कुछ मेरी इच्छा के अधीन है।"

"लोग तुम्हें 'डान' कहते हैं", छोटे ने व्यंग्य से हँसते हुए कहा—"लेकिन निश्चय ही तुम्हारी माँ ने तुम्हें किसी नाई से जना है। वाकई तुम बेहद चतुर हो"—उसने घृणा से थूक दिया—"नाइयों की तरह खूब बातें बना लेते हो।"

थोड़ी देर चुप रहने के बाद—"शायद इस सड़ रही लाश की बदबू से या तुम्हारी बातें सुन कर" छोटा एक थकी हँसी हँसते हुए बुदबुदा रहा था—"घिन्न के मारे मुझे मिचली आ रही है।"

उसने वहीं कोने में पड़े-पड़े उल्टियाँ करनी शुरू कर दीं। उसकी आँखें लाल हो गयी थीं। लगा कि बुखार चढ़ रहा है। "मेरा सिर दर्द से फटा जा रहा है" उसने

बड़े को देखते हुए कहा—"तुमने तो सचमुच ही मुसीबत में डाल दिया है। चाह रहा हूँ कि तुम्हें चबा जाऊँ।"

लाश से डरते हुए दोनों उस रात एक-दूसरे से सटकर बैठे रहे। दीवारों के बाहर किसी के रेंगने की आहट आ रही थी। चौकन्ने और सहमे से दोनों खिड़की की ओर देखने लगे। शायद कोई भीतर घुसने की कोशिश कर रहा है। दो-चार दस-बीस शायद लकड़बग्घों का झुंड है। एक मृत शरीर के साथ दो जीवित गोश्त भी हैं। वहशी और हिंस्र। लकड़बग्घों की आँखें चमक रही हैं। कोने की दीवार में सटते और सिमटते जा रहे बड़े और छोटे की साँस धौंकनी की तरह चल रही है। यह लकड़बग्घों के हूँफने की आवाज है। खिड़की की मोटी और अभेद्य सलाखों के बीच उनकी जीभें लपलपा रही हैं। भय और सिहरन से भरा हुआ शायद यह एक सपना है। सपने में हम भाग नहीं पाते।

बदबू से भरी लाश का दूसरा दिन। बँगला छिपकलियों, तिलचट्टों और चींटियों से भरने लगा। कीड़ों ने उसकी आँखों को धीरे-धीरे चाट डाला था। वहाँ दो सूखे गड्ढे रह गये। रात से भी ज्यादा क्रूर और बदबू से भरा रहा वह दिन। क्या इतना दहशत भरा होता है आदमी का मरना। शाम के समय अपनी बकरियों के साथ एक बूढ़ी औरत उधर से गुजर रही थी—क्या यहाँ आसपास कोई कुत्ता सड़ रहा है बुढ़िया ने सोचा और तीखी बदबू से बचने के लिए अपनी साड़ी के पल्लू से उसने अपनी नाक बन्द कर ली।

लेकिन बदबू तो बँगले के भीतर से आ रही है—आशंका और अनुमान से खिंची बुढ़िया ने खिड़की के भीतर झाँक कर देखा—भयानक बदबू। उसने अपनी नाक कसकर दबा रखी थी। भीतर साँझ का धुँधलका भर गया था। सुव्रत की लाश फर्श पर औंधी पड़ी फूल रही थी। मिचमिचाती आँखें भय और अचरज से फैल कर फटी जा रही थीं। यह तो उसी आदमी की लाश है, जो महीने भर से यहाँ अक्सर टहलता रहता था। ये दोनों लड़के कौन हैं—बुढ़िया ने सोचा।

किसी बड़ी घटना का प्रथम दर्शक होने का वह रोमांच उस एक क्षण में बुढ़िया के भीतर इतना तीव्र और आकस्मिक था कि अचानक उसके भीतर साठ पैंसठ साल पहलेवाली दस बारह साल की एक छोटी लड़की उभर आई। अपनी चरती हुई बकरियों को वहाँ उसी तरह छोड़ कर लगभग दौड़ती हाँफती वह सीधे गाँव की ओर भागी। इस बीच वह थक कर कई बार बैठ जाती। फिर उठकर दौड़ने लगती। गाँव के बाहर खड़े एकाध लोगों ने उसे देखकर सोचा कि शायद फिर उसकी बकरियों को भेड़ियों के झुंड ने घेर लिया है। अक्सर वह गाँव वालों को इस तरह की कहानियाँ सुनाकर बेवकूफ बनाती और अकेले कई दिनों तक हँसा करती थी। अब लोग उसकी बातों पर विश्वास नहीं करते थे। जब वह गाँव में पहुँची तो

बुरी तरह हाँफ रही थी। बोलने की उसकी हर कोशिश पर उसके गले में सिर्फ गुर्र-गुर्र और साँय-साँय बज रही थी। पेट के नीचे का बायाँ हिस्सा दर्द से ऐंठ रहा था। दस मिनट बाद किसी तरह संयत होकर वह इतना ही बोल पाई—"वहाँ बँगला... बदबू...खून...।"

एक आदमी ने ऊँची आवाज में लोगों को बताया कि भले ही इसकी जवानी चली गयी है, लेकिन अब भी इसकी आदत नहीं गयी है। बुढ़िया का लड़का और बहू दोनों आ चुके थे। बहू जोर-जोर से चिल्लाने लगी कि यह निकम्मी आज फिर बकरियों को छोड़ कर भाग आई है। आज भेड़िए उसकी किसी न किसी बकरी को जरूर खा जाएँगे। लड़के ने कस कर एक लात बुढ़िया के पेट में मारी और बकरियों को हाँक लाने के लिए जंगल की ओर चला गया।

बुढ़िया अब भी अपनी नाक को एक हाथ से दबाए हुए थी। उसी तरह वह घर के भीतर गयी और अपनी झिंगली चारपाई पर भहरा गयी। बदबू और घिन अब भी उसका पीछा कर रहे थे।

दूसरे दिन लोगों ने सोचा—हो सकता है बुढ़िया की बातों में राई-रत्ती कुछ न कुछ सच्चाई हो। उन्होंने बँगले के भीतर जाकर झाँका।

वाकई! यह तो बिल्कुल सच है। लाश सड़ रही है। भयानक बदबू। वहाँ कोने में कौन बैठा है? दो आदमी हैं। हटो, हमें भी देखने दो। लोग उत्सुकता से एक-दूसरे को पीछे खींचते और खुद खिड़की से भीतर झाँकते। कुछ लोग गाँव की ओर भागे—पहली बार बुढ़िया ने कोई सच बात कही है। लोग भागते चले आ रहे हैं। हे, तुम खिड़की से क्यों नहीं हटते हो! बस तुम्हीं दिनभर देखोगे क्या? अपनी गोद में बच्चे को सँभाले हिलती-दौड़ती औरतें भी चली आ रही हैं। बायस्कोप के भीतर सुव्रत की लाश और वहाँ कोने में बैठे दो लड़के। उनका चेहरा सूजकर भयानक लग रहा है। आँखें लाल और कीचड़ से भरी हुईं। अँधेरी खोहों में रहनेवाले वनमानुष की तरह। डरे हुए दोनों खिड़की पर झूल रही भीड़ को देख रहे हैं। बड़े ने उठने की कोशिश की तो भहरा गया। वह दुबारा खड़ा हुआ और किसी तरह सँभल-सँभल कर चलते हुए खिड़की के पास तक आया। भय और कौतूहल से भीड़ दो कदम पीछे हट गयी। वह हाथ जोड़ कर गिड़गिड़ा रहा था—"हमने ही इस आदमी की हत्या की है। तुम सब थाने जाकर ख़बर कर दो।"

औरतों ने एक दूसरे को कुहनी मारी और खिलखिला पड़ीं। लोग हँसने लगे—"वाकई, यह तो बहुत मजेदार है।"

"तुम लोग क्यों हँस रहे हो? आखिर तुम सब यह क्यों नहीं समझते कि हमने हत्या की है। तुम लोग जाओ और पुलिस को यह बता दो। जेल, कचहरी, हवालात जहाँ चाहे पुलिस हमें ले जाए।" बड़ावाला सचमुच गिड़गिड़ा रहा था।

"लेकिन थाना तो यहाँ से बीस मील दूर है।" एक आदमी ने ऊँची आवाज में कहा—"हम वहाँ कभी नहीं जाते। अगर तुम्हारे कहने से हम वहाँ जाएँ भी तो सबसे पहले पुलिस यही पूछेगी कि किस आदमी ने किस आदमी को मारा है? पहले तुम यह बताओ कि यह आदमी कौन है और तुमने इसे क्यों मारा है?"

बड़ावाला सोचने लगा—आखिर हम कैसे बता सकते हैं कि यह कौन है। हमें इसके बारे में कुछ भी तो पता नहीं है। उसने कहा—"तुम लोग बता देना कि उन्हें उस आदमी के बारे में कुछ भी पता नहीं है।"

बाहर खड़े लोग खूब जोर से हँसे—"कहीं तुम पागल तो नहीं हो?"

"क्यों?" बड़े ने भोलेपन से कहा।

"बातें तो तुम लहीम-शहीम कर रहे हो और इतना भी नहीं जानते कि बिना किसी के बारे में कुछ जाने कोई किसी का खून क्यों करेगा? हम तुम्हारे कहने से ऐसी बेतुकी बात करेंगे तो पुलिस हमें पागल समझेगी। वह हमें चार डंडे रसीद करेगी और हवालात में डाल देगी। वैसे भी बेमतलब दूसरे के मामले में कौन पुलिस के पास जाना चाहेगा।"

छोटावाला घुटनों पर ठुड्डी टिकाए कोने में पड़े-पड़े दूर से ही यह सब देख रहा था—"अब खोजते रहो पुलिस और अदालत" उसने बड़ेवाले के लिए बुदबुदाया—"अच्छी भली ज़िन्दगी को तुमने कैसे मुसीबत में डाल दिया?"

अजीब जंगली और बर्बर लोग हैं—बड़ेवाले ने थक हार कर सोचा। अगर सब कुछ ऐसे ही रहा तो कितना भयानक होगा। वह छोटे के पास जाकर कोने में बैठने लगा।

छोटा चीख पड़ा—"उठो, भागो यहाँ से! मेरे पास बैठना मत। मुझे तुमसे घिन्न आ रही है। सचमुच मैं तुम्हारे ऊपर उल्टियाँ कर दूँगा।"

"एक तो यहाँ मेरा दम घुट रहा है। ऊपर से तुम कोई न कोई बहाना पाकर गालियाँ दे रहे हो।" बड़े ने रिरियाते हुए लगभग याचना के स्वर में कहा।

लोग उत्सुकता से यह सारा कुछ देख रहे थे—"ऐ, सुनो!"—एक आदमी ने उन्हें बुलाते हुए कहा—"यह औरत अभी-अभी गाँव से आ रही है। इसने कभी हत्यारे को नहीं देखा है। जरा तुम फिर से एक बार खड़े हो जाओ। वही बातें दुहराओ जो तुम कह रहे थे। यकीन करो, हमें तुम्हारी बातों से बहुत मजा आ रहा है।"

आठ-दस दिन तक दोनों वहाँ उसी तरह पड़े रहे। लोगों को उनकी बातों में अब वह मजा नहीं रह गया जो वाकई पहले दिन था। फिर भी खिड़की के पास हर सुबह दो-चार लोग जरूर पहुँच जाते। गाँव में चर्चा थी कि आज पूरी रात उस लाश ने उन दोनों को कमरे में नचा-नचा कर खूब मारा है। किसी ने यह भी बताया कि

आज रात जब उसकी नींद टूटी तो देखा कि बँगले के ऊपर खूब सारे आग के गोले उड़ रहे हैं और वही लाश खूब ऊपर आकाश में उछल-उछल कर नाच रही थी। एक औरत के अनुसार, जब सुबह वह मुँहअँधेरे शौच के लिए जा रही थी तो उसने लाश को गाँव के चारों तरफ खूब तेज चक्कर लगाते हुए देखा है। गाँव में बीड़ी-तमाखू बेचनेवाली एक तेलिन ने बताया कि आज रात को किसी ने उसका दरवाजा खटखटाया। जब वह उठ कर आई तो उसने लाश को सामने देखा। वह उससे सिगरेट माँग रहा था। मैंने दरवाजा बन्द कर लिया। वह देर तक दुकान के सामने उसी तरह खड़ा रहा और फिर रोने लगा। जितने मुँह उतनी बातें। बातें बातों को जन्म दे रही थीं। लाश से ज्यादा लाश की कहानी घूम रही थी। घूमते हुए लोग जब भी वहाँ जाते, वे दोनों उनसे पुलिस बुलाने के लिए कहते। लोग उनकी बातें सुन कर हँस देते—''हम बीस मील दूर कभी-कभार शहर जाते हैं। वहाँ पैसा देकर सिनेमा देखना पड़ता है। यहाँ तो सब कुछ सच है।''

एक रात सड़ाँध से भरे उस अँधेरे कमरे में जब कुछ भी दिख नहीं रहा था, छोटे ने महसूस किया कि उसकी देह पर जगह-जगह तिलचट्टे, और छिपकलियाँ रेंग रही हैं।

—कहीं मैं भी तो नहीं मर गया। घर से यहाँ इतनी दूर तिलचट्टे, छिपकलियाँ और कीड़े मुझे भी चाट जाएँगे—इस ख्याल के साथ ही उसे लगा कि दम घुट रहा है। वह उछल कर खड़ा हो गया और कमरे में चारों तरफ दौड़ने लगा। कई बार दीवारों से टकराया। सुव्रत की लाश में उलझ कर गिर पड़ा। उठा और फिर भागा। अँधेरे में इधर-उधर भागते हुए वह दीवार से टकरा कर गिर पड़ा और वहीं बैठ गया। वह औरतों की तरह गला फाड़े अहक-अहक कर रो रहा था।

उस रात फिर भेड़िए आए। उन्होंने पहले की ही तरह खिड़की से झाँका और उसे रोता हुआ सुनते रहे। वह भेड़ियों से डर रहा था। भेड़िए उससे डर रहे थे। खिड़की की वजह से दोनों आश्वस्त थे। यही खिड़कियों का स्वभाव है। पहले परिचय कराती हैं और फिर दीवार बन कर खड़ी हो जाती हैं। खिड़की के बारे में सोचते हुए उसे बालकनी की याद आई। मुहल्ले की एक बालकनी। अक्सर वहाँ एक लड़की कपड़े फैलाने आया करती और देर तक अपने घने काले लम्बे बालों को सुखाया करती। लड़की जब तक अपने बाल सुखाती तब तक सारा मुहल्ला अपनी-अपनी छतों पर सूखता रहता था।

लड़की की याद आते ही वह भावुक हो गया। अपने आसपास फैले अँधेरे, भय और नफ़रत को ललकारते हुए वह खूब ऊँचे स्वर में गाना गाने लगा। गीत की ध्वनि तरंगों पर थिरकती हुई मुहल्ले की वह लड़की आकर वहाँ अँधेरे में अश्लील उत्पात करने लगी। थोड़ी देर बाद ही उन्हीं भाव व्यंजनाओं के साथ लड़की की माँ

भी वहाँ आ गयी और धमाचौकड़ी करने लगी। छोटा बहुत देर तक आह, ऊह! करते शायद कराहते हुए माँ-बेटी के एक-एक अंगों को तल्लीनता से निहारता रहा। वह 'कनफ्यूज्ड' था कि माँ-बेटी में कौन उसके शृंगार का उपयुक्त आलम्बन होगी। वह देर तक उन्हें अपने गीतों में पुकारता रहा। अताउल्ला खाँ उसके इस वीरोचित शृंगार में मदद कर रहे थे, लेकिन माँ या बेटी दोनों में से कोई वहाँ नहीं आया। वह चुप हो गया।

उसकी इन बेहूदी हरकतों को देख कर बड़ावाला कुछ भय और झुँझलाहट के साथ सोच रहा था कि या तो तेज बुखार के कारण इसे सन्निपात हो गया है या इसे मरे आदमी के भूत ने धर लिया है। लम्बी साँस खींचते हुए उसके मुँह से निकला—"हे भगवान!"

हे भगवान! छोटे ने दुहराया। उसने लड़की और उसकी माँ को वहीं छोड़ दिया और बीच रास्ते भगवान के साथ हो लिया और लगा गुत्थमगुत्था करने। सचमुच उसने भगवान को दबोच लिया था। अब धीरे-धीरे उनके सारे कपड़े उतार रहा था। पहले धोती को तहस-नहस किया और बनियान फिर अन्त में चड्ढी। उसने भगवान की चड्ढी उतार दी। इसके बाद उसने मुहल्ले की लड़की और उसकी माँ को जहाँ बेतरह पटक कर छोड़ आया था, वहीं भगवान को भी घसीट ले गया।

इतनी मिन्नत मनौवल के बाद भी न वहाँ वह लड़की आई न उसकी माँ और न ही भगवान। जब कोई नहीं आया तो वह चुप हो गया। थोड़ी देर तक चुप होकर कुछ सोचता रहा। फिर अचानक उसी लय में उसने बड़ेवाले की माँ और बहन को पुकारना शुरू किया।

माँ और बहन तो नहीं आयीं, उनके एवज में बड़ावाला उठकर अँधेरे में टटोलते हुए स्वयं उसके पास आया।

"हाँ वाकई, तुम्हें बुखार चढ़ गया है।" उसने उसे छूकर कहा—"यह तो हद है। तुम्हारा इलाज होना ही चाहिए।"

वैसे तो गोली लगने के बाद हर कोई चीखता है, लेकिन हर कोई चीखे ही, यह जरूरी भी नहीं। जैसे गाँधी जी ने सिर्फ 'हे राम!' कहा था, कुछ वैसे ही अन्दाज में छोटे ने इतना भर कहा—"यह बहुत अच्छा हुआ! मैं तो यहाँ सिर्फ एक लाश के साथ सड़-सड़ कर मर रहा था। तुम दो-दो लाशों के साथ यहीं पड़े रहो।"

सुबह-सुबह जब गाँववाले आए तो बड़ावाला जैसे उन्हीं का इन्तजार कर रहा था—"देखो, तुम लोगों को यकीन नहीं है न कि मैं हत्यारा हूँ। यह देखो।" उसने हाथ में पकड़े रिवाल्वर को दिखाते हुए कहा—"मेरे पास बन्दूक भी है। मैंने अपने साथवाले को भी मार डाला है, ताकि तुम लोग मेरी बातों पर यकीन कर सको। अब

तो जाकर तुम पुलिस को मेरे बारे में बता दो। पुलिस मुझे खोज रही है और पकड़ना भी चाहती है।''

गाँव वालों का आश्चर्य और बढ़ गया—''वाकई, तुम तो बहुत मजेदार हो। क्या तुम इसके पहले किसी मदारीवाले के साथ काम करते थे।''

''चलो हम मान भी लेते हैं कि तुम हत्यारे हो।'' एक-दूसरे आदमी ने कहा—''जबकि देखने में तो तुम भिखारी लगते हो, फिर भी अगर तुम्हारी बात सच है तो तुम पुलिस के पास क्यों जाना चाहते हो। अगर वाकई तुम प्रायश्चित करना चाहते हो तो यहीं बैठ कर क्यों नहीं प्रायश्चित करते?''

इन लोगों से कुछ भी कहना बेकार है—बड़े ने सोचा और वहीं थक हार कर बैठ गया। घुटनों पर सिर टिका कर उसने दोनों हाथों से माथा पकड़ रखा था। कुछ उपाय समझ में नहीं आ रहा था।

खिड़की के बाहर सब हँस रहे थे—''हे हत्यारे, जरा तुम खड़े हो जाओ! हम तुम्हें देखना चाहते हैं। हे भाई, विश्वास करो हमने कभी हत्यारे नहीं देखे हैं।''

उल्टे खड़ा होने के, वह गिर कर चुपचाप पेट के बल लेट गया और जोर-जोर से रोने लगा। बाहर सब हो-हो हँस रहे थे। वह उसी तरह देर तक रोता रहा और थक कर चुप हो गया। कहीं यह भी तो नहीं मर गया शायद सो रहा हो—लड़के देर तक उस पर ढेला फेंकते रहे। वह छोटे बड़े ढेर सारे ढेलों से लद गया। देख कर यही लगता है कि कमरे में तीन लाशें पड़ी हैं। अब यहाँ कुछ भी ऐसा नहीं रह गया जिसे देखा जा सके। साँझ हो रही थी। सब गाँव की ओर लौट गये।

धुँधलका बढ़ रहा था। अपनी बकरियों के साथ वही बुढ़िया उधर से गुजर रही थी। उसने सोचा चल कर देखना चाहिए। बँगले के भीतर उसने झाँक कर देखा। गाँव में लोग कहते हैं कि रोज रात को वह लाश धीरे से उठती है और उन दोनों को पकड़ कर देर तक उनका खून पीती रहती है। बुढ़िया भीतर से डर भी रही थी। मिचमिचाती आँखों पर बल डाल कर उसने अनुमान लगाया—शायद ये दोनों भी मर चुके हैं। एक हाथ से नाक दबाए वह अपने मुँह को सलाखों के भीतर तक ले जाने की कोशिश कर रही थी। अचानक वह खूब जोर से चीखी आंऽऽ...आंऽऽ!

यह कौन है—बड़ेवाले ने वैसे ही पड़े-पड़े सोचा—उसकी देह में हरकत हुई। हिलती हुई आँखें खिड़की पर जाकर टिक गईं। बुढ़िया हँस रही थी। सारी मुसीबत की जड़! अब यह भी हँसेगी—शायद इन्हें नहीं मालूम मैं कौन हूँ। दुनिया की सारी जेलें और सरकारी जासूस मेरी छाया छू पाने का सपना देखा करते हैं। उसकी आँखों में गुस्सा था। पुतलियाँ काँप रही थीं। वह तेजी से खिड़की की ओर झपटा। एक खूँखार भेड़िया लग रहा था वह। बुढ़िया वैसे ही अपनी नाक को दबाए दो कदम पीछे हट कर उसे देखती रही। सलाखों से टकराता वह एक मानुष भेड़िया था।

बुढ़िया ने अपनी मिचमिचाती आँखों को मटकाया। उसके भीतर वही साठ पैंसठ साल पहलेवाली दस बारह साल की बच्ची जी उठी। वह उस भेड़िए को उँगलियाँ बिराते हुए हँस रही थी। बछड़े के गले में बँधी घंटी की तरह टुनटुनाती बजती एक हँसी।

लड़के ने बुढ़िया को बताया कि—"मुझे जिन्दा या मुर्दा पकड़ने के लिए सरकार ने आठ लाख रुपया इनाम में धरा है। तुम अगर जाकर पुलिस को यह सब बता दोगी तो तुम्हें आठ लाख रुपये मिलेंगे।"

बुढ़िया खिलखिला पड़ी। लड़के ने पूछा—"क्या तुम जानती हो, आठ लाख रुपया कितना होता है? तुम नोटों से दब जाओगी। इतना होता है आठ लाख रुपया। तुम्हारा सारा घर सोने चाँदी से भर जाएगा। धरती और आकाश के बीच चाहे तुम जिस चीज़ के बारे में सोचोगी, वह भागती हुई तुम्हारे पास चली आएगी।"

बुढ़िया ने सचमुच आकाश की ओर देखा। वहाँ खूब लाल गोल चाँद उग रहा था। वह चरती हुई बकरियों को वहीं छोड़ कर गाँव की उल्टी दिशा में दौड़ने लगी। दो फर्लांग की दूरी पर कोलतार की सड़क थी। सड़क शहर की ओर जाती थी। वहीं वह थक कर बैठ गयी। हाँफती हुई साँसों से वह बुदबुदा रही थी—आठ लाख... सोना...चाँदी। शायद यह टोना पढ़ रही है। बगल से गुजर रहे दो आदमियों ने बुढ़िया को देख कर सोचा—हो सकता है कोई पागल हो।

निर्जन सन्नाटे में पहाड़ियों के बीच ऊपर नीचे लुकती-छिपती चली जाती सड़क। अगल बगल ऊँची पहाड़ियाँ और झाड़-झंखाड़वाली गहरी खाइयाँ। बुढ़िया दौड़ती रही। रास्ते में एक नीलगाय बैठ कर पागुर कर रही थी। बुढ़िया देख नहीं पाई। उसके थूथून से टकरा कर सींगों के बीच उलझी और भहरा गयी। दूसरे ही क्षण वह उठी और फिर दौड़ने लगी। इस बीच भेड़ियों के एक झुंड ने उसका पीछा किया, लेकिन पकड़ नहीं सके। एक आदमखोर तेंदुए ने उसके ऊपर छलाँग लगाई, और खाई में गिर पड़ा। इन सब बातों से बेख़बर बुढ़िया सारी रात दौड़ती रही। जब वह शहर में दाखिल हुई तो सुबह के छः बज रहे थे। थाना खोजते-खोजते उसे आठ बज गया। थानेदार चुस्त-दुरुस्त बैठा अखबार पढ़ रहा था। उसी समय बुढ़िया लथपथ गिरती पड़ती उसके सामने पहुँची। थानेदार ने यही समझा कि शायद वह भीख माँगती थाने के भीतर तक आ गई है। गेट पर तैनात कांस्टेबुल को डाँटते हुए उसने पूछा कि यह कौन है और यहाँ कैसे आ गयी?

कांस्टेबुल ने बताया—"साहब पता नहीं क्या बोल रही है। आठ लाख रुपया... बँगला... खून... एक आदमी... दो आदमी... कुल तीन आदमी!"

दरोगा अचरज से कांस्टेबुल को देखने लगा—"अजीब गधे आदमी हो। इस पागल को भीतर कैसे आने दिया?"

कांस्टेबुल बुढ़िया को घसीट ले गया। गेट के बाहर ले जाकर उसने उसके चूतड़ पर दो डंडे धरे और सड़क पर धकेल दिया।

उसी दिन राजधानी में तैनात एस.टी.एफ. के एस.पी. और साथ में दो सब इंस्पेक्टर बहुत गुपचुप तरीके से वहाँ पहुँचे। जिले के एस.पी. के साथ उन्होंने मीटिंग की। एस.पी. ने सी.ओ., कोतवाल और सारे दरोगाओं की मीटिंग ली और बताया कि जिले भर के होटलों, धर्मशालाओं और तमाम लॉजों पर निगरानी रखनी जरूरी है। उसने धीरे से बताया कि आठ लाख रुपये का इनामी अपराधी तकरीबन पन्द्रह दिन पहले यहाँ दाखिल हुआ है। उसके साथ एक लड़का भी है। एस.पी. ने सख्त हिदायत दी कि अगर किसी स्तर पर लापरवाही हुई तो कठोर कार्रवाई की जाएगी।

लेकिन दरोगा जी तो लापरवाही कर चुके थे। उस समय उनकी साँस ऊपर नीचे हो रही थी। बुढ़िया के मिलने की बात पचा जाने में ही भलाई थी। मीटिंग खत्म होते ही वह सीधे थाने आए। सारे कांस्टेबुल तत्काल बुलाए गये—''कहीं से भी बुढ़िया को खोजो।'' उन्होंने कहा। हेड मुहर्रिर को छोड़ कर सारे सिपाही भागे। सबको बुढ़िया की हुलिया बता दी गयी। यह सारी कार्रवाई अत्यन्त गोपनीय रही। कांस्टेबुलों को उन्होंने यही बताया कि—''दरअसल वह मेरी मौसी थी। कुछ दिनों से पागल हो गयी है। मैं उसे पहचान नहीं पाया था।''

पहाड़ी शहर था। सब एक दूसरे को जानते-पहचानते थे। दरोगा जी की मौसी को खोजने में देर नहीं लगी। रात होते-होते एस.टी.एफ. सहित दोनों एस.पी., कोतवाल और ढेर सारे इंस्पेक्टर थाने में मुस्तैद जमा नज़र आने लगे। थाने के पिछवाड़े खंडहर जैसा एक वीरान अहाता था। वहीं एक पाकड़ के पेड़ पर बुढ़िया को उल्टा लटका दिया गया। अगर वह जवान होती तो बात दूसरी थी, लेकिन सूखी चमड़ियों में अश्लीलता जैसा कोई दृश्य नहीं था। इस शक की बिना पर कि उसे आठ लाख रुपये के इनामी अपराधी की बाबत सब कुछ मालूम है, उससे पूछताछ की जा रही थी। कसाई के ठीहे पर जिबह होती बकरी की तरह वह अलल्ला रही थी। नाकों से खून टपक रहा था और उसकी आँखें बाहर लटक गयी थीं। पुलिस की सघन पूछताछ के बावजूद वह अपना नाम नहीं बता रही थी। दरअसल, बहुत सालों से किसी ने उसका नाम लेकर उसे पुकारा ही नहीं था। बहुत कोशिश के बाद पुलिस इतना ही जान पाई कि वह सुहरतगढ़ वाले प्रसिद्ध और वीरान पड़े बँगले से डेढ़ किलोमीटर दक्षिण थारुओं के किसी गाँव की रहनेवाली है।

सुबह जब कांस्टेबुल ने उसके चूतड़ पर दो डंडे जमाए थे तभी से वह आठ लाख रुपया, बँगला और खून जैसे बेमतलब की सारी बातें पूरी तरह भूल गयी थी। अब वह दरोगा उससे उन बातों के बारे में पूछता तो वह हुजूर... सरकार और अपनी बकरियों के अलावा कुछ नहीं बता पा रही थी।

"यह कुछ नहीं बताएगी। देखने से ही शातिर लग रही है। चुपचाप दबिश की तैयारी करो।" एस.पी. ने मातहतों से कहा।

रात का आखिरी पहर—पुलिस की दबिश के लिए यही समय उपयुक्त माना जाता है। लाल नीली धारियोंवाली एक मरी-अधमरी बुढ़िया गठरी को हवालात के अँधेरे कोने में पटक कर पुलिस की दर्जन भर गाड़ियाँ जब उसके गाँव को घेरने के लिए चलीं तो आसपास की सारी पहाड़ियाँ दल-दल काँप रही थीं। लोगों ने इतनी पुलिस कभी नहीं देखी थी। गाँव चारों तरफ से घेर लिया गया। गाएँ, खूँटा तुड़ाने की कोशिश में डाँय-डाँय रँभा रही थीं। बकरियाँ भय से मिमियाने लगीं। झुंड के झुंड कौवे उड़ कर भाग रहे थे। जल्दी ही बुढ़िया के बेटे और बहू को धर लिया गया।

बुढ़िया को झूठ बोलने की आदत है। वह चिकारी भी करती रहती है, लेकिन परसों शाम से गायब होकर वह शहर में बम फोड़ आई है—यह यकीन करने में सबको मुश्किल हो रही थी। सब भौंचक भकुवाए और डरे हुए कूंऽ कूंऽ कर रहे थे। तीन-चार घंटे की पूछताछ के बाद पुलिसवाले बँगला और खून की बात समझ पाए।

तरह-तरह के अनुमान, आशंका और दहशत की कई रहस्यमय पर्तों में वह समूचा इलाका उस दिन डूबा पड़ा रहा। लोगों को क्या मालूम कि वे जिसे एक मामूली बुढ़िया समझ रहे थे, वह वाकई क्या चीज़ है। इतने बड़े-बड़े अधिकारी, तरह-तरह के लोग सबकी जबान पर बुढ़िया गूँज रही थी। गाँव के सारे लोग यही बताते कि हमारा उसके यहाँ आना जाना नहीं है। उसकी बहू को जब पुलिस वालों ने पाँच-सात कुन्दे मारे तभी से वह जमीन पर गिर कर उईं-उईं काँख रही थी। पूरी घटना का अन्दाजा लगाने के लिए वह भकुवाई और डरी हुई लोगों की बातें सुनती। लोग थे कि बस फुसफुसा रहे थे। पुलिस वालों को देखते ही बहू कराहने लगती।

शाम होते-होते कामयाबी के बतौर सबूत पुलिसवाले तीनों लाशों को उठा कर शहर चले गये। बँगला सील कर दिया गया। होमगार्ड के दो जवानों को वहीं छोड़ दिया गया। युद्धभूमि के हवाले अन्तिम रूप में बचे रह जाते हैं खून के कुछ सूखे हुए धब्बे। संग्राम का निर्णायक फैसला कूटनीतिक व्याकरणों से चन्द हर्फों में लिखा जाता है। मामले को अदालत तक जाने में कुल पाँच साल लग गये। मामूली तफ्तीश में ही पुलिस जान गयी थी कि इस पूरे प्रकरण में बुढ़िया कहाँ और कितनी दूर खड़ी रही है, लेकिन मीडियावाले डंडा किए हुए थे। कहीं बँगले से सीधा प्रसारण तो कहीं गाँव वालों की बातें। बेतमलब तिल का ताड़। चूँकि हत्यारों पर आठ लाख रुपये का इनाम भी था, इसीलिए दावेदारी बढ़ गई थी। एस.टी.एफ. के एस.पी. और दोनों सब इंस्पेक्टरों का स्थानीय पुलिस से झगड़ा बढ़ता गया। जिले के एस.पी. ने उन्हें देख लेने की धमकी दी। कोतवाल ने दोनों सब इंस्पेक्टरों की

माँ-बहन कर डाली। मामले में लापरवाही बरतने के लिए उस दरोगा को, जिसके पास बुढ़िया पहली दफे गयी थी और थाने के सारे कांस्टेबुलों को सस्पेंड किया जा चुका था।

पुलिस के हवाले एक न्यूज चैनल ने बताया कि शहर में किसी बड़े और गुप्त मिशन के लिए आई हुई बुढ़िया की गिरफ्तारी स्थानीय पुलिस की सबसे महत्त्वपूर्ण और पहली कामयाबी थी। उसके बाद सारा आपरेशन ही पुलिस के लिए एकदम आसान हो गया। बुढ़िया को रिमांड पर लेने के लिए पुलिस ने अदालत को बताया कि वन विभाग द्वारा संरक्षित जानवरों को जहर खिला कर मारने और फिर उसके चमड़ों की तस्करी में यह औरत अन्तर्राष्ट्रीय गिरोहों के लिए काम करती रही है। चोरी छिपे शराब बेचने और शहर के होटलों में आदिवासी लड़कियों की सप्लाई करने का भी उस पर आरोप लगाया गया।

बुढ़िया की जमानत लेनेवाला कोई नहीं था। वह पाँच सालों से जेल में ही पड़ी रही। इन मुकदमों में उसकी बाकी ज़िन्दगी और दूसरे जन्म की जवानी तक बीत जाती, बशर्ते मानवाधिकार वालों की पहल पर यह सारी घटना अदालत में न पहुँची होती।

वहाँ अदालत में क्या हुआ—इसमें किसी की कोई दिलचस्पी नहीं रह गयी। हत्यारे और जिसकी हत्या की गयी थी, सबके सब मारे जा चुके थे, लेकिन इनके भूत काफी हाउसों, अड्डेबाजों की मंडली, गोष्ठियों, सेमिनार कक्षों और अदालत में अपने-अपने पक्ष के साथ प्रस्तुत थे।

सरकार मरे हुए आदमी की ओर से मुकदमा लड़ती है। सरकारी वकील इसी काम के लिए होते हैं। बुढ़िया सरकार की चिन्ता नहीं थी। यह इत्तेफाक था कि जज, मानवाधिकार आयोग के अध्यक्ष और डिप्टी एस.पी., जिसने इस घटना की विवेचना के बाद अपनी रिपोर्ट दी थी, इन सबकी जाति और बड़ेवाले हत्यारे की जाति एक ही थी। हालाँकि सरकार की कोई जाति नहीं होती, इसलिए इन बेकार की बातों का कोई मतलब नहीं है। अदालत के फैसलों को इस तरह देखा भी नहीं जाना चाहिए। यह उसका और सरकार का अपमान करना होगा। सरकारी वकील जाति का लाला था। इनके बारे में कहा जाता है कि पुश्त दर पुश्त कागजी लिखा पढ़ी में ये इतने पारंगत होते हैं कि प्रतिपक्षी का इनसे जीत पाना लगभग असम्भव होता है।

इसीलिए जब सरकारी वकील ने अदालत को बताया कि 'रिमोट' से दरवाजा बन्द करना एक तरह से कानून को हाथ में लेना है, क्योंकि इसी मूलभूत वजह से ये दोनों लड़के जिनके अपुष्ट अपराधों की लम्बी फेहरिश्त गिनाई जाती रही है, अपराध साबित न होने तक प्रतिष्ठित नागरिक माने जाएँगे, वहाँ उस सुनसान भुतहे बँगले में एक लाश की सड़ाँध में घुट-घुट कर लम्बी प्रताड़ना सहते हुए तड़प-तड़प

कर मर गये। अचानक इस बेतुकी बात पर प्रतिवादी वकील ने 'फिस्स' से हँस दिया।

जज ध्यान से वकील की बातें सुन रहा था। उसने प्रतिवादी वकील को हँसने के लिए मना किया और बताया कि आप चुपचाप ध्यान से सारी बातें सुनें और अपनी दलील दें।

"दलील ये है साहब कि ये दोनों कुख्यात अपराधी थे।" प्रतिवादी वकील ने कहा—"विशेषकर बड़ावाला तो पेशेवर हत्यारा था। कई सरकारों के लिए सिरदर्द था वह। इन दोनों ने अपने किए की सजा भुगती है। सुव्रत का उद्देश्य यह कतई नहीं था कि वह 'रिमोट' से दरवाजा बन्द करके इन्हें मार डालेगा। वह सिर्फ यही चाहता रहा होगा कि इस तरह से दोनों पुलिस द्वारा पकड़ लिए जाएँगे। जैसा कि बाद में हुआ भी।"

सरकारी वकील ने दलील को सिरे से गलत बताते हुए कहा कि—"आपका उद्देश्य क्या रहा है, इस बात को कानून में कोई महत्त्व नहीं दिया जाता है। तथ्य यह है कि दोनों वहाँ दरवाजा बन्द होने की वजह से मर गये। अगर आपका उद्देश्य मारना न हो तब भी, अगर कोई आपकी वजह से मरता है तो 304 का केस आप पर बनेगा ही। रही बात "अपने किए की सजा भुगतने वाली" तो यह थके-हारे गैरजरूरी धर्मग्रन्थों का वाक्य है। यह सब पर समान भाव से लागू होता है। सुव्रत शादीशुदा था। तब भी एक लड़की सुवर्णा सोनी से फँसा था। जिस समय उसे गोली लगी, वह उसी लड़की को प्रेमपत्र लिख रहा था। उसकी वह अधूरी चिट्ठी पुलिस के हाथ लगी! पुलिस ने समझा कि यह लड़की भी इस घटना में कहीं जुड़ी हो सकती है। उस समय सुवर्णा सोनी अपने पति के साथ सुखी सम्पन्न ज़िन्दगी जी रही थी। इस घटना में उसे गिरफ्तार किया गया। पति 'बेचारा' इतने बड़े बवाल के लिए तैयार नहीं था—"अपने किए की सजा भुगतो"—कह कर उसने सुवर्णा सोनी को छोड़ दिया। अब वह लड़की अपनी बूढ़ी बीमार विधवा माँ के साथ परित्यक्ता बन कर जी रही है। माँ, बेटी दोनों सुव्रत के लिए भी सोचती होंगी कि उसे 'अपने किए की सजा' मिली है।"

सरकारी वकील ने जज को सुनाते हुए प्रतिवादी वकील से पूछा—"क्या किसी आदमी को हक है कि वह अपने हत्यारे को खुद सजा दे सके। बात यह नहीं है कि ऐसा सम्भव हो सकता है या नहीं। कल्पनाएँ गप्प नहीं होती हैं। एक रचा हुआ झूठ जिससे सच को पहचाना जाता है, वह सच से कम महत्त्व नहीं रखता। आदमी का भौतिक जीवन उसकी कल्पनाओं और सपनों से ही रचा हुआ होता है। अगर कोई आदमी अपने हत्यारे को खुद सजा देने लगे और इसे जायज माना जाने लगेगा तो उसकी अनुपस्थिति में उसके परिजन भी यही करने लगेंगे। तब इसे गलत मानने

का कोई तुक नहीं रह जाएगा। लेकिन तब सरकार, संविधान, कानून की किताबें, पुलिस, अदालत हम या हमारे विरोधी वकील बैठ कर माँछी मारेंगे। जज साहब! इस मुकदमे में इस बात को कतई नज़रअन्दाज नहीं किया जा सकेगा कि सुव्रत ने सिर्फ 'रिमोट' हाथ में नहीं लिया था, उसने कानून हाथ में लिया था। इसका परिणाम यह रहा कि उम्र और उल्लास से भरी एक नहीं दो-दो ज़िन्दगियाँ लम्बे समय तक बदबू और घुटन में फँस कर उसी बदबू का हिस्सा बन गयीं।

जज ध्यान से वकील की बातों को सुन रहा था और समझने की कोशिश में कन्विंस होता लग रहा था। प्रतिवादी वकील बचाव की मुद्रा में आ गया था—"साहब!—उसने जज को सम्बोधित करते हुए कहा—सुव्रत का उद्देश्य उन्हें मारना नहीं था। वह पुलिस की मदद भर करना चाहता था। वह इतना भर चाहता था कि ये दोनों भाग न सकें। उस समय वह खुद धोखा खाया हुआ और निराशा में डूबा था। उसने हत्यारों से पूछा था कि आप मुझे क्यों मारना चाहते हैं, मैं तो आप लोगों को पहचानता भी नहीं। उस समय वह कितना निरीह रहा होगा, जब उसे अपना अपराध भी नहीं मालूम था। और ये दोनों, विशेषकर बड़ावाला कुख्यात हत्यारा है। इसे यह तक नहीं मालूम कि वह जिस आदमी को मार रहा है, वह कौन है? कहाँ का रहनेवाला है?"

जज ने बीच में टोका—"आप वकील हैं। इतना तो जानते होंगे कि यहाँ कविता नहीं पढ़ी जाती है। बात कानून की हो रही है। आपको विरोधी वकील की बात ध्यान से सुननी चाहिए। आपका उद्देश्य किसी को मारना न हो तो भी अगर कोई आपकी वजह से मरता है तो 304 का केस तो आप पर बनेगा ही आप सुव्रत को किस तरह बरी करना चाहते हैं?"

"लेकिन जज साहब!" प्रतिवादी वकील अपनी बात समझाना चाहता था—"इन दोनों ने उसके ऊपर गोली चलायी। उसे मारने का प्रयास किया और मार भी डाला।"

सरकारी वकील ने तुरन्त हस्तक्षेप किया—"इन दोनों ने नहीं, सिर्फ एक ने गोली चलाई! गोली चलाने का जितना पुख्ता प्रमाण है उतना इस बात का भी है कि इन दोनों ने उसके घाव पर पट्टी बाँधी थी। अपनी ओर से बचाने का भरपूर प्रयास भी किया। अस्पताल ले जाने का भरोसा दिया। लेकिन सुव्रत जो शादीशुदा होकर भी एक लड़की से फँसा था, उसने इन पर भरोसा नहीं किया। दरअसल, उसे किसी पर भी भरोसा नहीं था। वह गोली लगने से मरा, यह आधा सच है। पूरा सच है कि उसने आत्महत्या की। उसने अपनी आत्महत्या का समारोह मनाया और ये दोनों भी मारे गये।"

"जज साहब!—सरकारी वकील ने उसी समय अपनी फाइल से कुछ पन्ने

निकाले और बताया—इस हत्याकांड के समय वहाँ पुलिस और मीडिया के बाद मानवाधिकार वाले भी गये थे। उन्होंने गाँव वालों से बातें कीं। वे लोग यह देखकर हैरान थे कि आजादी के इतने दिनों बाद भी उस इलाके में सरकार नाम की कोई चीज़ नहीं है। न अस्पताल, न स्कूल, न ही कोई थाना पुलिस। उनकी रिपोर्ट का मुख्य अंश जो इस हत्याकांड से सम्बन्धित है, मैं पढ़ रहा हूँ—हत्याएँ अनन्तकाल से होती हैं। अनिवार्य न होते हुए भी हत्याएँ अनिवार्य रूप से मौजूद रही हैं। अब यह मानने में कोई हर्ज नहीं है कि कानून की तमाम धाराओं के बावजूद हत्याओं को रोक पाना हर समय लगभग असम्भव रहा है। हमारे पौराणिक आख्यान, धर्मग्रन्थ अपने-अपने हितों के लिए हत्याओं का सहारा लेते रहे हैं। कानून हत्याओं को अपराध मानता है। लेकिन इस मामूली बात का जवाब नहीं दे पाता कि कानून निर्माताओं को यह हक किसने दिया है कि वे दूसरों के लिए जीने का ढंग तय करें। फिर भी वे लोग कानून बनाते हैं। इसलिए कि उनके पास शक्ति है। वे हत्या कर सकते हैं। शक्ति का वर्चस्व किसी भी तर्क से भारी होता है। शक्ति और समृद्धि के विस्तार के लिए एक राजा दूसरे पर हमला करता है। हजारों नगर लूटे जाते हैं। लाखों लोग मरते हैं, लेकिन सैनिकों को हिंसक या हत्यारा नहीं माना जाता, जबकि वे मूल रूप से हत्या ही करते हैं, वे सारे सैनिक किसी नैतिक तर्क के आधार पर ये हत्याएँ नहीं करते हैं बल्कि इसके लिए उन्हें पैसा दिया जाता है। वे एक प्रशिक्षित सिद्धहस्त पेशेवर हत्यारे और मामूली वेतन भोगी होते हैं। अगर यही काम एक व्यक्ति करता है तो नैतिकता के किस आधार पर उसे गलत माना जाएगा। दरअसल, हिंसा और हत्या एक चीज़ है ही नहीं। अगर आप किसी को यातना देकर लम्बे समय के भीतर धीरे-धीरे तड़पाते हैं, मसलन किसी की जननेन्द्रियों को कुचल कर, नाखूनों को चीरते हुए, आँखों में सूराख करके, आप यह सब करते हुए भले ही उसकी हत्या न करें, तब भी आपका आचरण गोली मारनेवाले पेशेवर हत्यारे से ज्यादा हिंसक माना जाएगा। सुब्रत ने इन लोगों के साथ ऐसा ही किया था। समूचा गाँव इस नृशंस दृश्य का तमाशबीन था। सभ्यता के विकास के साथ-साथ इस बात का ध्यान रखा गया है कि हत्या के तरीके को ज्यादा से ज्यादा आसान बनाया जाए, न कि लम्बे समय तक अपराधी को उसके अपराधों की याद दिलाते हुए तड़पाया जाए। कानून अपराधी से बदला नहीं लेता है। उसे चुपचाप अनुपस्थित करता है।''

जज ने यह बात किसी से नहीं बतायी कि उसकी पत्नी के मामा के लड़के की लड़की बड़ेवाले हत्यारे के छोटे भाई से ब्याही गई थी। इस बात का वैसे भी इस मुकदमे से कोई मतलब नहीं है। क्योंकि शादी विवाह तो अपनी ही जाति में कहीं न कहीं होगा। वह चुपचाप सरकारी वकील की बातें सुनता रहा। उसकी आँखें डबडबा गई थीं। एक लम्बी साँस खींचते हुए उसने कहा—''मैं तो यह सोच कर ही

काँप जाता हूँ कि उन दोनों लड़कों पर क्या बीतती रही होगी जब वे एक सड़ रही लाश के साथ बदबू और अँधेरे से भरे कमरे में तिलचट्टों और छिपकलियों के बीच पूरे आधा महीना! पन्द्रह दिन! कुल 360 घंटे तक बन्द कर दिये गये होंगे। मृत्यु से हजार गुना भयावह होता है मृत्यु का खौफ । वहाँ सिर्फ आदमी नहीं मरता है। आदर्श, विचार, आस्थाएँ तिल-तिल कर धीरे-धीरे सबकी मृत्यु होती जाती है। मनुष्यता मरती है इस तरह।''

बुढ़िया अपराधियों वाले कटघरे में खड़ी कर दी गई थी। मोतियाबिन्द और कीचड़ से सनी आँखों को मिचमिचाते हुए वह जज और वकील की बातें सुनती और कठपुतली की तरह सिर हिलाती जाती। उसे बताया गया था कि मुकदमा शुरू होने के बाद जिसका गुनाह नहीं होता है, उसे छोड़ दिया जाता है। वह यही सोचती कि ये लोग उसे छोड़ने के बारे में बातें कर रहे हैं। उसे कई-कई महीने से अक्सर जेल से कचहरी लाया जाता। उससे उम्मीद की जाती कि इस नाटक के चलते रहने तक वह कटघरे में खड़ी रहे, लेकिन सिपाहियों के बार-बार डाँटने के बावजूद वह वहीं बैठने लगती। उससे खड़ा नहीं हुआ जाता था। पुलिस वालों ने एक आसान रास्ता निकालते हुए उसके पैरों में खपच्चियाँ बाँध दी थीं। वे उसे उसी तरह घसीटते हुए ले आकर रेलिंग पर लटका देते। इस समय वह उसी रेलिंग पर लटके-लटके जज की आवाज को देखने और पहचानने की कोशिश कर रही थी। वहाँ एक काले कोट का धुँधला धब्बा भर दिख रहा था।

जज ने कहा—''यह सम्भव नहीं है कि इस घटना को 'इन्ज्वाय' करने के लिए सारे गाँव को सजा दी जा सके। गाँववाले चाहते तो यह दोनों लड़के बचाए जा सकते थे। यह जरूरी होते हुए भी कि इन्हें सबक सिखाया जाए, मेरे लिए ऐसा करना मुमकिन नहीं हो पा रहा है। फिर भी कानून जहाँ तक सम्भव हो सकेगा अपना काम तो करेगा ही। इस वाकया की प्रथम दर्शक यह बुढ़िया है। समूची न्याय प्रणाली का प्रतिनिधि मैं प्रतीकात्मक हस्तक्षेप करते हुए मात्र इतना भर कर सकता हूँ कि इस औरत को मृत्युदंड का हकदार माना जाएगा।''

रेलिंग पर लटकी पड़ी बुढ़िया वैसे ही मन्द-मन्द मुस्काते हुए जज की बात को समझने की कोशिश में अपनी आँखें मिचमिचाती रही। उम्र और मुसीबत के जिस मुकाम पर वह लटकी पड़ी थी उसे किसी से क्या शिकायत हो सकती है।

❑

एक खाली दिन

''मरे हुए को किसी से क्या? अब वह इस असार संसार से जा चुका है। भाई-बाप, माँ बहन कोई नहीं है इसका। सड़ रहे माँस, मवाद और बदबू से भरी यह देह! क्या आप लोगों को और कोई काम नहीं है? क्यों चिपके हो आप सब? यह लाश आपको पहचानती थोड़े है। आप अपना-अपना काम करें। आपकी पर्ची पर नम्बर लिख दिया गया है। यह जला दी जाएगी। अपने समय पर आकर राख ले जाइएगा। ओह, भीड़ के मारे तो यहाँ काम करना मुश्किल है।''-डोम जोर-जोर से चिल्ला रहा था।

मई की सुबह थी। सूरज अभी से बेतरह जलने लगा है। तेज गर्मी, राख, धुएँ और पसीने से सना वह अधेड़ डोम अपने काम में लगा भीड़ के मारे घबरा रहा था। वहाँ चारों ओर जल रही लाशों का धुआँ था। अगरबत्तियों की घिनावनी गन्ध थी, और लाशों के साथ चले आ रहे लोगों की भीड़। मुनीम किसको क्या समझाए? सबको बस अपनी-अपनी जल्दी पड़ी है। ''बहुत पहले कभी रात के सन्नाटे में यहीं एक औरत आयी थी—'अपने बेटे की लाश लेकर', सत्तो ने सोचा और मुनीम से पूछा—''मैं राख लेने के लिए कितने बजे आऊँ ?''

मुनीम ने बिना उसकी ओर देखे लाश का नम्बर पूछा और बताया—''रात को बारह बजे।''

''भाई साहब, मैं अकेली हूँ, आप कुछ जल्दी नही कर देंगे?''

मुनीम झुंझला पड़ा—''यहाँ सबको तो जल्दी ही पड़ी है, लेकिन मैं कुछ नहीं कर सकता। अगर दिक्कत है तो आप कल आइएगा। मारकीन के कपड़े में बँधी आपको राख मिल जाएगी।''

—''नहीं, मैं आज ही आ जाऊँगी।''—सत्तो चलने को हुई तो मुनीम ने टोका—''डेथ सर्टीफिकेट'' देकर ''डिटेल'' लिखा दीजिए।''

—''आपका नाम?''

—''शताक्षी।''

—''उम्र?''

—''पैंतीस वर्ष।''

तब तक दो आदमी घबराए और दौड़ते हुए मुनीम के पास आकर उससे लड़ने लगे। जो राख कपड़े में बाँधकर उन्हें दी थी इकतीस नम्बरवाली लाश की राख नहीं है। कोई दूसरा आदमी वह ले जा चुका है। ''अब मैं क्या करूँ?'' मुनीम ने सफाई दी—''आपको कल रात आठ बजे आना था, और आ रहे हो आज।''

सत्तो बार-बार मुनीम को अपनी ओर मुखातिब करने की कोशिश कर रही थी—''भाई साहब, मैं रात को ही आ जाऊँगी। बल्कि कुछ पहले ही। देखिए, कुछ गड़बड़ न होने पाए।''

वे दोनों जोर-जोर से मुनीम को गालियाँ देने लगे, लेकिन वह फिर अपने रजिस्टर पर झुक आया—''मरनेवाला आपका क्या लगता है?'' उसने सत्तो से पूछा।

—''पति।''

शहर और जिला। इस तरह पूरा पता लिखने के बाद मुनीम ने कागज के एक छोटे से टुकड़े पर कुछ लिख कर पास खड़े लड़के को लाश के कफ़न में टाँकने के लिए थमाया और सत्तो से जाने के लिए कह दिया।

एक लाश के साथ आए पाँच आदमी, वेशभूषा और बातचीत से गाँव के लग रहे थे। वे बहुत देर से एकटक सत्तो की ओर देख रहे थे। श्मशान और अकेली जवान सुन्दर औरत। उनके मन में करुणा तो नहीं ही है। कुछ जिज्ञासा और कुछ दूसरी ही बातें होंगी। वे शायद उसी के बारे में बात कर रहे हैं—सत्तो ने सोचा और आगे बढ़ गयी थी। वह सुबह ही अस्पताल से सीधे पति की लाश लेकर यहाँ आ गयी। अब जाकर इतनी देर बाद भीड़भाड़ से निकलते हुए उसने एक लम्बे तनाव से राहत महसूस की। आगे थोड़ी दूर पर इत्मीनान से बैठकर बीड़ी पी रहे ठेलेवाले ने पूछा—''मैडम, काम निबट गया?''

उसे देर हो रही थी। हिसाब चुकता करने के बाद वह मुख्य सड़क के दायीं ओर बने पी.सी.ओ. में घुस गयी। वहाँ एक सत्रह-अठारह साल का लड़का बैठा था। सत्तो को पचास का नोट लौटाते हुए उसने बताया—''आपके भाई और बहनों को मैंने सूचना दे दी है। माँ का फोन या तो ''डेड'' है या वे घर पर नहीं हैं। भाई ने शाम तक पहुँचने के लिए कहा है। उन्होंने पूछा है कि इस समय आप कहाँ ठहरी हैं?''

सत्तो ने कुछ जवाब नहीं दिया और बोली—''पचास रुपये अपने पास ही रखे रहो और माँ के लिए फोन 'ट्राई' करते रहना। और सुनो, माँ को यह बता देना कि मैं यहीं रात को बारह बजे मिल जाऊँगी।''

सत्तो जिस समय होटल पहुँची उस समय दिन के दस बज रहे थे। अस्पताल, श्मशान और पी.सी.ओ. तक लगातार लोगों की प्रश्नसूचक नज़रों से भिंदती हुई उसे होटल में आकर इस बात से तसल्ली हुई कि यहाँ किसी को उसके पति की मृत्यु के बारे में कोई जानकारी नहीं है। वह भी आम ग्राहक की तरह यहीं चैन से रहकर आराम कर सकती है। कमरा खोलते हुए नौकर ने पूछा—''मैडम, आप नाश्ता लेंगी?''

''नहीं। सिर्फ एक कॉफी।'' उसके चले जाने के बाद वह बाथरूम में जाकर हाथ मुँह धोने लगी। अस्पताल, दवाइयाँ और फ़िनायल के साथ ही श्मशान के आसपास फैली गन्ध जैसे पोर-पोर में भर गयी है। कई-कई बार साबुन से हाथ मुँह धोने के बाद वह बालकनी में आकर खड़ी हो गयी। रात तक सारे रिश्तेदार, माँ और भाई आ जाएँगे—उसने सोचा।

नीचे दुकानों के सामने पूरी सड़क पर भीड़ पसर रही थी। आती जाती, दौड़ती भागती भीड़ में आदमी असंख्य हैं, लेकिन कोई चेहरा नहीं। शोर है पर शब्द नहीं। जैसे कोई जंगल हॉय-हॉय करता चीख रहा हो। उसका पति इस समय इस तेज धूप में श्मशान पर अकेले लाश बन कर पड़ा है। अभी कल तक वह उसका जीता जागता वजूद था। एक अविछिन्न रिश्ता। माँ से, घर से, भाई से, बहनों से और सबको तोड़ता अन्त में पति! सिर्फ पति से। पति के बाद कोई रिश्ता नहीं। आस्था की आखिरी मंजिल, लेकिन जिन्दगी हर रिश्ते से बड़ी होती है और अपनी जरूरतों के लिए निर्मम।

भाई-बहनों में वह सबसे छोटी थी। जाड़े की गुनगुनी धूप थी। बड़ेवाले जीजा आये हुए थे। वह उनके लिए चाय लेकर गयी तो उन्होंने पूछा—''सत्तो तुम्हें नाचना आता है?''

—''नहीं मैं तो नचाऊँगी।'' वह सबकी मुँहलगी थी। माँ की लाडली और मुहल्ले की सबसे शोख चंचल लड़की। घर के पिछवाड़े अहाते में कहीं से लाकर उसने छुई-मुई के पौधे रोप दिये थे। और घंटों अकेले वहीं बैठकर उसकी पत्तियों से छेड़छाड़ किया करती। उल्लास और उच्छलता के वे दिन अब कभी नहीं आएँगे। ''लड़कियों का इतना ''विटी'' होना अच्छा नहीं। बाद में तकलीफ होती है।'' किसी ने माँ को सावधान किया।

इस समय श्मशान पर पड़ी लावारिश लाश से गुजरती हुई वह अपने विवाह के बारे में सोचने लगी। वहाँ आग की लपटों और मन्त्रोच्चार के बीच उसकी स्मृतियों और सपनों को जलाया जा रहा था। मुड़ी तुड़ी उदास सत्तो उस समय शान्तनु को सोच रही थी। और आज, बालकनी के नीचे फैला गलियों और गुम्बदों का यह शहर, जीता-जागता, चिढ़ाता-हँसता-सा शहर अचानक निर्जीव और खौफनाक

प्रेत की तरह उसके मन के एकान्त कोने में उभर कर तरह-तरह की आशंकाओं में लपेटने लगता। यह शान्तनु का शहर है।

"तुम यहीं प्रतीक्षा करना"—उसने शान्तनु से कहा था—"हफ्ते भर में लौट आऊँगी।" उसे आपरेशन के नाम पर दूसरे शहर ले जाया गया था। सुहाग सेज पर बैठा दी गयी सत्तो तरह-तरह की आशंकाओं से भरी हुई थी। ओह! इस नयी और अपरिचित जिन्दगी की इमारत आज रात के झूठ पर ही खड़ी हो रही है। हे भगवान, मुझे क्षमा करना। सोचा था मैंने एक सीधा सरल जीवन, लेकिन... इतना बड़ा पाप! मैं पूरी तरह निर्दोष और अकेली हूँ। बोझ की तरह फेंक दी गयी इस निर्जन सन्नाटे में।

विवाह की पहली रात थी। वह अपने पूरे शरीर को योनि में बदलते हुए महसूस करती रही, जहाँ ताजे 'एवार्सन' के घाव थे। यह आदमी कहाँ दोषी है? सत्तो ने अपने पति के लिए करुणा से भरकर सोचा और फिर निढाल पड़कर सो गयी।

अपने घर की छोटी खिड़की से/देखता हूँ शहर के सबसे ऊँचे गुम्बद को/जहाँ खड़े होकर/देखा था सारे शहर को तुम्हारे साथ/और हम नहीं देख सके थे/इस छोटे से घर को।

महज दो मील की दूरी पर शान्तनु का घर है। जिस शहर के नाम तक को उसने भुला दिया था आज वह उसी के बीचोंबीच खड़ी है। नीचे सड़क पर भीड़ बढ़ती जा रही है। डोम ने उसे रात को बारह बजे बुलाया है, अभी तो पूरा दिन खाली है, वह बाथरूम में नहाने चली गयी।

महीनों लगातार अस्पताल में रहते हुए, स्पेशल वार्ड के उस निहायत स्वच्छ बाथरूम में भी जैसे एक बीमार-सी गन्ध फैली रहती। वार्ड ब्वाय को उसने घरेलू नौकर की तरह इस्तेमाल किया। मौसम्मी का रस, सेब या अनार के दाने वह बाजार से कुछ भी लाकर उसे दे जाता, लेकिन सबमें एक बेजान स्वाद और दवाइयों की तीखी गन्ध हर समय महसूस होती रहती। आज जैसे उन सारी चीज़ों से निजात मिल गयी हो। वह घंटों नल के नीचे ठंडे पानी से नहाती रही। यह उसके वैधव्य का प्रथम दिन है। पति की घिनौनी बदबूदार बीमारी, ठहरी हुई बे-स्वाद जिन्दगी और अस्पताल के लम्बे तनाव से राहत देता, उसके वैधव्य का प्रथम दिन।

सत्तो अब इस जीवन का क्या करेगी? आइने के सामने बैगनी रंग की साड़ी का पल्लू ठीक करती हुई, उसने एक क्षण के लिए सोचा। उसके अनुभवों का निचोड़ यही था कि सोचने से कुछ नहीं होता। घटनाएँ ही जिन्दगी का दिशा निर्देश करती रहतीं। और हम कभी भी तयशुदा रास्तों से नहीं चल पाते। उसने तो पहले हमेशा शान्तनु के बारे में सोचा था, लेकिन अब वह पढ़ी गयी कहानियों की तरह

कभी अकेले में उभरकर मिट जाया करता।

नहा चुकने के बाद उसे याद आया कि कल दोपहर के बाद से उसने कुछ नहीं खाया है। उसे भूख लग रही थी। एक बार उसने सोचा कि होटल के इसी कमरे में अपने लिए खाना मँगा ले, लेकिन दूसरे पल ही उसने यह विचार बदल दिया। कमरा बन्द करके वह सीधे सड़क पर निकल आयी। बावजूद इसके कि तेज धूप में आग के बगूले उठ रहे थे और सड़क जलने लगी थी। उसे आज का मौसम खुला साफ और सुन्दर लग रहा था। अगले चौराहे पर रेस्टोरेंट है। जब वह शान्तनु के साथ पहली बार उसके इस शहर में आयी थी तो अक्सर हर शाम वहीं इडली डोसा खाने आया करती। अगर वहाँ शान्तनु मिल जाता! इस समय तो दोपहर है। ऐसी धूप में कौन यहाँ बैठने आएगा।

जब वह पहुँची तो रेस्टोरेंट करीब-करीब खाली था। कोने में सिर्फ एक लड़का एक लड़की के साथ बैठा था। दुकानदार काउंटर पर बैठा चुपचाप सड़क की ओर देख रहा था। शायद उसे भी इस समय खास ग्राहकों की आदत नहीं है। वह भीतर जाकर चुपचाप एक तरफ बैठ गयी। न चाहते हुए भी उसकी नज़र कोने में बैठे लड़के पर चली गयी। वे दोनों सत्तो से बेपरवाह आपस में धीरे-धीरे बातें कर रहे थे। वे निश्चित ही किसी अदेखे भविष्य की योजना बना रहे हैं—सत्तो ने सोचा और उसे लड़के पर थोड़ी सी दया आयी।

बेयरे ने पानी का गिलास रखकर पंखा 'ऑन' किया और खड़ा हो गया। दो रोटियाँ, सादा चावल, दाल फ्राई, आलू परवल की भुजिया, सलाद और सुनो! सत्तो ने पर्स से पैसा निकालकर थमाते हुए उससे कहा—''बाहर से दो आम खरीद लेना और काट कर थोड़ी देर फ्रिज में रख दो।'' गिलास का एक घूँट पानी पीकर वह चुपचाप सड़क की ओर देखने लगी।

चलो यह अच्छा ही है कि यहाँ किसी को मेरे बारे में नहीं मालूम, यही कि अभी भी मेरे पति की लाश जलाए जाने की उम्मीद में लावारिश श्मशान पर सूख रही है। श्मशान की बात सोचते ही उसे उबकाई आने लगी, अब वह कैसे खाना खा सकेगी। वह दूसरी बातें सोचने का उपक्रम करने लगी। माँ को अब तक जरूर ही ख़बर लग गयी होगी। पता नहीं वे भैया के साथ आएँगी या पड़ोस से किसी को लेकर। यह भी हो सकता है कि भैया ने स्वयं फोन करके माँ को रोक दिया हो। अब चाहे जो भी हो। शान्तनु के प्रेम ने घर के भीतर उसके सम्बन्धों का सारा समीकरण ही चौपट कर दिया। वैसे भी शादी के बाद लड़कियाँ जब पहली बार मायके जाती हैं तो उन्हें अपने सोने के लिए स्थान तलाशना पड़ता है। वह तन्मयतापूर्वक अपने बीमार पति की सेवा में लगी रही। पति ने पिछले पाँच सालों में उसे बेहद प्यार किया था। जब कभी वह सामान्य होता तो सत्तो को करुण निगाहों से देखा करता।

सत्तो और डॉक्टरों के अलावा उसे भी शायद अपनी निश्चित मृत्यु का अन्दाजा हो गया था। कल पूरे दिन मृत्यु के तेज हमलों से वह चीखता और छटपटाता रहा। दर्द की किसी दवा का कोई असर नहीं हो रहा था। आसपास के वार्डों से गुजरते डॉक्टर लापरवाह नज़रों से उसे देखते और आगे बढ़ जाते।

''आप अपने घर से किसी और को बुलवा लीजिए।'' डॉक्टर ने सत्तो से कहा। अब वह किसी से क्या-क्या बताए। इतना असहाय और अकेलापन। उसे अपने ही ऊपर दया आ रही थी। रात नौ बजे जब पति की मृत्यु हुई तो सत्तो को राहत मिली।

शायद बारह से तीन का 'शो' छूट गया है। अलग-अलग समूहों में चलते हुए ढेर सारे लोग रेस्टोरेंट में आने लगे थे। भीड़ देखकर कोने में बैठी लड़की असहज महसूस करने लगी। लड़के ने बेयरे को बुलाकर बिल चुकता किया और दोनों बाहर निकल गये।

सत्तो भोजन कर चुकी थी और थोड़ी देर अभी बैठना चाहती थी, लेकिन आने जानेवाले वृद्ध, अधेड़ और जवान सब उसे एक नज़र जरूर घूरते। लड़कियाँ बचपन से ही ऐसी 'खाऊ ' नज़रों की अभ्यस्त हो चुकी होती हैं। क्या अब भी मेरे भीतर कुछ घूरने के लिए है। यह सोचकर ही उसे हँसी आ गयी। थोड़ी देर बाद ही वह बाहर सड़क पर निकल आयी।

अभी रात बारह बजने में बहुत देर है। सामने सिनेमा हाल में कोई अँग्रेजी फिल्म लगी है। ढाई तीन घंटा समय तो आसानी से कट सकता है, लेकिन अचानक ही उसे लगा कि अकेले अँग्रेजी फिल्म देखते हुए कोई उसे सस्ती और बाजारू औरत समझकर छेड़छाड़ न करने लगे। वह वापस होटल जाने के लिए मुड़ गयी, लेकिन फिर उसने श्मशान के लिए रिक्शा पकड़ लिया।

श्मशान पर भीड़ और बढ़ गयी थी। वह एक तरफ थोड़ी दूरी पर खड़ी होकर पति की लाश को देख रही थी। ओह, कितना अकेला है यह। मुझे इस तरह इसे छोड़कर नहीं जाना चाहिए था। अब यह लाश कुछ सोच नहीं सकती, लेकिन दूसरे लोग तो उसके पक्ष में सोच सकते हैं। तभी तो सारे रिश्ते-नातों को भ्रम बताया गया है। यह संसार एक स्वप्न है। किसी एक रात में देखे गये स्वप्न जितना ही ठोस और प्रामाणिक। उसी का विस्तार। पचास-साठ या सौ सालों तक चलते-फिरते शरीर और खुली आँखों का स्वप्न। पाँच साल पहले मैंने इसी आदमी के साथ भाँवरें ली थीं। अस्पताल आने के कुछ दिन पहले ही इसने मेरे साथ सम्भोग किया था। वह एकटक उस लाश को देख रही थी। दुख और अभाव में गुजरी मेरी जिन्दगी को इसी आदमी ने बदल दिया था। वह रोना चाह रही थी, लेकिन सोचने का क्रम उससे भी तेज झटके दे रहा था।

एक औरत को इस तरह वहाँ अकेले देखकर कुछ लोग फिर उसे ही देखने लगे। ''यह सुबह अपने पति की लाश लेकर आई थी, मैंने देखा था।'' पीछे से किसी की आवाज सुनाई दी।

—''लेकिन इसने रंगीन साड़ी पहन रखी है।'' दूसरे ने उत्सुकता प्रकट की।

—''शायद अकेले है।'' किसी ने वाजिब चिन्ता बतायी।

लोग उसे लेकर ही बातें कर रहे हैं, सत्तो ने सोचा। यहाँ तो खड़ा रहना भी दूभर है। श्मशान पर काम करनेवाले तीन-चार मजदूर एक साथ आए और किनारे रखी लाशों को क्रम से उठाकर ले जाने लगे।

—''मैडम, आप क्या किसी लाश के साथ आई हैं?'' एक लहीम-शहीम आदमी ने पास आकर उससे सवाल पूछा।

—''हरामी कहीं का।'' सत्तो ने मन में सोचा—एक पल भी ये लोग चैन नहीं लेने देते। और बिना उसकी ओर देखे सड़क की ओर लौट गयी।

पाँच बज रहे हैं—उसने घड़ी में देखा। वह पैदल ही कुछ देर सड़क पर यूँ ही टहलती रही। साँझ होनेवाली है। शान्तनु कहीं दिख जाता। कई बार ऐसा हुआ है कि बहुत ही एकान्त में, जहाँ अपनी ही साँसों की आहट न सुनाई दे, जाकर सत्तो ने बहुत डरते हुए सोचा था कि किसी तरह एक बार वह शान्तनु को देख लेती। शादी के तत्काल बाद तो जब भी वह कहीं यात्रा पर जाती उसे ऐसा अन्देशा लगा रहता कि शायद वह कहीं किसी प्लेटफॉर्म पर दिख जाय। ओस की बूँद जितना औरत का जीवन। सपनों की भी कोई निरापद नींद नहीं होती। और उसने ऐसा कभी प्रयास नहीं किया।

एक बार शकीला ने उसे कुरेदना चाहा—''क्या तुम शान्तनु से मिलना चाहोगी?''

सत्तो काँप गयी। एक निर्दोष अपराधिनी की तरह और बोल पड़ी—''अब मुझे उससे क्या?''

अब जो कुछ गुजर चुका है उसे सोचने से क्या फायदा? भूल जाओ! और भूलते ही चले जाओ! शायद कहीं कोई सुख का एक टुकड़ा मिल जाय। जिन्दगी के अलग-अलग सन्दर्भ और प्रसंग हैं। कौन, कब और कैसे आता है और गुजर जाता है। हँसाती-रुलाती जिन्दगी ऐसे ही अनन्त काल से चल रही है। अनन्त काल तक चलती चली जाएगी। जो आज चरम सत्य है वही कल हँसी का विषय बन जाता है। किसी दूसरे की सुविधाओं और मानदंडों पर हम क्यों जीते रहें? कभी वह शान्तनु के बगैर जिन्दगी की कल्पना भी नहीं करती। लेकिन जब भाई का करारा चाँटा पड़ा तो अचानक ही उसकी आँखों के सामने अँधेरा छा गया। ''माँ, मुझे बचा लो''—वह जोर से भागी। बड़ी बहन वहीं थी। उससे सत्तो की दशा नहीं देखी गयी,

बोली—"पिछला सोचने से क्या फायदा?"

उसने तीन दिन अन्न का एक दाना भी नहीं खाया। भाई उसे दूसरे शहर लेकर चला गया, जहाँ उसकी शादी होनी थी। मेरी शादी हो गयी। और मैंने शादी कर ली। यह बात शान्तनु के लिए एक सूचना भर थी, लेकिन यातना के उस लम्बे अँधेरे के बाद मैं साँस भर हवा और आँख भर आकाश के लिए तरस गयी थी। मेहमान गाजा-बाजा और उत्सव। जिन्दगी कितनी देर तक सिर्फ अपनी शर्तों पर जी जा सकती है। लड़कियाँ शादी के बाद सब कुछ भूल जाती हैं। स्मृतिहीन होना किसी का शौक नहीं। भाई सोचता है कि वह प्रेमी को भूल जाए और यह कभी न भूले कि मैं ही उसका बाप भी हूँ। पति सोचता है कि मैं उसकी दुनिया हूँ। एक तुक का बोध नहीं और क्षेपक रचकर जीवन का मूलपाठ ही इन लोगों ने बदल दिया। अब मैं ही क्यों याद रक्खूँ कि आज मेरे पति की मृत्यु हुई है, कि मुझे सिनेमा नहीं देखना चाहिए कि मुझे सफे द साड़ी पहननी चाहिए। अपने तय किए नियमों की तार्किक परिणतियाँ लोग भी भोंगे।

उसके भीतर जैसे कोई चीत्कार कर रहा हो। उसकी साँस तेज चल रही थी और दिल जोर-जोर से धड़क रहा था। क्या ही अच्छा हो वह खुद ही चलकर थोड़ी देर के लिए शान्तनु से मिल ले। बस इसलिए नहीं कि अब वह बहुत अकेली हो गयी है, या आज उसे शान्तनु की जरूरत है। ज्यादा से ज्यादा वह मुझे अपमानित ही तो करेगा। इस समय वह एक अनियन्त्रित और विचित्र आवेग के वशीभूत हो गयी थी। उसी समय एक खाली रिक्शा बगल से जा रहा था। उसने उसे रोका। शान्तनु के घर का रास्ता उसे मालूम था।

रात के बारह बजनेवाले हैं। दिन भर की बेहद गर्मी के बाद अचानक रात का मौसम बदल गया। आकाश में बादल भर गये थे और ठंडी हवा चल रही थी। शान्तनु दूसरे कमरे में शायद सो चुका है। सत्तो जगी हुई सोच रही थी। बाहर हल्की बूँदा-बाँदी हो रही है। वह धीरे से उठी और बरामदे में आकर चुपचाप सड़क की ओर देखने लगी। चारों ओर एक डरावना सन्नाटा था। उसने सोचा कि शान्तनु को जगाना ठीक रहेगा या नहीं? कहीं वह अटपटा न महसूस करे। इतनी रात को अकेले सड़क पर डर भी लग रहा था। चोर, उचक्के और रात का सन्नाटा इसके अलावा उसे भूत-प्रेतों से भी बहुत डर है। श्मशान तक जाना है। वह बहुत देर तक सोचती रही कि शान्तनु को जगाना ठीक रहेगा या नहीं? पहले वह शान्तनु पर कितना अधिकार समझती थी। कुहासे और ठंड से काँपती ठिठुरती जाड़े की रात, वह भोर में चार बजे ही उससे मिलने चला आता। तब सत्तो की उल्टी सीधी इच्छाएँ भी शान्तनु की मंजिल होती थीं। प्यार और समर्पण का वह युग बीत चुका है। आज उसने कैसे आश्चर्य से मुझे देखा था।

—''क्या तुम्हें मेरा आना अच्छा नहीं लगा।'' चाय पीते हुए सत्तो ने शान्तनु से पूछा था।

—''ऐसा कैसे हो सकता है?'' शान्तनु ने कहा, लेकिन मुझे यकीन ही नहीं हो रहा है।

थोड़ी देर चुप्पी रही। फिर—''अगर तुम मुझे बताकर शादी करने गयी होती तो मेरे लिए ज्यादा सहज होता।'' वह दूसरी ओर देख रहा था।

ऐसी भयानक और अलंघ्य तटस्थता। मेरी सफाई का एक शब्द भी इसके लिए बेमानी है। सत्तो ने सोचा।

सीटी की आवाज के साथ ही लाठी की ठक-ठक करता शायद कॉलोनी का चौकीदार इधर ही आ रहा है। अँधेरे का हिस्सा बन कर खड़ी सत्तो ने सोचा—अगर मैं इसी समय और बगैर शान्तनु को बताए चुपचाप चली जाऊँ तो शायद यह कल सुबह स्वप्न मानकर भूल जाय। कभी-कभी स्वप्न हमारे जीवन में भौतिक स्थितियों से भी ठोस और मूर्तमान होकर आते रहते हैं।

शान्तनु से मिलने के थोड़ी देर बाद ही वह बोर होने लगी थी। इतने सालों तक भूलने की लगातार कोशिश में भी वह चाहती थी कि शान्तनु से उसकी एक निरापद और सुरक्षित मुलाकात हो पाती, लेकिन आज जब वह मिली तो थोड़ी देर बाद ही वहाँ के समूचे माहौल में अपनी गैर जरूरी उपस्थिति महसूस करने लगी। कुछ-कुछ अपमानित भी। उसे आज के अपने इस निर्णय पर पश्चाताप हो रहा था।

''और तुम्हारे हाल चाल कैसे हैं?'' बहुत देर बाद शान्तनु ने पूछा—''सुना था बहुत बड़े घर में तुम्हारी शादी हुई है। तुम ठीक हो न?''

फिर वही सन्नाटा छाया रहा। शान्तनु क्या पूछे? सत्तो के पास बताने के लिए भी कुछ न था। थोड़ी देर बाद फिर—''आज तुम यहाँ, इस तरह आयीं कैसे?''

अगर इसे मेरे पति की बात मालूम हो जाय तो यही सोचेगा कि मैं अपने मतलब से आयी हूँ।

सत्तो शान्त थी। और दीवाल पर टँगी उस पुरानी पेंटिंग की ओर देख रही थी जिसे उसने शान्तनु के 'बर्थ डे' पर दिया था। कुछ तसल्ली हुई तो उसने धीरे से पूछा—''तुम्हारे पास मेरे पुराने फोटोग्राफ्स होंगे?''

शान्तनु के चेहरे पर एक निर्मम हँसी कौंध गयी—''अब इतने सालों बाद! तुम्हें कोई डर है क्या? ओह, सत्तो ने लम्बी साँस ली और थोड़ी देर की चुप्पी के बाद बोली—''देखना चाहती हूँ तब मैं कैसी थी।''

''तुम्हें कब तक रुकना है?'' शान्तनु ने पूछा—''एक दूर के रिश्तेदार यहाँ अस्पताल में भर्ती हैं। देखने आई थी। कल सुबह जाना है।'' सत्तो ने उसे बता दिया।

लेकिन कल सुबह क्यों? अचानक उसके भीतर फिर वही विचित्र आवेग फैलने लगा। शान्तनु को किस तर्क से जगाए। शायद यह उसे अच्छा न लगे। अगर इसे मेरी इस असहाय दशा का पता चलेगा तो भले ही करुणा दिखाए, लेकिन मन-ही-मन सन्तुष्ट होगा। आकाश में बादल जोर-जोर से गरजने लगे थे। उसने आहिस्ते से दरवाजा उढ़काया और बिना किसी आहट के चुपचाप सड़क पर चल पड़ी। शायद अगले चौराहे से कोई रिक्शा मिल जाये। थोड़ी देर बाद उसे अपने पीछे किसी के चलने की आहट सुनाई दी। उसने मुड़कर देखा तो एक काला कुत्ता चला आ रहा था। वह डर गयी। कहीं यह उसके पति की आत्मा न हो? उसने बचपन से ही भूतों और प्रेतात्माओं की तरह-तरह की कहानियाँ सुन रखी थीं।

❑

एक खंडित प्रेमकथा

शहर को लेकर निरंजन के मन में कई तरह के भय थे। कुछ आशंकाएँ थीं। कुछ संकोच था। एक अस्पष्ट और अमूर्त सी धारणा थी उनके मन में। कलकत्ता और बम्बई कमाने गये गाँव के लोगों से उन्होंने शहर के बारे में सुना था। उनकी स्मृतियों में वह बहुत कुछ फिल्मों से मिलता-जुलता था। आसमान तक पहुँचने की सारी सीढ़ियाँ शहरों से शुरू होती थीं। इसलिए, शहर जाने का मुश्किल फैसला उन्होंने लिया। अगर उनका बाप उनके दहेज का सारा पैसा और सामान रख कर उन्हें घर से नहीं निकाल देता तो भी निरंजन वह मुश्किल फैसला नहीं लेते। तीन साल के लिए गृहस्थ जीवन का त्याग करना निश्चित कर उन्होंने पत्नी को मायके भेजा। अपनी मितव्ययिता, मेहनत और लगन पर पूरा इत्मीनान था। उन्होंने पत्नी को सान्त्वना दी; "तीन साल में इतना कमा लूँगा कि यहाँ आकर कस्बे में अपनी कोई-न-कोई दुकान खुल जाएगी।" आखिरी रात पत्नी ने उन्हें खूब जोर-जोर से चूमा और भाई के साथ मायके चली गयीं।

शहर पहुँचने के बाद निरंजन के सामने तत्काल समस्या यह थी कि गुजारा कैसे हो? वह गलियों और दुकानों का चक्कर-दर-चक्कर लगाते। "कोई भी काम चाहिए" दुकानदारों से कहते।

अधिकांशतः लोग व्यस्त रहते थे और उन्हें हाथों के इशारे से ही टरका देते। कुछ गौर से देखते एक तो अपरिचित, दूसरे जवान छोकरा। सब ऐसे ही टूअर की तरह दीनहीन बन कर आते हैं, सब सोचते अभी तो झाड़ू लगाने का काम माँग रहा है और एक दिन पूरी दुकान में झाड़ू लगाकर चल देगा—"रहने दो भइया यहाँ कोई काम नहीं है।" दुकानदार उनकी ओर संशय से देख कर कहते।

उस दिन जब निरंजन मनोहर लाल जायसवाल की दुकान पर पहुँचे तो दोपहर का समय था। बरसात के बाद की चिलचिलाती दोपहर। दुकान में कोई ग्राहक नहीं था। मनोहर लाल जी चुपचाप बैठे सूनी और उदास आँखों से सड़क की ओर देख रहे थे। वहाँ लोगों का आना-जाना बदस्तूर जारी था, लेकिन दुकान के एकान्त में बैठे

मनोहर लाल जी उस समय जीवन और जगत से सम्बन्धित कुछ मौलिक और दार्शनिक विचारों में खोए हुए थे। दरअसल, पिछले दिनों उनके भीतर ऊब और एकान्त का जो थक्का जम गया था, वह उससे निजात पाना चाह रहे थे।

ठीक उसी समय निरंजन काम की तलाश में उनकी दुकान पर पहुँचे, "मैं गाँव से आया हूँ सेठजी। मुझे काम चाहिए। बी.ए. तक पढ़ा हूँ। पढ़ने-लिखने से लेकर झाड़ू-पोछा तक कोई भी काम कर सकता हूँ।" उन्होंने सुबह से कुछ खाया-पीया नहीं था। हलक सूख रहा था, आवाज में पत्थर को कँपा देनेवाली निरीहता और करुणा थी।

ऊब, उमस और भूख प्यास से थकी दोपहर के उस एकान्त में मनोहर लाल जी ने ध्यान से निरंजन के चेहरे को देखा। ऐसे ही, बहुत पहले एक बार वह कलकत्ता गये थे। चौरंगी लेन पर अचानक उन्होंने पाया कि रुपयों से भरा उनका थैला किसी ने मार दिया है। अचानक वह थरथर काँपने लगे थे। ट्राम और भीड़ के शोर से भरा कलकत्ता शहर तुरन्त रेगिस्तान के अन्तहीन तपते मैदान में बदल गया। इस शहर में कोई भी परिचित नहीं था। भूख और प्यास की गर्द से भरा उनका चेहरा मुरझा गया था। कोई दूसरा विकल्प न था। हे भगवान कैसे पहुँचेंगे घर? एक दुकान में गये। शर्म, संकोच और झिझक से बोझिल, 'सेठजी।' मनोहर लाल ने दीन हीन कातर वाणी में निवेदन किया, मेरा कालीन का काम है।... शहर में घंटाघर के सामने मेरा शो-रूम है। आज पहली बार इस शहर में आया था। आज ही किसी ने...

सेठ ने उन्हें आत्मीयतापूर्वक खिलाया पिलाया। रास्ते के लिए पूड़ियाँ बँधवा दी। किराए के टिकट से पाँच सौ रुपये अधिक दिया। अगर मनुष्य नहीं होता तो भगवान कब का बिलबिला कर मर चुका होता। ऐसे ही लोगों ने ईश्वर को शरण दे रखा है। मनोहर लाल जी ने अपनी जिन्दगी में उतना भला आदमी नहीं देखा था।

"तुम कहाँ के रहनेवाले हो भाई?"—मनोहर लाल जी ने निरंजन से ऐसी ही कुछ बातें पूछीं।

इस तरह शहर में मनोहर लाल जी की दुकान पर निरंजन को पाँव टेकने की जगह मिल गयी। वे आत्मा की गहराई से मनोहर लाल जी की इज्जत करते थे। शब्द की मौलिक और आदिम गरिमा के साथ उन्हें "सेठजी" कह कर बुलाते थे।

पन्द्रह, बीस दिन के बाद काम देखकर वेतन तय होना था। वह मन लगा कर काम करते अगर सेठजी पाँच सौ रुपया देना तय कर लें तो शहर का उनका खर्च निकल जाएगा। गाहे-बगाहे पत्नी के लिए भी कुछ पैसा भेज दिया करेंगे। फिलहाल जिन्दगी की इतनी ही जरूरत थी। वह शहर में कुछ काम सीखने और बाजार समझने आए हैं। बाकी ढेर सारी महत्त्वाकांक्षाओं को उन्होंने तीन साल के लिए स्थगित कर रखा था।

सप्ताह भर में निरंजन ने दुकान का सारा टाइम टेबुल और व्याकरण भली-भाँति समझ लिया था। मनोहर लाल जी ने दुनिया देखी थी। उन्हें यह समझते देर नहीं लगी कि भिखारी की तरह दया के लिए गिड़गिड़ाते हुए यह लड़का जो उस दिन दुकान पर नौकरी के लिए आया था, उस पर उन्होंने कोई दया नहीं की है।

और एक दिन सेठजी ने निरंजन से उनके गाँव और घर के बारे में इत्मीनान से पूछताछ की। यह जान कर कि निरंजन के पिता कस्बे के इंटर कॉलेज में संस्कृत के लेक्चरर थे, और उन्होंने अपने इस इकलौते लड़के को आगे पढ़ने में कोई मदद नहीं की, बल्कि उल्टे उसकी शादी करके दहेज का सारा रुपया और सामान खुद रख लिया और बहू बेटे को घर से निकाल दिया, सेठजी ने टिप्पणी की, ''कहाँ तो आदमी अपनी सन्तान के लिए तरह-तरह का कुकर्म करता है, और कहाँ कुछ लोग...''

सेठजी ने निरंजन को बताया कि अगर तुम ऐसे ही काम करते रहे तो मैं तुम्हें पन्द्रह सौ रुपया माहवार दूँगा। बस कभी-कभी दुकान के काम से दूसरे शहर में भी जाना पड़ेगा। 9 सितम्बर... की उस शाम निरंजन ने महसूस किया कि अभाव उपेक्षा और तकलीफों में गुजरी उनकी अब तक की जिन्दगी में ऐसी खुशी कभी न मिली थी। उन्होंने उठ कर सेठजी के पाँव छुए और विनम्रतापूर्वक आग्रह किया, ''मैं अपनी खुशी को सँभालने के लिए थोड़ी देर सड़क पर घूम आना चाहता हूँ।'' वह थर-थर काँप रहे थे। हेड पोस्ट आफिस खुला हुआ था। वहाँ जा कर उन्होंने सबसे पहले पत्नी को चिट्ठी लिखी।

दशहरे में आठ दिन की छुट्टी ले कर निरंजन गाँव गये थे। लौटने पर ही उन्हें पता चला कि सेठजी ने शादी कर ली है। कान के पास से गुजर जानेवाली यह महज एक सूचना भर थी। इस तीसरी शादी को लेकर सेठजी में कोई तब्दीली न थी। वह पहले की ही तरह समय से दस बजे दुकान पर आते थे और रात आठ बजे दुकान बन्द करके चले जाते। पुरानी पुश्तैनी हवेली में बँटवारा होने के बावजूद सेठजी के हिस्से में मकान के चार कमरे और बड़ा-सा अहाता था। अहाते में एक ओर शिवजी का पुराना छोटा-सा मन्दिर और बगल में कुआँ था। कुएँ के बारे में प्रचलित था कि इसका पानी पीने से पेट का पुराने से पुराना मर्ज खत्म हो जाता है। निरंजन का काम सिर्फ दुकान पर था, लेकिन कभी-कभार वह उस हवेलीनुमा मकान पर चले जाते थे। बस कभी-कभार जब सेठजी को कोई काम पड़ जाता तब समय से दुकान खोलने के लिए वे चाबी वगैरह लेने चले जाते।

दीवाली पर जब दुकान की सफाई-पुताई का काम पूरा हो गया तो अकेले निरंजन ने सुबह से रात तक लग कर दुकान को पूरी तरह व्यवस्थित करके सजा दिया। दूसरे ही दिन दीवाली थी। सेठजी ने निरंजन को सामानों की लिस्ट दी,

''कल यह सारा सामान खरीद कर घर पहुँचा देना। और मालकिन ने अब तक तुमको देखा भी नहीं है। शाम को घर पर पूजा होगी। वहीं भोजन करना।'' निरंजन ने सेठजी के दिलो-दिमाग पर अपनी अमिट छाप बना ली थी। ईमानदारी और कर्तव्यनिष्ठा की प्रतिमूर्ति थे निरंजन।

दीवाली की साँझ। पूरा बाजार विजेता बारातियों के से उन्मद उल्लास और उत्सव से सराबोर संगीत और शहनाई पर थिरक रहा था। सेठ मनोहर लाल दुकान में बैठे थे। निरंजन सामानों से भरा थैला लेकर उनके घर गये। सेठजी की शादी के बाद पहली बार उनके घर गये थे। वहीं उन्होंने देखा हल्के हरे रंग और चूने से पुती नम दीवारों के निविड़ मोहक एकान्त में बैठी एक लड़की, बमुश्किल जिसकी उम्र सत्ताइस-अट्ठाइस साल होगी। वह मिट्टी के भीगे हुए दीयों को मारकीन के साफ, सफेद कपड़े से पोंछ रही थी। उसने गहरे हरे रंग की बनारसी रंग की साड़ी पहन रखी थी। किनारों पर बनी सफेद सुनहली जरी। उसके चौड़े माथे पर जैसे चन्द्रमा पर झालर लगा दिया गया हो। ''जिसे देखने को यह जीवन मर-मर कर सौ बार जिए।'' पास में स्वच्छ रुई की मुलायम बत्तियाँ और घी का डब्बा रखा था। मानसरोवर के पास अपनी बस्ती में दुखियारी यक्ष प्रिया ऐसे ही बैठी रहती होगी। लेकिन सेठानी कुछ गुनगुना रही थी। आहट पाकर उन्होंने अपनी खरगोश जैसी काली और बड़ी आँखों से निरंजन को देखा।

हजारों साल से 'सेठानी' शब्द ने अपना जो विम्ब निर्मित किया था, वह अपनी समूची सांस्कृतिक अस्मिता और फूहड़ डील डौल की भौतिक धरोहर के साथ भरभरा कर गिर गया। आमतौर पर अपने काम से काम रखनेवाले, दूसरों के मामले में दखल न देनेवाले, संयमी स्वभाववाले एकाग्रचित्त निरंजन का मन जिज्ञासु और चंचल हो गया। वह किसी भी तरह यह मानने को तैयार नहीं हो पा रहे थे कि यही सेठानी हैं। पता नहीं गाँव और बचपन के कितने संस्कार उनके भीतर थे जिनमें पला-बढ़ा 'सेठानी' शब्द अपना स्थूल, भोंड़ा और बदशक्ल आकार लिए रंडियों की बूढ़ी मौसी की तरह हर समय पान की पीक थूकता रहता था। सेठजी की शादी का कार्ड उन्होंने यूँ ही दुकान पर देखा था। वह नाम याद करने लगे...निरुपमा...।

निरंजन सामानों का थैला दे कर दुकान पर चले आए। रात को सेठजी के साथ ही आकर उन्होंने घर पर भोजन किया। सेठजी सोने के लिए भीतर जाने लगे तो सेठानी ने जिद की, ''बिना पटाखों के कैसी दीवाली?''

शहर में चारों ओर पटाखों की आवाज आ रही थी। समूचा आकाश आतिशबाजी में नहा रहा था। सेठ को बेवजह का शोर शराबा और हुल्लड़बाजी पसन्द न थी। चौबीस घंटे परमहंसी मुद्रा। लेकिन किसी पर भारी पड़ना उसकी आदत के खिलाफ था, ''जो मर्जी हो करो। हमें सुबह उठ कर काम करना है।''

"क्या तुम्हें पटाखे छोड़ना आता है?" सेठानी ने निरंजन से पूछा। आवाज में चंचल मिठास थी। अपनी बड़ी-बड़ी गोल आँखों से वह निरंजन को देख रही थीं।

शहर प्रवास का लम्बा अकेलापन और ऊ ब से भरे निरंजन के मन में उस समय सिर्फ सान्निध्य लोभ था। सेठजी कहीं बुरा न मान जाएँ, वह चुपचाप खड़े हो गये। सेठानी दौड़कर भीतर गयीं और ढेर सारे पटाखे उठा लायीं। उस समय उन्होंने हल्के गुलाबी रंग की मैक्सी पहन रखी थी, जिस पर अन्तरंग वस्त्रों का गाढ़ापन स्पष्टत: दिख रहा था। परियों के पंख की तरह मैक्सी। निरंजन ने सोचा, गाँव में तो सम्भव नहीं है लेकिन जब कभी पत्नी को शहर लाएँगे तो ऐसी ही इसी रंग की मैक्सी उनको भी पहनाएँगे। पहली फुलझड़ी हाथों में लेकर सेठानी बच्चों की मानिन्द उछलने और चहकने लगीं। उन्हीं की उम्र का एक जवान लड़का मात्र दस कदम दूर खड़ा होकर उन्हें निहार रहा है; इस बात से पूरी तरह बेख़बर वह सात-आठ साल की बच्ची लग रही थी। नटखट और स्निग्ध। दीयों की झिलमिल कतारों के बीच अहाते में एकान्त था। "कहीं सेठजी नाराज न हों" निरंजन ने धीरे से पूछा।

"तुम्हारे सेठजी बिस्तर पर जाने के दस मिनट बाद ही फोंऽ-फोंऽ करने लगते हैं।" अपने से पहले ही बिस्तर पर सो चुके पुरुष को देखकर स्त्री के भीतर पैदा होनेवाली ईर्ष्या और क्षोभ से भरी उनकी आवाज में एक स्वाभाविक और सामान्य उपेक्षा थी।

इंटर कालेज में संस्कृत पढ़ानेवाले मास्टर, जिनका समूचा व्यक्तित्त्व अष्टाध्यायी के दुरूह और दुष्कर सूत्रों से निर्मित हुआ था। गाँव के चारों ओर दूर-दूर तक फै ले ऊ सर की रेह से जिसने कपड़े धोना सीखा था। वेतन का सारा पैसा बैंकों में जमा करने के बाद जिसने जीवन में कभी 'विद्ड्राल फार्म' नहीं भरा था। यजमानी के अन्न से जिसने भोजन का खर्च चलाया था। मुलेठी की जड़ों और तुलसी की पत्तियों से सारी बीमारी का इलाज करानेवाले दरिद्र पिता की क्रूर छाया में अभावग्रस्त जीवन जीते चले आए निरंजन खुद भी शान्त और मितभाषी स्वभाव के थे। इसीलिए सेठ उन्हें बहुत चाहने लगा था, लेकिन कहा जाता है कि प्रलय से पहले ग्रह, नक्षत्र अपनी-अपनी कक्षाओं की मर्यादा तोड़ कर उन्मद उत्सव में नृत्य करने लगते हैं। स्तम्भ और रोमांच से पुलकित आकाश थरथराने लगता है। कुछ ऐसी ही स्थितियों में बरगद बाँस की तरह हरकत करने लगता है। फिर सब कुछ तहस-नहस हो जाता है। कोई भी जो निरंजन को पहले से जानता रहा होगा उसे यकीन करने में बहुत मुश्किल होगा कि निर्भय सेनानी की तरह हाथों पर अनार रखकर आतिशबाजी करनेवाला यह करतबी युवक निरंजन ही है। सेठानी विस्मय से अभिभूत थीं, "देखो, जल न जाना।"

लेकिन निरंजन आँखों पर हाथ की ओट दे कर बारूद की चिनगारियों से

खेलते हुए हो-हो करके हँसे जा रहे थे।

रात आधी से ज्यादा बीतने लगी थी। बिजली की निष्प्राण झालरों को छोड़ दें तो मिट्टी के दीये एक-एक कर बुझने लगे। शिवाले के सामने चबूतरे पर बैठते हुए सेठानी ने कहा, "सेठजी तुम्हारी बहुत तारीफ करते हैं। जब तुम छोटे थे तभी तुम्हारी माँ मर गयी थीं न। तुम्हारे पिता ने तुम्हें घर से क्यों निकाल दिया! जब तुम होली में घर जाओगे तो तुम्हारी पत्नी के लिए सुन्दर सी साड़ी दूँगी।"

कहीं माँ ने दूसरा जनम तो नहीं लिया है निरंजन ने सेठानी को देखा। वर्षों से भीतर जमी बैठी कोई गाँठ जैसे पिघलने लगी। उनकी आँखें छलछला गयीं। "आदमी की तरक्की में उसकी भीतरी प्रतिभा और क्षमता का योग होता है। आदमी के दुष्कर्मों के पीछे परिस्थितियाँ दोषी होती हैं।"—जीवन के इस मूल मन्त्र से दुनिया को देखनेवाले निरंजन कभी किसी से अपने बाप की शिकायत नहीं करते थे। "अच्छा मैं चलूँ।" उन्होंने सेठानी से कहा और बिना आहट के फाटक खोल कर धीरे से निकल गये। कहीं मेरी बातों से इसका दिल न दुखा हो, सेठानी ने अफसोस के साथ सोचा और भीतर चली गयीं।

"कर अपने-अपने तप्त अनुभवों की तुलना। घुलना, मिलना।" मन की विचित्र गति होती है। जिसे पहली नज़र का प्यार कहा जाता है, वह कैसा होता है। भगवान जाने! लेकिन वाया निरंजन, वह रोज सोचते कि किसी तरह सेठजी के घर जाने का अवसर मिले। ऐसा कोई अवसर नहीं आता। सेठजी के प्रति उनके मन में गहरी कृतज्ञता और सम्मान था। उनके लेखे, सेठानी जैसी सहृदयता और उन्मुक्त चंचलता कहीं न थी। वह माँ, बहन जैसे न जाने कितने-कितने आत्मीय रिश्तों को तलाशते और मन की असीम और पवित्रतम ऊँचाइयों पर ले जा कर उन्हें प्रतिष्ठित करते। और वे थीं कि अपने लिए सुन्दरतम स्थान तलाशते हुए जिद करके उनके पहलू में नन्हीं बच्ची की तरह चिपक जातीं। निरंजन स्नेहपूर्वक उनके बालों और उनकी आँखों को सहलाने लगते। खरगोश की तरह काली, गोल और बड़ी-बड़ी चंचल आँखें। वासना से बड़ा बहुरूपिया कोई नहीं—रात को नींद न आने पर वह यही सब सोचा करते और सोचते—तुमसे बड़ा कृतघ्न कोई नहीं है—निरंजन। जिस आदमी ने शहर में तुझे ठौर दिया उसी की बीवी के बारे में...। ऊपर से आदमी दिखनेवाला तू कुत्ता है। तुम्हारे सगे बाप ने तुम्हें घर से निकाल दिया था तब तुझ बिलबिलाते भिखारी को इसी आदमी ने सहारा दिया। वह तरह-तरह से अपने मन को बाँधते, लेकिन मन के पंख हजार, रात के सन्नाटे में शिवाले के सामने चबूतरे पर अकेली बैठी सेठानी जैसे पुकार रही हो—निरंजन के लिए अब एक क्षण भी असम्भव हो जाता। सेठ साला अपने कमरे में फोंऽ-फोंऽ करता सो रहा होगा। नीच, कमीना, सेठ! कैसे उसे नींद आती है बच्ची जैसी बीवी को जागता छोड़कर। अगर

इसे इस उम्र में शादी ही करने की पड़ी थी तो क्या कोई स्थूल, भोंड़ी और दुखियारी विधवा नहीं थी?

पता नहीं साहित्याचार्यों ने श्रृंगार में ऐसी कोई व्यवस्था दी है या नहीं? संयोग से पहले ही वियोग ने पंख फैलाना शुरू कर दिया—पंख होते तो उड़ आती रे, रसिया ओ बालमा!-ऊल जुलूल फिल्मों के थके-हारे दुखियारे गीत उनके मन की गहराइयों में डूब उतरा रहे थे।

एक दिन सेठानी ने चाट बतासा खाने की इच्छा जाहिर की। मनोहर लाल जी को वर्षों पुराना बवासीर था। चाट बतासे के नाम पर काँप जाते। शाम को उन्होंने निरंजन से कहा, "मालकिन को कहीं जाना है। साथ चले जाओ।"

मन्दिर के सामनेवाली चाट की दुकान पर शाम को दूर तक लाइन लगती है। वहाँ जितनी भी औरतें थीं, सेठानी के तेजोदीप्त सौन्दर्य की गरिमा के सामने सब की सब फीकी लग रही थीं। निरंजन का मन प्रसन्न हो रहा था—बतासे और चाट खाने का तरीका भी कितना सुसंस्कृत है—सेठानी का। उन्होंने पूछा—"और कुछ चाहिए आपको?"

"नहीं।" सेठानी ने कहा—"तुम क्यों नहीं कुछ खा लेते।" "और सुनो!" सड़क पर चलते हुए सेठानी बोलीं, "जब तुम मेरे साथ सड़क पर चलो तो आप आप न कहा करो। क्या अपने सेठजी की तरह आप की रट लगाए रहते हो।"

"आप मुझसे बड़ी हैं। और फिर सेठजी क्या सोचेंगे?" निरंजन की देह में फुरफुरी हो रही थी।

"तो उन्हीं के सामने आप कहकर पेट भर लेना। यहाँ सड़क पर नुमाइश करना जरूरी है क्या?"

अभी वे थोड़ी ही दूर गये होंगे कि एक लड़का सड़क की उस पटरी से दौड़ता हुआ आकर बोला, "अरे निरंजन, भाभी जी से परिचय तो करा दो।"

सेठानी ने लड़के को देखा और मुँह बिचका कर उपेक्षा से आगे बढ़ गयीं। लड़का थोड़ा आहत हुआ।

निरंजन के बताने पर कि यह मेरे सेठजी की पत्नी हैं। चुड़क्कों की तरह बिना जाने-बूझे तुम्हें ऐसी कोई बात नहीं बोलनी चाहिए थी। लड़का कुटिल हँसी हँसता हुआ निरंजन की आँखों में झाँक कर मुस्कुराया, "उस बूढ़े खूसट मनोहर लाल की? ठीक है गुरू, फाँसे रहो।"

अगर आपके साथ पत्नी है, और खुदा न खास्ता सुन्दर है तो आप भले ही बचना चाहें, लोग घेर कर आपका हाल चाल पूछेंगे। नमस्ते करेंगे। आपकी इज्जत का दायरा बढ़ाकर उसी में सिर घुसाने की कोशिश करेंगे। शरीफ और समझदार लोग बहन और बेटियों के साथ सड़क पर नहीं निकलते। कब, कौन दूसरे दिन

अफवाह फैला दे–"अरे भाई, आजकल अमुक का बड़ा जलवा है।"

सेठानी आगे जा कर खड़ी हो गयी थीं। पता नहीं क्या सोच रही होंगी सेठानी? संकोच में डूबे निरंजन उनसे आँख मिलाने का साहस नहीं कर पा रहे थे। "तुम्हारा दोस्त था क्या?" सेठानी ने हँस कर चुप्पी तोड़ी।

"मेरे गाँव का एक लड़का यहीं पान की दुकान खोले है, उसी का परिचित है।" निरंजन ने सफाई दी। वे लोग देर तक सड़क पर टहलते रहे।

"बाजार बन्द होने का समय हो रहा है।" सेठानी ने कहा, "चलो दुकान पर चलते हैं। वहीं से सेठजी के साथ घर चली जाऊँगी।"

निरंजन सोच रहे थे कि टहलने के बहाने पैदल ही उन्हें घर तक छोड़ने जाएँगे। इस बीच थोड़ा अँधेरा भी हो जाएगा। लेकिन... उन्हें खुद भी तो स्पष्ट न था कि वे क्या चाहते हैं? सेठजी के प्रति उनके मन में कृतज्ञता थी लेकिन यह ईर्ष्या भाव...? मन की रुचियाँ तर्क की मोहताज नहीं होती हैं।

निरंजन जहाँ रहते थे, वह एक अँधेरी गली के मकान की तीसरी मंजिल पर बनी शान्त और हवादार कोठरी थी। नीचे जीने के पास एक सामूहिक उपयोग का अँधेरा कमरा था। सुबह इसी कमरे में आकर वे तरोताजा होते और यहीं से उनकी दिनचर्या शुरू होती थी। पचहत्तर रुपये महीने पर यह जगह उन्हें मिली थी। दिन भर कोठरी बन्द रहती थी। उपयुक्त जगह देखकर एक गौरैया ने वहीं घोसला बना लिया था। कुछ दिन बाद घोसले में से चूजों की आवाजें आने लगीं। गौरैया बाहर से दाने लेकर आती तो बच्चे चूँ-चूँ करते हुए घोसले के बाहर तक सिर निकाल देते। उड़ने की कोशिश करते हुए बच्चों को गौरैया रोक देती। निरंजन लेटे-लेटे यह सब देखा करते। एक ममत्वमयी आत्मीयता उनकी कोठरी में फै ल रही थी।

अतिशय विश्वास करके सेठजी ने दुकान की एक चाबी निरंजन को दे दी थी। सुबह पहले वही आते और दुकान को खोल कर साफ-सफाई करते। एक दिन उन्होंने देखा कि शटर के भीतर एक बड़ा-सा लिफाफा पड़ा है। प्रति. सेठ मनोहर लाल जायसवाल...।

निरंजन ने सोचा, अगर सेठजी पूछेंगे तो बता दूँगा कि लिफाफा खुला पड़ा था। उन्होंने यूँ ही अन्यमनस्क भाव से लिफाफा खोला। भीतर दस पृष्ठों का लम्बा पत्र था :

"बूढ़े, खूसट, सेठ मनोहर लाल साले, चूतिए!!" इन दो तीन लाइन के सम्बोधन के बाद जो कुछ लिखा था उसका सार यह कि—सेठ, जिस जमीन को खरीदकर आज तुम मालिक बने हुए हो उस पर मैंने वर्षों खेती की है। इसके पहले वह पूरे मुहल्ले की सामूहिक चरागाह थी। यकीन न हो तो देख लेना उसके पीछे दायीं तरफ मस्सा है और बाएँ जंघे पर दो तिल। उसकी नाभि के नीचे फोड़े का

निशान है। वगैरह-वगैरह। पत्र के पूरे तीन पृष्ठों में सेठानी के अन्तरंगों की सूक्ष्म विवेचना सप्रमाण प्रस्तुत करके पहचान मुकम्मल की गयी थी। पत्र के अन्त में सेठजी के लिए किंचित शुभकामनाओं का संकेत था—अपने पूरे मुहल्ले को कुम्भ स्नान कराने का पुण्य तो तुम्हें जरूर मिलेगा। तुम्हारे सात तालों के भीतर भी वह आशिक तलाश लेगी।

पत्र पढ़ने के बाद निरंजन की आँखों के सामने अँधेरा छा गया। सिर घूमने लगा। यह किसी बेवफा आशिक का गुमनाम विद्रोह था। सेठानी को लेकर उनका मन धराशायी होने लगा। यह समझदारी का काम उन्होंने किया कि पत्र को पैंट की भीतरी जेब में डाल कर सेठजी के आने से पहले पूरी तरह प्रकृतस्थ हो कर बैठ गये थे। यह पत्र किसी के हित में नहीं था। सच्चे शुभचिन्तक का फर्ज होता है कि अदृश्य दुश्मन की सूचना समय रहते मित्र को दे दे। दोपहर के समय सेठजी से फुर्सत ले कर वह बिना बताए उनके घर पहुँच गये।

सेठानी रसोई में कुछ बना रही थीं। गाढ़े मैरून रंग की साड़ी का पीला बार्डर। साड़ी पसीने से भीग कर देह से चिपक रही थी। सेठानी काम में तल्लीन थीं। किसी शान्त आश्रम में ऋषि कन्या के पवित्र सौन्दर्य की स्निग्ध आभा फैल रही थी। उन्होंने निरंजन को देखकर पूछा, "कैसे आए हो?"

—"मैंने अपने आने की बात सेठजी को नहीं बताई है। यह आपके लिए पत्र है।" पत्र थमा कर निरंजन झटके से बाहर निकल गये।

दूसरे दिन सेठजी ने दुकान पर आते ही कहा—"निरंजन घर चले जाना। मालकिन ने किसी काम से बुलाया है।"

दोपहर के बाद जब निरंजन पहुँचे तो सेठानी ने सावधानी से अहाते का फाटक बन्द कर दिया। उस दिन वह पहली बार उन्हें भीतरवाले कमरे में ले गयीं। पुराने हालनुमा कमरे का वह सुसज्जित बेडरूम था। एक ओर शीशे की टेबुल के पास दो मोढ़े रखे हुए थे। वहीं निरंजन को बैठाकर वे चाय बनाने चली गयीं। निरंजन एक एक चीज़ को गौर से देख रहे थे। डबल बेड पर आसमानी रंग की चादर। एक ओर करीने से रखे हुए दो कुशन। सामने आदमकद आइने के ऊपर लाल पीली मोतियों से गुँथी सफेद ऊन की मुलायम झालर लटक रही थी। किनारे काँच से बन्द आलमारी में रंग बिरंगी चूड़ियाँ, कंगन, नेलपालिश, सौन्दर्य प्रसाधन के ढेर सारी क्रीम, पाउडर के बीच एकाध अन्तरंग वस्त्र भी सुशोभित हो रहे थे।

सेठानी जब चाय ले कर आईं तो उनके गोल चेहरे पर फैला हुआ तनाव स्पष्टतः दिखाई दे रहा था। लग रहा है सारी रात सोयी नहीं हैं। आँखों में सूजन थी। किसी शिकारी कुत्ते ने खरगोश के बच्चे को दाँत गड़ा दिया है। चेहरे का चिर परिचित लावण्य गायब हो गया। जुकाम की तरह नाक सुड़कते हुए तरह-तरह की

आशंकाओं से डरी, गम्भीर आवाज में उन्होंने धीरे से पूछा, ''यह पत्र तुम्हें कहाँ मिला था?''

''सुबह जब दुकान खोला तो शटर के पास भीतर पड़ा था।'' निरंजन ने बताया।

सेठानी गम्भीर होकर कुछ सोचने लगीं, पूछा, ''तुमने किसी से जिक्र तो नहीं किया?''

''नहीं। इसीलिए तो सेठजी से छिपा कर यहाँ आया था, लेकिन यह है कौन?'' निरंजन खुद भी पूरी रात सो नहीं सके थे।

''अच्छा हुआ, पत्र तुम्हें मिला।'' सेठानी ने कहा—''सेठजी वैसे भी शक्की हैं। हर समय ऊल-जुलूल बातें पूछा करते हैं। मैं तो बर्बाद हो जाती।'' आशंकाओं ने उन्हें जगह-जगह नोच-बकोट लिया था। अपने को सँभालने की कोशिश में भी उनकी आँखें डबडबा गयीं। वे उठीं तो लगा भहरा कर गिर जाएँगी। डबल बेड पर औंधे मुँह गिरकर वे जोर-जोर से सुबकने लगीं।

किंकर्तव्यविमूढ़ निरंजन। वे बेड तक गये, लेकिन कैसे छुएँ—''आप रोइए मत! कोई देखेगा तो क्या सोचेगा। मेरे जीते जी आपको कुछ नहीं हो सकता।''

अजीब असमंजस और ऊहापोह में खड़े-खड़े वह देर तक सोचते रहे। सेठानी रोये जा रही थीं। अन्त में उन्होंने सेठानी को पकड़कर खड़ा करने की कोशिश की, लेकिन कृश हो चुकीं सेठानी ने अपने सिर को उनके कन्धे पर टेक दिया। निरंजन अचकचा गये। साँकल बजने की आहट हुई। ''शायद नौकरानी बर्तन धोने आयी है। तुम इत्मीनान से बैठ कर चाय पियो। मैं देखती हूँ।''

हाथ-मुँह धोकर वे फाटक तक गयीं, ''तुम थोड़ी देर बाद आ जाना।'' उन्होंने नौकरानी से कहा।

समय बीतता गया। निरंजन मुख्य रूप से दुकान का ही काम देखते थे। जब कभी जरूरत पड़ी तो घर भी चले जाते। उनके रहन-सहन में भी तब्दीली आने लगी। शहर की आबोहवा ने असर दिखाना शुरू किया। देखनेवाले यही समझते कि सेठजी के घर का लड़का है। मुहल्ले में जो लोग जानते थे कि सेठजी के आगे पीछे कोई नहीं है, उन्हें इत्मीनान था कि सेठानी के घर का लड़का है। सब उनके मेहनती स्वभाव और लगन की तारीफ करते—इस लड़के ने तो सेठजी के घर की रंगत ही बदल दी। अब अक्सर रोज ही सेठजी के घर पर कोई न कोई जरूरी काम निकल आता। ''सच निरंजन, अगर तुम न होते तो मेरा मन ही यहाँ न लगता।'' सेठानी कहतीं।

रोज दोपहर को, जब नौकरानी बर्तनों की सफाई करके चली जाती, सेठानी बादाम का ताजा हलुवा बनातीं। गठिया, हाजमा और बवासीर आदि सारी बीमारियाँ

शरीर के कमजोर होने का लक्षण थीं। इस शक्तिवर्द्धक नुस्खे को उन्होंने अपनी माँ से सीखा था। निरंजन रोज दोपहर बाद आकर सेठजी का नाश्ता ले जाते थे। सेठानी खुद दो पतली चपाती और मूँग की सादी दाल के अलावा कुछ नहीं लेती थीं। पति लोग दूसरी जगह भटक जाते हैं, इसके लिए पत्नी भी जिम्मेदार होती हैं—सेठानी की माँ ने उन्हें शादी के पहले ही सिखा दिया था। वह अपने सौन्दर्य और स्वास्थ्य के प्रति ज्यादा सजग रहती थीं। पुरुष की उम्र चाहे जो हो, औरत को चाहिए कि हमेशा उसे बच्चे की तरह पुचकार कर रखे। ''निरंजन तुम कितना दौड़ते हो?'' सेठानी दो चम्मच हलुवा और गिलास भर गाय का दूध उन्हें भी देतीं। रोज रात को सोने से पहले वह सेठजी को गुनगुना दूध पिलाना अपना परम कर्तव्य मानती थीं। सेठजी बच्चे की तरह हठ करते तो वह माँ की तरह पुचकारतीं। अपनी कसम देतीं।

निरंजन न सिर्फ उनके सौन्दर्य बल्कि उनकी बाल सुलभ चंचलता और ममतालु हृदय पर भी न्यौछावर थे। दीवाली के बाद होली और न जाने कितनी छुट्टियाँ बीत गयीं। घर तो पहले ही छूट गया था, उन्होंने पत्नी की भी कोई खोज ख़बर नहीं ली। गोबर और भूसे की तरह बसाती पत्नी।

सोमवार, बाजार की बन्दी का दिन था। वह चुपचाप अपनी कोठरी में लेटे हुए कुछ सोच रहे थे। हल्की झपकी में आँख लग गयी थी। अचानक उन्होंने महसूस किया कि क्रीम और पाउडर से छन कर आती सेठानी की मादक देह गन्ध पूरे कमरे में भर गयी है। वह चौंककर उठ बैठे। बाहर कोई नहीं था। मन बेचैन होने लगा। सेठजी ने कहा था, किसी दिन फुर्सत पाकर वैद्य जी के यहाँ चले जाना, दवाएँ लानी हैं। वह तुरन्त पैंट-शर्ट पहनकर सेठजी से दवाओं की लिस्ट लेने चल पड़े।

किसी रिश्तेदार के यहाँ गमी हो गयी थी। सेठजी घर पर नहीं थे। ''कैसे आए निरंजन?'' सेठानी ने पूछा।

''कमरे पर अकेले था। मन घबड़ाने लगा। तुम्हें देखने चला आया।'' निरंजन ने बताया।

सेठानी मुस्करायीं, ''नौकरानी निकलने हीवाली है। तुम तब तक मन्दिर की ओर चले जाओ। सेठजी रात से पहले नहीं आएँगे।'' सेठानी भीतर चली गयीं।

कुछ देर के एकान्त क्षणों में अपने को समर्पित कर लेने के बाद निरंजन के मन में वैराग्य जाग उठता। गुमनाम पत्र के आंगिक विवेचन उद्दीपन की भूमिका निभाने लगते। वह पत्नी के बारे में सोचने लगते। पता नहीं गाँव में कैसे रह रही होगी? वर्षों बीत गये, मैंने कोई खोज-ख़बर नहीं ली। पैसा भी नहीं भेजा। शहर आने के पहले की आखिरी मुलाकात याद आने लगती। ''मेरी कोई चिन्ता मत करना'' पत्नी ने कहा था, ''जैसे-तैसे दिन काट लूँगी। समय से खाने-पीने की व्यवस्था जरूर कर लेना।'' वह धीरे-धीरे सुबक रही थी। जीवन की छोटी-छोटी जरूरतों को अनन्त

काल के लिए स्थगित करती हुई उन्होंने अपना सबकुछ एक अदृश्य नियति के हवाले कर दिया। त्याग और करुणा की प्रतिमूर्ति। आत्मग्लानि में डूबते निरंजन अपना बचाव करते—आखिर दान और दया ही तो नहीं होता है पति-पत्नी सम्बन्ध। प्रेम और सेक्स ही तो इसकी बुनियाद है। वह सेठानी को सच्चे दिल से प्यार करते हैं। दुनिया में ऐसी किसी जगह की कल्पना भी नहीं कर पाते जहाँ सेठानी हर समय मौजूद न रहें। मेरे न रहने पर कौन इनकी देखभाल करेगा? सेठजी इनकी भावनाओं को नहीं समझते। लोग भूखे भेड़ियों की तरह इन्हें निगल जाएँगे। अदृश्य स्वार्थी लोगों से घिरी सेठानी उन्हें अबला और असहाय लगती थीं। एक पल भी उन्हें अकेले छोड़ने की कल्पना मात्र से निरंजन काँप जाते। तभी आकाशवाणी होती; "सात ताले के भीतर भी यह आशिक तलाश लेगी।" कहीं यह सचमुच में चरित्रहीन तो नहीं है? बेचारे चरित्रवान, जितेन्द्रिय निरंजन दहल जाते और सोचने लगते : "सेठजी मुझे बेटे की तरह मानते हैं। उन्हें क्या पता...।"

सेठ ने दुनिया देखी थी। निरंजन के बदलाव, सेठानी के हाव-भाव, उनकी उदासी, उनका उल्लास सब कुछ देखा था, लेकिन उनका अपना टाइम टेबुल था। समय से खाना-पीना, सोना-जागना सब कुछ वर्षों से पूर्व निर्धारित चला आ रहा था। वह जीवन और जगत के मर्म को पहचानते थे। क्रय-विक्रय, हानि-लाभ आने-पाई का हिसाब उन्होंने पढ़ा था। गणित ही एकमात्र सत्य है, अपने निष्कर्षों में विवाद की गुंजाइश से परे। लेकिन, किन्तु, परन्तु, बावजूद और अन्ततः के ढेर सारे झंझटों विवादों के ताने-बाने से बुना मानव सम्बन्धों का जटिल विवेचन उन्हें कवियों और दार्शनिकों की मानसिक ऐयाशी लगता था। उनके लेखे निरर्थक। उसमें उनकी कोई दिलचस्पी न थी। वह जानते थे कि जब आदमी अपने ही अनुभवों से नहीं सीखता, अपने ही विचारों पर आचरण नहीं करता, तब उनकी क्या औकात है जो लोग उनके अनुभवों से सीखें, उनके विचारों से आचरण करें। दूसरों को विद्वान और ब्रह्मचारी बनाना वह फालतू लोगों की मानसिक ऐयाशी मानते थे। जो जैसा करेगा, भोगेगा यह उनका दृढ़ विश्वास था।

और आखिर निरंजन का विकल्प भी क्या है? सेठजी सोचते—किसी बूढ़े अपाहिज से दुकान का काम तो सँभलेगा नहीं। जब दूसरी पत्नी की मृत्यु हुई थी तो उन्हें वज्रपात का-सा सदमा लगा था। ख़बर सुनते ही उनका साला अपनी पत्नी और बच्चों के साथ आ गया था। इस उम्र में पत्नी की मृत्यु जवान बेटे की मृत्यु से कम आघात नहीं देती। साले ने सान्त्वना दी, "सेठजी हम लोग हैं, आप चिन्ता न करें। पत्नी घर का काम सँभाल लेंगी।" अब तक बात और थी। रिश्ते-नाते दुःख में ही तो काम आते हैं। भतीजों की बहुएँ, जो अब तक एक गिलास पानी नहीं देती थीं, एक पैर पर हाजिर होकर सेवा में जुट गयीं। सेठजी की बहन तो जब तब मौका

पाकर शिवाले के सामने डाँय-डाँय रोने लगतीं। सरहज रोज रात को गरम तेल से मालिश करती थीं। सब एक-दूसरे से आगे निकलने की मैराथन दौड़ में पलक नहीं झपकाना चाहते थे। बहन ने एक दिन एकान्त देख कर समझाया, ''कोई किसी का सगा नहीं है मनोहर। मेरी तो राय है कि कोई लड़का गोद ले लो। तुम्हारे भाँजे का छोटावाला लड़का होशियार भी है और सुन्दर भी। पंडित ने बताया भी था कि इसको राजयोग लिखा है।'' सेठजी के आसपास उदार मना शुभचिन्तकों का जमघट लग गया था।

यह बता पाना तो मुश्किल है कि विशुद्ध अपनी जरूरत से अथवा लोगों की सामाजिक भावना से पीड़ित और प्रताड़ित होकर, शायद दोनों का योग था, छह महीने बाद सेठजी ने सबको बताया कि तीसरी शादी करने की सोच रहे हैं। इस उम्र में शादी करोगे? चारों ओर काँव-काँव मच गया। भतीजों ने अपनी-अपनी बहुओं को सेठजी के घर जाने से मना कर दिया—व्यभिचारी आदमी है! कौन भरोसा? बहन ने मायके का शेष दिन बड़े भाइयों के यहाँ बिताना मुनासिब समझा। निन्दा पुराण का अखंड पाठ नमक मिर्च मिला कर गाया जाने लगा। सरहज ने ननद की साड़ियाँ और हर सम्भव सामानों को गठरी में बाँधा और लड़कों बच्चों को धमाधम मारते-पीटते घर चली गयीं।

''यही है दुनिया!'' सेठजी ने सोचा, ''ऐसे ही थोड़े कहा गया है कि धरती शेषनाग के फन पर टिकी है। कुछ लोग फन देखते हैं और कुछ फन की मणि।'' सेठजी अपने लेन देन के रजिस्टर पर झुककर हिसाब-किताब करने लगते। साला दिन भर लाटरी की दुकान पर पड़ा रहता था। भविष्य की उज्ज्वल उम्मीद में उसने इधर उधार लेकर सिल्क के दो-तीन कुर्ते बनवा लिए थे। लोगों से कहता, ''बहुत नेक और सज्जन आदमी हैं जीजा जी। विपत्ति पड़ गयी। दो-दो जगह की व्यस्तता में अब मेरी परेशानी बढ़ गयी।'' परेशानी कम करने के लिए लौट आयी पत्नी ने ही उसे जीजा जी का समाचार दिया। वह दौड़ा हुआ वकील के पास गया, ''बहन को सेठ ने जहर दे कर मारा है। केस बन सकता है कि नहीं?''

''पैसा खर्च करना पड़ेगा।'' वकील ने समझाया, ''पुलिस पैसा लेकर क्या नहीं कर सकती है? बाकी एक साल तक मैं जमानत नहीं होने दूँगा। संगीन मामला है। दाह संस्कार करनेवाले सबसे पहले धरे जाते हैं।''

बहन की लाश को ले जाने और जलाने में उसी की भूमिका अग्रणी थी। उस समय वह क्षण-क्षण सजग था। खास बनने के चक्कर में कहीं दूसरे रिश्तेदार बाजी न मार लें। कूटनीतिक राजनीति का सबसे उपयुक्त स्थल मृत्यु के शोक समारोहों को माना गया है। ओह, सारी बाजी ही उलट गयी—साला हतोत्साहित होकर शाप दे रहा था, ''इस उम्र में शादी! मुहल्ले के शोहदे छत पर कुलाँचे मारेंगे।''

सेठजी ने टिप्पणी की, ''वे तो पिछले दस सालों से कुलाँचे मार रहे हैं।''

सबने बहिष्कार किया। सेठजी दस-पाँच मित्रों को साथ लेकर गये और एक सादे तथा सीमित समारोह में इस सेठानी को ब्याह लाए।

सेठानी निरंजन से बतातीं, ''पापा मम्मी से पच्चीस साल बड़े थे। रोज उनके घर आना-जाना था। एक दिन भगा ले गये। मुहल्ले में बहुत बदनामी हुई। नानी को सदमा लगा। बिस्तर पर गिर पड़ीं। मरने से पहले उन्होंने पापा को शाप दिया, ''अपाहिज और कोढ़ी होकर मरोगे। तुम्हारी अपनी बेटी को यही सब भोगना पड़ेगा।'' पापा रोज मम्मी को मारते-पीटते थे। घर के सारे गहने बेच डाले। शराब, रंडी, लाटरी और जुए की लत लग गयी थी। सालों बिस्तर पर ही पेशाब और पाखाना करते रहे। पूरे शरीर पर सफेद दाग हो गये। भैया बाहर नौकरी करते थे। छुट्टियों में आए तो माँ से कहने लगे, ''चारों ओर बदनामी फैल रही है।'' मेरी शादी की समस्या थी। पापा की मृत्यु पर सबने राहत की साँस ली। भैया ने ही मेरी शादी तय की। मुझसे सारी बातें छिपाई गयी थीं। बताया गया कि लड़के की दूसरी शादी है, लेकिन स्वस्थ और सुन्दर है। पैंतीस साल उम्र बताई गयी थी। शादी के समय ही मैंने पहली बार सेठजी को देखा। यहाँ आने पर एक दिन जब सेठजी साड़ियों की खरीदारी करने के लिए मुझे एक दुकान पर ले गये तो दुकानदार ने कहा कि आपकी बिटिया को यह साड़ी जरूर पसन्द आएगी। सेठजी बिना कुछ बोले चुपचाप उठ लिए। तब से मेरे साथ कहीं घूमने या बाजार जाने के लिए नहीं निकलते।'' सेठानी उदास हो जातीं, ''नानी का शाप मेरे ही माथे पर पड़ा है।'' और उनकी आँखें डबडबा जातीं।

निरंजन सोचते—जीवन में दुःख कितने-कितने रूप बदलकर कहाँ-कहाँ प्रवेश कर जाता है, सेठानी को लेकर उनके मन में पैदा होनेवाली करुणा ने आशंकाओं के सारे कलुष को धुल दिया था।

आठवाँ महीना था। डॉक्टर ने भारी सामान उठाने और ज्यादा चलने-फिरने की सख्त मनाही कर दी थी। ''घर है, कुछ न कुछ तो लगा ही रहेगा'', सेठानी ने सेठजी से कहा, ''माँ को बुलवा लेती हूँ।''

सेठजी ने साफ कर दिया, ''ससुराल वालों का ज्यादा दखल ठीक नहीं होता है। मैं बहन को बुलवा लूँगा।''

सेठानी का चेहरा बुझ गया। शादी के बाद भाइयों ने खोज ख़बर नहीं ली थी। सोच रही थीं, इसी बहाने माँ आ जातीं। अस्पताल से 'चेकअप' करा कर लौटते समय एक दिन उन्होंने निरंजन से कहा था, ''सेठजी से कहकर तुम्हें भिजवा दूँगी। माँ को लिवाते आना।''

निरंजन के मन में बहुत दिनों से इच्छा थी वह घर देखने की, जहाँ सेठानी का

बचपन तरह-तरह की शरारतें करता हुआ पला-बढ़ा था। घर का चौखट और वह स्कूल जहाँ वह पढ़ती थीं। ''घर के पिछवाड़े अहाते में अमरूद का पेड़ है।'' सेठानी ने उन्हें बताया था, ''हम लोग चढ़कर अमरूद तोड़ा करते थे। कितनी बार तो मैं गिर जाती।'' एक भुतही हवेली की अमूर्त और रोमांचित करती अवधारणा-सी बन गयी थी निरंजन के मन में।

''मेरे मन में बहुत इच्छा होती है तुम्हारा घर और वह शहर देखने की, जहाँ तुम पली-बढ़ी हो।'' निरंजन सेठानी से कहते। उन्हें लगता कि वहाँ के चप्पे-चप्पे पर सेठानी की छाप होगी। उनके बचपन की शरारतें और उनके कमर की करधनी हर समय वहाँ की हवाओं में बजती रहती होंगी। सबको मोहित कर लेनेवाली आत्मीय सुन्दरता की निश्छल देवी को आखिर कोई कैसे भूल सकता है। उन्हें लगता कि सेठानी के चले आने के बाद वहाँ अब सारे लोग उदास रहते होंगे।

जब हम किसी को प्यार करते हैं तो वह यकीनन सारी दुनिया में सबसे सुन्दर होता है। ईश्वर की तरह। उसे पुकारते हुए हमारी वाणी में प्रार्थना की-सी विनम्र पवित्रता होती है। उसकी इच्छाओं का अनादर सम्भव ही नहीं है। सेठजी ने एक ही झटके में कैसे इनकार कर दिया—निरंजन सोच रहे थे। उन्होंने धीरे से कहा, ''सेठजी, ऐसे समय में माँ ज्यादा अच्छे ढंग से देखभाल करेगी।''

''आजकल तुम्हारा मन दुकान पर नहीं लगता'' सेठजी ने झिड़क दिया, ''कम-से-कम घरेलू मामलों में तो दखल न दिया करो।''

बेचारे निरंजन।

सेठानी भीतरवाले कमरे में सेठजी से फुसफुसा रही थीं, ''तुमने ही तो बेवजह तरजीह दे कर इसका मन बढ़ा रखा है। वैसे भी मुझे इसका बार-बार भीतर कमरे तक चला जाना अच्छा नहीं लगता है। नौकर को नौकर की ही तरह रखना चाहिए।''

रात को निरंजन सामान लेकर घर आए। बरामदे में रखकर उन्होंने आवाज दी और तेजी से बाहर निकलने लगे। सेठानी ने आगे बढ़कर रास्ता रोक लिया, ''नाराज हो?'' उनकी आँखें मुस्करा रही थीं। ''क्या करूँ? मजबूरी है। आखिर यह सब तुम्हारे लिए तो करना पड़ता है। सेठजी को जब-तब शक होने लगता है।''

निरंजन की आँखें डबडबा गयीं, ''यह तो सच है कि मैं नौकर हूँ।''

''बहुत बन रहे हो।'' सेठानी ने उनका हाथ पकड़ा और अपने पेट पर ले जा कर सहलाने लगीं, ''तुम्हारी बिटिया सो रही है इस समय। पूरे दिन लात मारती रहती है चुड़ैल। हो जाय तो तुम्हीं सँभालना।''

निरंजन को बेटी की ही इच्छा थी। पिघल गये। सेठानी ने जल्दी-जल्दी उनके गाल पर दो-तीन चुम्मी ली, ''चले जाओ, सेठजी के आने का समय हो रहा है।''

''यह औरत तो जादूगरनी है। कैसा भी गुस्सा हो टिकने नहीं देती। अगर यह सेठ साला मर जाता तो मैं सारी जिन्दगी नौकर बन कर ही इनकी सेवा करता।'' निरंजन सोचते हुए चले जा रहे थे। एक साइकिल वाले से टकराने पर चेतना लौटी। ''देखकर चलो भैया''—साइकिल वाले ने कहा।

दो-तीन लोग गली के चबूतरे पर बैठे थे, हँस पड़े, ''सेठानी का नशा है भाई! कुछ दिखाई नहीं देता।''

निरंजन काँप गये—खैर, खून, खाँसी, खुशी, बैर, प्रीत, मदपान...। कहते हैं, पाताल का प्रेम भी आकाश में महकता है।

एक दिन उनके गाँव का एक आदमी उन्हें खोजते हुए दुकान पर पहुँच गया। निरंजन ने दौड़कर उसके पाँव छुए और मन-ही-मन सोचा ई ससुर को पता किसने दे दिया? उन्होंने सेठजी को बताया, ''गाँव के हैं, चाचा लगते हैं।''

''अस्पताल आया था।'' चाचा ने बताया, डॉक्टर ने दवा दी है। खून और पेशाब की भी जाँच हुई है। डॉक्टर कल एक्स-रे रिपोर्ट देखेगा। एक-एक दुकान पर पूछते हुए आ रहा हूँ। सोचा रात तुम्हारे यहाँ रुक जाऊँगा। इस बीच वह बार-बार सेठजी की ओर देख रहे थे। अपनी रहस्य भेदी नज़रों से जैसे कुछ इत्मीनान पाना चाहते हैं।

रास्ते भर, पूरी शाम और रात को सोते समय तक चाचा गाँव की ही बातें करते रहे। निरंजन की इन सब बातों में कोई रुचि न थी। वह जानते थे कि ज्यादा बात किया तो यहीं खूँटा गाड़कर बैठ जाएँगे। महीने भर रहेंगे और दिन दुपहर मौका पाकर पड़ोस में शिकायत करेंगे। गाँव में सब साले भैया, चाचा और दादा ही लगते हैं, लेकिन मौका पाकर ऐसा खूँटा ठोंक देंगे कि सारी उमर बीत जाएगी और वह टस-से-मस न होगा। गाँव की याद करके उनका मन घृणा से भर गया।

गाँवों में लोग ईर्ष्यालु और चतुर होते हैं। बेवकूफी उनकी असलियत नहीं महज अभिव्यक्ति होती है। चाचा को यह भाँपते देर नहीं लगी कि मेरा यहाँ आना इसे अच्छा नहीं लग रहा है। ज्यादा शहरी बन रहा है। खैर, मुझे क्या? रात भर रहने का ठिकाना चाहिए था। साँप और नेवले का खेल चलता रहा।

दूसरे दिन सबेरे चाचा ने कहा, ''बेटे निरंजन, अस्पताल में भीड़ रहती है। तुम शहर में रहते हो। सब तुम्हारा जाना सुना है। डॉक्टर से बात कर लेना।'' भीतर भाव यह था कि सेठ के यहाँ काफी पैसा कमाया है। एक्स-रे और दवाओं के अलावा घर तक का किराया भाड़ा तो दे ही देगा।

निरंजन ने बेरुखी से कहा, ''सुबह से दुकान खोलकर बैठना पड़ता है। शाम तक तो मुझे फुर्सत ही नहीं मिलती। यहाँ मकान मालिक भी भीड़-भाड़ पसन्द नहीं करता। आप चले जाइएगा।''

अब जबकि जाना ही है तो पता नहीं अवसर मिले न मिले, चाचा जी बैठ गये, ''गाँव में सब लोग तुम्हारी बहुत तारीफ करते हैं। कहते हैं तीन साल हो गये, निरंजन गाँव नहीं आता। खैर, तुम्हारे पिता ने ही कौन भलाई की? ऐसा आचरण तो दुश्मन भी नहीं करता है।''

निरंजन ने अन्यमनस्क भाव से कहा, ''कोई बात नहीं चाचा। आजकल तो लोग अलग होते ही हैं। मैं तो खुद उनके बारे में सोचता हूँ कि गाँव में अकेले कैसे रहते होंगे। लेकिन शहर आया हूँ तो कुछ बन कर ही लौटूँगा।''

''लेकिन वे अब गाँव में कहाँ हैं भैया।'' चाचा का मुँह अचरज से खुल गया, ''अरे, तुम इतने शहरी हो गये कि बाप तक की ख़बर नहीं।''

''क्या हुआ उन्हें?'' निरंजन की समझ में कोई बात नहीं आयी।

अब आया है होश ठिकाने, चाचा ने सोचा, बताऊँगा, सब कुछ बताऊँगा लेकिन इत्मीनान से, उन्होंने थैली में से सुर्ती और चूना निकाल कर मलना शुरू किया, ''अरे वह तो कब की बात है। सारे गाँव में तूफान आ गया था। लोगों ने बहुत समझाया, लेकिन किसी की नहीं माने। बीमार हो गये थे। सबसे कहते, मेरे लौंडे को सेठानी ने फाँस लिया है। रखैल हो गया मेरा लौंडा। उन्होंने सारा खेत और बैंक का पैसा, घर-दुआर सब कुछ रामजतन बो कुम्हारिन को रजिस्ट्री कर दी। वही रात-दिन उनकी सेवा करती थी। खुद कहीं चले गये। कोई बता रहा था कि हरिद्वार में साधु हो गये हैं। गाँव में लोग कहते हैं कि कुम्हारिन ने एक रात सोये में ही उन्हें जड़ी सुँघा दी थी।''

गाँव पर आठ एकड़ खेत था। बाप ने बेदखल कर दिया—निरंजन के तन बदन में आग लग गयी। पत्नी ने एक बार कहा था, ''मुझे बाबूजी की आदत अच्छी नहीं लगती।''

''क्या बात है?'' निरंजन ने पत्नी से पूछा।

''जब तुम बाहर रहते हो तो बार-बार भीतर कमरे तक चले आते हैं।'' पत्नी ने बताया ''आज मुझसे कह रहे थे कि मुझे खुश कर दोगी तो तुम्हें सुखी रखूँगा।''

अब डांय-डांय करने से क्या होगा? जिसकी जो मर्जी हो करे। निरंजन इन दिनों आकाश की उन बुलन्दियों पर थे, जहाँ से सारी दुनिया कीट-पतंगों की तरह दिखाई देती है। बाप, घर और गाँव अँधेरी नाली के बिलबिलाते कीड़े हैं। इनके बारे में क्या सोचना, कहने लगे, ''अपाहिजों और कोढ़ियों के लिए बाप-दादे की जायदाद होती है। मैं तो थूकता हूँ बाप पर, उसकी जायदाद पर, घर, गाँव और सारे गाँव वालों पर पेशाब करता हूँ।''

उत्तेजना में उनके गले की नसें खिंचकर उभर आयी थीं। मुँह से थूक निकल रहा था। चाचा के मुँह पर सचमुच ही उसने थूक दिया। कहाँ तो वे उसकी औकात

बताना चाह रहे थे, लेकिन इसने तो पटक कर ही कुटम्मस कर दी। वे भकुवा गये। क्या हो गया है इसे? गाँव का सबसे सीधा और शरीफ लड़का था।

निरंजन कहने लगा, ''चाचा कह दे रहा हूँ तो सचमुच में अपने को चाचा मत मान लेना। अब कभी यहाँ मत आइएगा। मैं गाँव वालों की शक्ल भी नहीं देखना चाहता। सब जानता हूँ। शहर में चापलूसी करके खाएँगे। हगेंगे। और गाँव में जाकर शिकायत करते हैं।''

मिल गया पाहुर—सड़क पर चलते हुए निरंजन ने सोचा, अब दुबारा कभी नहीं आएँगे। उसने चैन की साँस ली, चलो ठीक रहा।

हफ्ते भर बाद एक दिन सेठजी ने बताया, ''मालकिन की माँ आयी हैं। घर चले जाओ। मन्दिर दर्शन करने जाएँगी।''

''जिसकी रचना इतनी सुन्दर, वह कितना सुन्दर होगा?'' बिना एक पल गँवाये निरंजन अदृश्य ममत्व की तलाश में दौड़ पड़े। वह सोच रहे थे, सचमुच जादूगरनी हैं सेठानी। उस दिन मन्दिर के सामने अँधेरे में फुसफुसाई थीं, रानी बनकर आयी हूँ तो राज करूँगी। देखती हूँ कैसे आती हैं इनकी बहन जी। फिर रात भर पता नहीं कौन-सी मानसून चली जो सेठजी धराशायी हो गये।

अपनी बहन के लड़के को साथ ले कर आयी थीं माँ।

''यह मेरा मौसेरा भाई है।'' सेठानी ने दिखाया—एक नंग-धड़ंग लड़का असभ्य तरीके से लुंगी बाँधे सेठानी के बिस्तर पर ही सो रहा था। सेठानी की मैक्सी के ऊपर उसी खूँटी पर उसका पैंट-शर्ट टँगा था। क्या बूचड़खाना बना रखा है इन लोगों ने, निरंजन ने सोचा।

''इतना हँसोड़ और गप्पी है कि तुम इसकी बातें सुनकर लोटपोट हो जाओगे।'' सेठानी बता रही थीं और बोलीं—''मम्मी, यह तो थका हुआ है। तुम निरंजन के साथ चली जाओ।''

निरंजन ने तभी पहली बार माँ को देखा। सारी उम्मीदों और कल्पनाओं को ध्वस्त करती माँ। पहली नज़र में वह उन्हें बाइयों की तरह लगीं। उनका पोपला मुँह पान चबाने की वजह से हिल रहा था। रिक्शे पर पसर कर बैठते हुए उन्होंने जरा भी नहीं सोचा कि निरंजन भी बगल में बैठेगा। वह एक ओर दुबक कर बैठे। बूढ़ा के मुँह से सड़े तम्बाकू जैसी दुर्गन्ध आ रही थी।

अगर सब कुछ ठीक ठाक रहा तो अगले महीने की दस तारीख तक बच्चा होगा। डॉक्टरों ने यही तारीख बताई थी, लेकिन सेठानी कहतीं, ''मैं होली के दूसरे दिन पैदा हुई थी। दोपहर तक सब लोगों ने रंग खेला। उसी दिन शाम को। देखना निरंजन, तुम्हारी बिटिया भी उसी दिन पैदा होगी।''

निरंजन ने कुल जोड़कर बीस हजार रुपये बैंक में जमा किए थे। दुकान पर जा

कर उन्होंने सोने की करधनी खरीदी बिटिया के लिए। सेठानी ने कहा, ''इसकी क्या जरूरत है।'' उनकी आँखों में चमक उभर आयी, ''देखूँ तो कैसी है? अबसे यह सब न करना।'' उन्होंने उसे मुट्ठी में दबाया और सुरक्षित बक्से में रख आयीं, ''जब पैदा होगी तो सबसे पहले यही पहनाऊँगी।''

अति संवेदनशील समय है। ऐसे में रात-दिन चौकसी और सावधानी जरूरी है। पाँव ऊँच-नीच पड़ जाए तो जच्चा-बच्चा दोनों के लिए खतरा बना रहता है। सेठजी ने अपना बिस्तर ऊपरवाले कमरे में लगा लिया। सेठानी माँ के साथ अपने कमरे में सोती। हवेलीनुमा मकान में कमरों की क्या कमी? लेकिन मौसी का लड़का श्यामल रिश्ते में भाई लगेगा, उसी कमरे में वह भी सो जाता। सेठानी उसे सामल और कभी-कभी श्याम कहती हैं। वह उन्हें बतासा। बतासा की तरह गोल मटोल और हल्की। सेठानी ने निरंजन को बताया, ''बचपन से ही यह मुझे इसी नाम से चिढ़ाता था। एक बार तो वैष्णो देवी जाने के लिए इसने मेरा रिजर्वेशन भी इसी नाम से करा दिया था।''

माँ और सामल से हर समय घिरी रहतीं सेठानी। निरंजन परेशान थे। बात करने का समय ही नहीं मिलता। माँ मन्दिर में घंटों पूजा करती रहती थीं तो सामल बतासा के पास ही बैठकर जाने कैसी-कैसी ऊल-जुलूल बातें किया करता। उसकी कुरुचिपूर्ण बातों पर भी सेठानी की तल्लीनता और हँस-हँस कर मजा लेना निरंजन को अच्छा नहीं लगता था। सामल के लिए निरंजन का वहाँ होना न होना कोई मतलब नहीं रखता। वह कभी बतासा के बाल पकड़ कर खींचता तो कभी गालों पर चिकोटी काट लेता। एक दिन तो हद ही कर दी। निरंजन ने देखा कि सेठानी को गोद में उठाकर चक्कर खिला रहा है, ''देख मौसी, अब भी कितनी हल्की है बतासा।'' सब होऽ-होऽ करके हँस रहे थे। ऐसी घिनौनी बेशर्मी! बच्चे को कुछ हो जाय तो? यह बुढ़िया यहाँ इसीलिए आयी है क्या? निरंजन के तन बदन में आग लग गयी। भावातिरेक में उनका मुँह कुछ कहने के लिए खुला और फिर चुपचाप बन्द हो गया।

अब तक निरंजन उस घर के कोने में थोड़ी-सी जगह घेरनेवाले मिट्टी का दीया थे। कोने की थोड़ी-सी जगह। लेकिन उस घर का सब कुछ उन्हीं की रोशनी में हिलता-डुलता था। अब सब कुछ बदलने लगा। सामल उन्हें नौकर से ज्यादा अहमियत ही नहीं देता। एक दिन किसी तरह फुर्सत निकाल कर घर आये तो उसने तत्काल उन्हें पान लाने भेज दिया। कभी तम्बाकू, कभी पुड़िया और कभी-कभी सिगरेट भी लाने के लिए भेज देता था—सामल।

निरंजन की सारी रात मिलन की योजनाएँ बनाती बीत जाती। सेठानी तो अपनी ओर से कोई प्रयास ही नहीं करती हैं—वह झुँझलाते। सेठानी कहतीं, ''मेरी

मजबूरी है। घर में माँ हैं, श्यामल है।'' खैर माँ की तो कोई बात नहीं, सन्तोष कर लेते, लेकिन श्यामल पर जल भुन जाते निरंजन। कब तक रहेगा साला?

''साला ही तो है तुम्हारा।'' सेठानी पुचकारतीं, ''काहे चिढ़ते हो? मुझसे पाँच साल बड़ा है, लेकिन बच्चों जैसी आदतें। भूतों की ऐसी सच्ची-सच्ची कहानियाँ सुनाता है कि मैं तो डर के मारे कान में उँगली डाल लेती हूँ।''

लोफर कहीं का! उस दिन पान लाने के लिए जाते समय निरंजन सोच रहे थे। ऐसा पान खिलाऊँगा बेटा कि सारी आशिकी भूल जाएगी। उन्होंने 'जमालगोटा' की कई गोलियाँ खरीदीं और मसलकर पान के पत्तों में मिलाया और बीड़ा बँधवा दिया।

निरंजन दूसरे दिन सबेरे हालचाल लेने पहुँचे। उन्होंने देखा कि वह रोज से भी ज्यादा प्रफुल्लित कुर्सी पर टाँग फैला कर मजे में नाश्ता कर रहा है। कोई असर नहीं। मीराबाई की तरह सारा जहर अमृत हो गया। छिनार साला। पता चला कि सेठजी रात से अस्पताल गये हैं। सासू जी को पूरी रात दस्त और उल्टी हुई हैं। सब कुछ उल्टा हो गया। सारी रात यह दोनों अकेले ही घर में रहे। अब तो बर्दाश्त के बाहर हो रहा है। निरंजन ने सोचा, अब तो सब कुछ साफ-साफ कहना पड़ेगा सेठानी से।

उस दिन रात को थोड़ा मौका मिला तो निरंजन ने सब कुछ साफ-साफ ही कहा, ''हो सकता है तुम्हारा भाई हो। लेकिन मुझे इसकी आदतें लफंगों जैसी लगती हैं। तुम्हें चिकोटी काटता है। गोद में उठाकर चक्कर खिलाता है। तुम क्या बच्ची हो। लोग देखेंगे तो क्या सोचेंगे? अपना ख्याल नहीं है तो कम-से-कम बच्चे के बारे में ही सोचो। कहीं कुछ उल्टा-सीधा हो गया तो?''

''बच्चे की चिन्ता करते हो! मेरी नहीं न।'' सेठानी ने आँखों में हँसते हुए उसे देखने और रूठने का अभिनय किया।

''देखो सेठजी को लेकर मैंने कभी कुछ नहीं कहा, जबकि तुम्हारे साथ उनकी कल्पना करके ही मैं कई कई रात सो नहीं पाता। लेकिन श्यामल! इतना बड़ा हो गया है। रत्ती भर शऊर नहीं। तुम्हारे कमरे में सोता है। मुझे पूरी रात नींद नहीं आती।'' निरंजन ने रुआँसा होकर कहा।

''क्या करूँ? मानता नहीं है।'' सेठानी समझाना चाह रही थीं।

निरंजन किसी गहरी दुश्चिन्ता में होंठ काट रहे थे। जो कहना चाह रहे हैं कैसे कहें? उन्होंने पूछा, ''तुम्हारे ही बिस्तर पर सोता है?''

''तुम तो सेठजी से भी ज्यादा शक्की हो रहे हो। मौसी का लड़का है। भाई लगता है। आखिर तुम कहना क्या चाहते हो।'' सेठानी ने अपनी झुँझलाहट छिपाने की कोशिश नहीं की। अब दोनों आमने-सामने हो गये।

"कब तक रहेगा यहाँ।" निरंजन ने पूछा सेठानी ने मुँह बिचकाया, "मैं क्या जानूँ? कह रहा था कि यहीं रह कर पढूँगा।" यह साला क्या पढ़ेगा? निरंजन का धैर्य जवाब दे गया। सोच रहे थे कहीं इसके चक्कर में मैं ही न मर जाऊँ, "अगर मैं मर जाऊँ तो तुम्हें कुछ लगेगा कि नहीं?" निरंजन ने दो टूक पूछा।

"तुम क्यों मरोगे? तुम्हारी बीवी है। मैं ही मर जाती हूँ। सारा खेल खत्म हो जाएगा।" सेठानी एक मजबूर औरत की तरह उलाहना देने लगीं।

"देखो, बीवी को बीच में न घसीटो। बिना एक बात बोले हजारों साल से वह जाहिल जानवरों के बीच हमारी नालायकियत भोग रही है।" बीवी का जिक्र आते ही निरंजन अपराध बोध से भर जाते। वे भरसक उनकी यादों और प्रसंगों को बचा जाते हैं।

स्त्री और पुरुष के आत्मीय रिश्तों में आजीवन और अनवरत एक युद्ध चलता रहता है। प्रेम और विवाह इस युद्ध की कूटनीतिक मर्यादाएँ और व्यूह रचना है। सेठानी जोर-जोर से रोने लगीं, "तो चले जाओ बीवी के पास। यह तो एक दिन होना ही था।" वह अपने बालों को जोर-जोर से नोचने लगीं, "देखूँ, कौन बचाता है मुझे? मैं आज जरूर प्राण दूँगी।" अपने फूले हुए पेट पर वह जोर-जोर से घूँसा मारने लगीं।

निरंजन ने ऐसे दृश्य की कभी कल्पना तक नहीं की थी। बुरी तरह डर गये। कहीं कोई आ न जाय। लोग देखेंगे तो क्या सोचेंगे। बच्चा भी मर सकता है। उन्होंने हाथ पकड़ने की कोशिश की, लेकिन सेठानी ने झटक दिया, "मुझे अकेला छोड़ दो। कोई नहीं है मेरा! हे भगवान... मैं कितना गिर गयी रे बप्पा!!"

क्या हो गया यह सब? निरंजन की समझ में कुछ नहीं आ रहा था। उन्होंने दोनों हाथों से अपना कान पकड़ा, "देखिए, क्षमा माँग रहा हूँ। हाथ जोड़ रहा हूँ आपके!" सचमुच उन्होंने अपने हाथ जोड़ लिए।

अब सही जगह दाँव पड़ा है—सेठानी ने सोचा, बस थोड़ा और—वह जोर जोर से पैर पटकने लगीं, "जाओ अपनी बीवी के पास। मुझे अब किसी की जरूरत नहीं। मैं जरूर प्राण दूँगी। देखना।"

"कहीं यह वाकई कुछ कर न ले।" निरंजन भीतर तक सहम गये थे। तीन साल पहले इसी अहाते में दीवाली के दिन बारूद की फुलझड़ियों से खेलती एक नव ब्याहता चंचल लड़की उनकी आँखों के सामने कौंध गयी। हे भगवान, क्या इतनी ही होती है प्यार की उम्र? कितनी जल्दी सब कुछ तहस-नहस हो गया। उन्होंने अपने सिर को सेठानी के पैरों पर धर दिया, "एक बार, बस एक बार मुझे आप क्षमा कर दें।"

सेठानी ने घृणा से अपना पैर हटा लिया, "ऐसा ही करता था मेरा बाप मेरी माँ

के साथ। अब तुम चले जाओ। मैंने सोच लिया है कि मुझे क्या करना है।'' वह जोर-जोर से हाँफ रही थीं।

अपने कमरे में लौटते हुए निरंजन भयानक अपमान और आत्मग्लानि में डूबे हुए थे। कितना जलील किया इस औरत ने। कान पकड़ कर माफी माँगना। पैर पर सिर धरना! ओह! प्राइमरी स्कूल में जब मास्टर साहब यही सब करने के लिए कहते थे तब उस उम्र में भी कितनी शर्म आती थी। लेकिन आज इस उम्र में। उन्हें अपना गाँव याद आने लगा। गाँव में लोग कहते हैं कि सेठानी ने मन्तर पढ़ कर निरंजन को सुग्गा बना लिया है। अब निरंजन गाँव कभी नहीं आएगा। वह उसे बन्दर बनाकर नचाती रहती है। ''हे भगवान क्या हो गया है मुझे!'' वह पुकार उठे, ''आत्म मोह की यह दुःखान्तकी, जो मैंने लिख डाली/करुण विवादों-संवादों से भरी हास्य की प्याली।'' वह सोच रहे थे, मैं पागल हो जाऊँगा और लोग मुझ पर हँसेंगे।

उन्होंने देखा, सड़क पर इधर-उधर पान और सिगरेट की दुकानों पर चारों तरफ लोग गप्प हाँक रहे हैं। चहलकदमी कर रहे हैं। हँस रहे हैं और खुश हैं। आज से तीन साल पहले उन्होंने पाँच सौ रुपये की उम्मीद की थी, लेकिन सेठजी ने अपने मन से डेढ़ हजार रुपया देना तय किया। वह दिन उनकी अब तक की जिन्दगी का सबसे ज्यादा खुशी का दिन था। उन्होंने सोचा, ज्यादा से ज्यादा कोई आपको खुशियाँ भर दे सकता है। आप उसे सहेज कर न रख सके तो दूसरों का क्या दोष? उनसे चला नहीं जा रहा था। काँप कर सड़क के किनारे अँधेरे में बैठ गये। आज मुझसे ज्यादा दुःखी कोई नहीं है दुनिया में—उन्होंने सोचा।

उस रात वह बिना खाये-पिये अपने कमरे में करवट-पर-करवट बदल रहे थे। हफ्ता भर हो गया, आजकल उन्हें नींद नहीं आती। सेठानी आती हैं बस। कहीं सेठानी आत्महत्या न कर लें। ऐसे ही ऊल-जुलूल ख्यालों में उनकी रात बीत गयी।

सुबह यह सोचकर कि कहीं कुछ अघट न घट गया हो, निरंजन भय और आशंका से भरे सेठजी के घर पहुँचे। सेठानी मन्दिर के सामने चबूतरे पर सामल के साथ बैठकर फरवरी की गुनगुनी धूप सेंक रही थीं। बूढ़ा किचेन में कुछ बना रही थीं। सेठजी ऊपर के कमरे में थे।

ये दोनों आराम से यहाँ गप्पबाजी कर रहे हैं—निरंजन का बुखार फिर चढ़ने लगा। उन्होंने सम्बोधित किया, ''मुझे आपसे कुछ बात करनी है इधर ही आ जाइए।''

सेठानी दूर छत पर बैठे दो कबूतरों को देख रही थीं। सामल ने पूछा, ''निरंजन तुम्हारी आँखें इतनी लाल क्यों हो रही हैं?''

सेठानी ने एक क्षण उपेक्षा से निरंजन को देखा और फिर कबूतरों की ओर देखते हुए सामल से बुदबुदायीं, ''बीवी की याद में सूख रहा है।'' सामल हँस

पड़ा। सेठानी भी।

''मैं आपसे ही कह रहा हूँ।'' निरंजन ने दुबारा सेठानी को सम्बोधित किया।

सेठानी का लहजा तल्ख हो गया, ''ऊपर सेठजी हैं, वहीं जाओ। मुझसे क्या बात करनी है तुम्हें?''

सामल ने समझदारी की, पता नहीं इन लोगों में कैसी दुकानदारी हो, वह उठ कर मौसी के पास चला गया।

''तुम फिर सुबह-सुबह उससे चिपक गयी?'' निरंजन अब आर-पार की लड़ाई लड़ने के मूड में थे।

सेठानी पैर हिला रही थीं, उपेक्षा से मुस्करायीं, ''मैं तो सारी रात उससे चिपकी रहती हूँ। तुमसे मतलब?''

साली मुझे मेरी औकात बता रही है—निरंजन ने सोचा और बोले, ''तू रंडी है क्या?''

''तू भी तो रंडा है।'' सेठानी गुस्से से उठीं। बर्दाश्त करना मुश्किल है इसे। बोलीं, ''अब अगर आज से घर पर कदम भी रखे तो सेठजी से कहकर तुम्हारा दिमाग सही करा दूँगी। निकल भाग, बेहूदा, जाहिल, गँवार कहीं का।''

निरंजन गुस्से में थरथर काँप रहे थे। कई रात से परेशान, जगी और थकी आँखों में प्रतिशोध से ज्यादा लाचारी दहक रही थी।

''सेठजी की तो कभी हिम्मत नहीं पड़ी। यह रोब जमाने आया है।'' सेठानी ने सामल को बुलाया, ''जरा इधर तो आना।''

''क्या बात है बतासा?'' सामल की समझ में कुछ नहीं आ रहा था—क्यों इस तरह बतासा को घूर रहा है यह निरंजन? ''मूझे घूरोगे?'' सेठानी ने तड़पकर कहा, ''ले।''

और पूरे जोर से खखार कर उन्होंने निरंजन के मुँह पर थूक दिया।

जड़, पत्थर की मूर्ति। पलकें भी नहीं गिर रही थीं। अटेंशन की मुद्रा में खड़े थे निरंजन। पैंट की जेब में भिंची हुई दोनों मुट्ठियाँ स्पष्टत: दिख रही थीं।

कुछ भौंचक और कुछ डरा हुआ सामल फटी आँखों से यह सब देख रहा था। निरंजन के सिर के बाल, आँख की बरौनियाँ और भौंहें साही के काँटे की तरह तन गयी थीं। एक क्षण के लिए वे काँपे और लकड़ी के पुतले की तरह भहराकर गिर पड़े।

सेठजी दौड़े हुए आए, ''पानी का छींटा मारो! बेहोश हो गया है।'' उन्होंने हथेलियों को रगड़ कर गर्मी पैदा करने की कोशिश की। अकड़ गयी उँगलियों को बड़ी मुश्किल से उन्होंने खोला और देखा कि निरंजन की हथेली में पसीने से भीगा कागज का एक टुकड़ा बुरी तरह मुड़-तुड़ गया था। यही वह अस्त्र था जिसे वे

अन्तिम बार प्रयोग करना चाहते थे लेकिन...।

घर और गाँव का पता है शायद? सेठजी ने चश्मा लगाया। निरंजन की लिखावट थी, ''पीछे दायीं ओर मस्सा है और बाएँ जंघे पर दो तिल।'' क्या मतलब है इसका? सेठजी की समझ में कुछ नहीं आया।

तीन शादियों के अलावा परकीया प्रसंगों का सेठजी को कोई अनुभव नहीं था। मस्सा और तिल...। प्रेमी-जनों का सूक्ष्म विवेचन और अचूक फार्मूला उनके पल्ले क्या पड़ता। ''देखो तो श्यामल, क्या लिखा है निरंजन ने, क्या मतलब है इसका?''

लेकिन सामल तो पहले ही देख चुका था।

युद्धभूमि में घायल हो चुके बेहोश निरंजन के कूल्हे पर उसने एक लात दिया और भीतर चला गया।

आसपास से बेफिक्र सेठानी आदमकद आइने के सामने अपने को तरह-तरह से निहार रही थीं। आत्मग्लानि, पश्चाताप, क्षोभ और कुछ-कुछ अपराध बोध के ऊपर मानिनी नायिका का उद्दीप्त तेज चमक रहा था।

''मैं पहले ही दिन इस साले को देखकर समझ गया था।'' सामल की आवाज में घृणा थी, ''तब तो कहती थी नौकर है। इसकी ईमानदारी को सेठजी बहुत चाहते हैं।''

''अब तुम भी चुप रहोगे कि नहीं?'' सेठानी सीधे सामल को मुखातिब हुईं।

मौसी का लड़का था। चुप हो गया।

❑

समय बे-समय

वह वसन्त का खुश्क महीना था। रोज की तरह निकम्मा, उचाट और थका हुआ दिन बिना किसी हलचल के चुपचाप बीतता चला जा रहा था। कस्बे की भीड़ और शोर से अपने को बचाता हुआ विश्वम्भर सड़क के इस एकान्त हिस्से की ओर टहलते हुए सोच रहा था। जबकि उसके सोचने में न कोई तुक था, न तर्क। फिर भी... पिछले कई महीनों से उसके मन में हत्या के विचार तरह-तरह से उभरते। बे-सिलसिलेवार और बे-तरतीब हत्या के विचार दबे पाँव चुपके से आकर उसे अक्सर मजबूर कर देते।

वह जब भी हत्या के बारे में सोचता उसे भीतर से डर लगता। लोग कैसे किसी की हत्या कर देते हैं? ऐसा करनेवाले किन मानसिक दशाओं से गुजरते होंगे? उसे लगता, हत्या करनेवाले एकदम दूसरे ढंग के आदमी होते होंगे। वह किसी हत्यारे को बहुत करीब से देखना, जानना और समझना चाहता था। वह उसके सपनों के बारे में जानना चाहता था।

विश्वम्भर को हमेशा लगता कि एक हत्यारे के लिए पुलिस, कानून और जेल इन सबसे ज्यादा खतरनाक उसके अपने सपने होते होंगे। चालाक से चालाक आदमी अपने को जेल, कानून और पुलिस से भले ही बचा ले, लेकिन नींद और सपनों को लेकर वह क्या करेगा?

पिछले दिनों उसकी मुलाकात एक ऐसे आदमी से हुई जो पेशेवर हत्यारा था। लोगों ने उसके बारे में बताया कि वह पैसे लेकर बहुत दूर-दूर तक हत्याएँ करने जाता है। विश्वम्भर ने उस आदमी को देखा-एकदम दुबला-पतला। बल्कि वह तो कुछ-कुछ लँगड़ाकर भी चल रहा था। पचास-पचपन के बीच कोई उम्र होगी। देखने से तो यही लगता कि वह बकरी भी नहीं मार सकता है।

बातचीत के क्रम में विश्वम्भर ने उससे पूछा कि, आप आदमियों की हत्या कैसे कर लेते हो? वह थोड़ी देर तो टालमटोल करता रहा, लेकिन फिर हँसने लगा, "आदमी को मारना बहुत आसान है।"

"क्या किसी की हत्या करने जाते समय तुम कोई नशा लेते हो?" विश्वम्भर अपनी जिज्ञासाओं से उसे कुरेद रहा था।

"नहीं, ऐसा करना कतई जरूरी नहीं।" उस आदमी ने बताया, "बल्कि नशा करने के बाद तो खतरा और बढ़ जाता है। खतरा! जो इस मुश्किल से लगनेवाले एकदम आसान काम को करते हुए आपके आसपास ब-मुश्किल आधा-एक घंटा तक गुजरता रहता है। उसके बाद आप इत्मीनान से लोगों के बीच लोगों की ही तरह गुजर सकते हैं। न तो आपके शरीर से किसी तरह की बास आती है, न चेहरे पर कोई भय होता है।"

"तुम्हें एक आदमी की हत्या के लिए कितने पैसे मिल जाते हैं?" विश्वम्भर के यह पूछने पर वह थोड़ी देर तक सोचता रहा और अनुमान लगाने लगा, "कभी-कभी तो एक पैसा नहीं मिलता। मुफ्त में भी यह पाप करना पड़ जाता है, लेकिन कभी पैसा ज्यादा भी मिल जाता है। यह सब इस बात पर निर्भर करता है कि आप किस आदमी के लिए, और किस आदमी की हत्या कर रहे हैं। बीस-पच्चीस साल पहले एक हत्या का रेट औसतन बीस-बाइस हजार होता था, लेकिन आजकल कोई भाव नहीं। चार-पाँच हजार मुश्किल से मिलता है। हम गाँव में ही यह काम करते हैं। रात के समय। शहर में खतरा कम होता है। गवाह भी नहीं मिलते हैं। रेट भी ज्यादा है। लेकिन हमारी कोई पहुँच वहाँ नहीं है।"

विश्वम्भर ध्यान से उसका चेहरा देख रहा था। आम तौर पर ऐसे लोग आँखें मिलाकर बात नहीं करते। बात-बेबात झूठ बोलने की आदत होती है। उसकी हँसी में सूखी पत्तियों के बीच साँप रेंगने जैसी खड़खड़ाहट होती। बीच-बीच में आम आदमी जैसी ही शिकवा-शिकायतें, "आजकल जमाना बहुत खराब हो गया है।"

"आप जब किसी की हत्या करते हैं तो आपको कैसा लगता है?" विश्वम्भर ने पूछा।

फिर वही हँसी। सूखी पत्तियों की खड़खड़ाहट जैसी। "कुछ विशेष नहीं," वह सोचने लगा और बताया, "हाँ, कुछ भी तो खास नहीं लगता। बस, एक काम, जिसे हर हाल में पूरा करना है। पूरा होने के पहले का चिर-परिचित तनाव। और पूरा हो जाने के बाद फिर वही हिसाब-किताब।"

विश्वम्भर बहुत गौर से उस आदमी को देख रहा था। एक सामान्य आदमी की ही तरह सीधा-सादा सोचने का तरीका। जैसे व्यापारी व्यापार के बारे में सोचता है। जैसे कोई जज फैसला लिखता है। यह जानते हुए भी कि उसका फैसला सच नहीं है। वह झूठा फैसला लिखता है, और उसे ही सच मानता है। अपना-अपना जीवन-कर्म हर आदमी तय कर लेता है। जैसे एक कसाई बकरा काटता है। जैसे कोई मुर्गा खाता है। "आखिर आप मुर्गा या बकरा क्यों खाते हैं? जबकि खाने के

लिए दुनिया में ढेर सारी चीज़ें हैं—वह आदमी विश्वम्भर से पूछ रहा था—बस इतनी सी ही तो बात है कि आप एक स्वाद के शिकार हैं। वह आपकी आदत है। आपके पास वह कौन-सी मशीन है, जिससे आप तड़पते हुए आदमी की मौत को छटपटाते बकरे या मुर्गे से ज्यादा करके आँकते हैं? आपके पास भाषा है—आप अपने दु:खों की बाजीगरी कर सकते हैं। जिनके पास भाषा नहीं, उन्हें आप मार डालेंगे? यह हक किसने आपको दिया है? फौज के लोग भी तो हमारी ही तरह हत्याएँ करते हैं—पैसा लेकर। आपकी दिक्कत दूसरी है'' उसने विश्वम्भर से कहा, ''आप चाहते हैं कि दुनिया आपकी तरह सोचे और यकीन करे। जबकि यह कभी सम्भव नहीं हो सकता।''

''आप ईश्वर में विश्वास करते हैं?'' विश्वम्भर ने उस आदमी से पूछा।

''हाँ, ईश्वर तो होता ही है,'' उसने विश्वासपूर्वक कहा, ''और कई बार तो मैंने अपने एकदम करीब उसे महसूस भी किया है। जब भी मैं किसी की हत्या करने जाता हूँ, तब ठीक पन्द्रह मिनट पहले ईश्वर मेरे करीब होता है। मैं कोई चूक न कर बैठूँ, इसीलिए वह मुझे क्षण-क्षण सजग रखता और उकसाता है।''

शायद झूठ बोलना इनके पेशे का हिस्सा होता हो—विश्वम्भर ने सोचा-हाँ, शायद वकीलों की तरह। अपने पक्ष के लिए ही यह लोग उत्तरदायी होते हैं।

एक दिन जब विश्वम्भर शहर से आ रहा था तभी अचानक उसने देखा कि कचहरी बस स्टाप के पास एक आदमी उसके आगेवाली सीट पर आकर बैठा। उसके साथ चार-पाँच लोग और थे। कंडक्टर ने उन सबको नमस्ते किया और बस में बैठाने के लिए जगह बनाने लगा। विश्वम्भर ने ध्यान से देखा-यह हंसनाथ या हंसराज, ऐसा ही कुछ नाम था उसका, वही है। बी.ए. में साथ पढ़ता था। चौदह-पन्द्रह साल हो गये।

वह आदमी अपने साथ वालों को बैठाने के लिए बस में पीछे की खाली सीटों पर नज़र दौड़ा रहा था, तभी उसने विश्वम्भर को देखा, ''अरे, तुम! कहाँ से आ रहे हो?'' वह अपनी जगह से उठकर विश्वम्भर के बगलवाली सीट पर आकर बैठ गया।

बातचीत के क्रम में विश्वम्भर उसका नाम पकड़ने की कोशिश करता रहा-हंसनाथ या हंसराज। नाटा कद, साँवला रंग और चेचक से खुरदरा चेहरा। यह भी किसी गाँव से इंटर पास करके शहर में पढ़ने आया था। विश्वम्भर के साथ उसी हॉस्टल में रहता था। पहली-पहली बार शहर और हॉस्टल के दिन। गाँववाले लड़कों के लिए शहर एक रोमांच होता है। क्रीम, पाउडर और तरह-तरह के सुगन्धित साबुन, गमकते-महकते तेलों से भरी दुकानें। गोबर से बसाते हाथ, रेह और धूल और माटी से भरी आँखों का संसार नहा-धोकर एकदम तरोताजा होता और समूह बनाकर टहलने निकल पड़ता। हाइलोजन की पीली रोशनी में जल परी

की तरह उतरती साँझ। इस अजाने किन्नर लोक में गन्धर्व बालाओं की उन्मुक्त खिलखिलाहटें। जागती नींद के सपने। एकान्त रातों के आवारा गीत। मेस की सामूहिक हुल्लड़बाजी। कौन बनेगा विजेता? शहर के लड़के गाँववाले लड़कों को असभ्य, गँवार, उजड्ड, जाहिल और भुक्खड़ मानकर हिकारत करते। वर्चस्व की लड़ाई और कभी-कभार हवाई फायरिंग। इन सबके बीच पाठ्यक्रमों में डूबकर जिन्दगी का रास्ता टटोलते गाँव के लड़के। यह लड़का उन्हीं दिनों हॉस्टल में तमंचा लहराया करता था। विश्वम्भर क्लास का तेज लड़का था। होनहार। सब इज्जत करते थे।

"क्या कर रहे हो आजकल?" उसने विश्वम्भर से पूछा। थका-हारा गुमसुम विश्वम्भर नहीं चाहता कोई उससे यह बात पूछे। उसकी आवाज लड़खड़ा रही थी, "नौकरी नहीं मिली। गाँव पर रहता हूँ।" उसने हँसने की कोशिश की, लेकिन तेज चलती बस के हिचकोलों में एक खाली और पुराने टीन का कनस्तर खड़खड़ाने लगा। "तुम कहाँ से आ रहे हो?" विश्वम्भर ने उससे पूछा।

"मैंने तो यहीं घर बनवा लिया है। यह मेरी ही बस है। दो बसें और हैं," उसने खिड़की के बाहर सिर निकाला और गले तक भर आयी पान की पीक को साइकिल से जा रहे एक आदमी के ऊपर थूक दिया, "आज ही जमानत हुई है। गाँव जा रहा हूँ। उनतालिस दिन से जेल में था।" उसने लापरवाही से बताया।

विश्वम्भर अचकचाकर गौर से उसे देखने लगा, "जेल क्यों गये थे?"

"एक हत्या का मुकदमा था।"

"क्या सचमुच तुमने हत्या की थी, या फँसा दिए गये थे?" विश्वम्भर की जिज्ञासा बढ़ गयी।

"हत्या तो मैंने ही की थी," उसने उसी तरह लापरवाही से कहा, "पुलिस का मुखबिर था। जब भी मेरे यहाँ घर पर रात-विरात कोई आता, जाकर थाने पर सूचना दे आता। जाति का नाई था। मैंने एकाध बार समझाया, लेकिन उसकी उम्र पूरी हो चुकी थी। एक दिन मैं शहर से आ रहा था। कोई सवारी नहीं थी। कस्बे की ओर पैदल ही आ रहा था। तेज धूप थी। मैं एक पेड़ के नीचे खड़ा होकर देखने लगा—शायद कोई ट्रैक्टर, स्कूटर या साइकिलवाला गुजरे तो उसी के साथ बैठ लूँ। तभी मैंने देखा कि वह मोटर साइकिल से चला आ रहा है। मैंने उसे रोका और कनपटी पर दाग दिया। उस समय मुझे मोटर साइकिल की जरूरत भी थी। दस-पन्द्रह दिन उसी से घूमता रहा। एक दिन दारोगा जी कहने लगे-भाई साहब, हाजिर हो जाइए। एस.पी. साहब रोज पूछते हैं। मैंने सोचा, चलो हाजिर हो जाते हैं। एक जज साला बहुत बदमाश है। हर केस खारिज कर देता है। हाईकोर्ट जाना पड़ा। उनतालिस दिन लग गये। आज जाकर जमानत हुई है।"

"तुमने कैसे उसकी हत्या की?" विश्वम्भर जैसे किसी तिलस्मी दुनिया में

सफर कर रहा हो। जैसे कोई स्वप्न चल रहा हो। कोई किसी की हत्या कैसे कर सकता है! उसे विश्वास करने में मुश्किल हो रहा था कि आराम से बस में सफर करनेवाला आदमी हत्यारा हो सकता है—एकदम आम लोगों के बीच आम आदमियों की ही तरह। उसके लेखे हत्यारे रात के अँधेरे में दबे पाँव निकलनेवाले कुछ-कुछ विचित्र और भयावने होते होंगे। उनकी आँखें लाल होती होंगी। भेड़िये की तरह चालाक और चौकन्ने वे लोग कभी हँसते नहीं होंगे। न उनकी स्मृतियाँ होती होंगी, न सपने। यह कैसा, जो आराम से बस में सफर कर रहा है। पान खा रहा है, और ऊँची-ऊँची आवाज में बात कर रहा है। ''तुमने जब उसकी हत्या की तो डर नहीं लगा? मरते समय आदमी तड़पता है। ढेर खून फै ल जाता है। उसकी आँखें भयानक हो जाती हैं। तुम्हें कँपकँपी नहीं हुई देखकर?'' विश्वम्भर को जैसे अब भी यकीन नहीं हो रहा था।

''कैसी कँपकँपी,'' उसने लापरवाही से बस में चारों ओर देखते हुए कहा, ''अब तो यह सब आदत बन गयी है।''

हर दो फर्लांग पर पुलिस चौकी। तीन कोस पर थाना। जिले में कचहरी। हाईकोर्ट! सुप्रीम कोर्ट! इतना ढेर सारा सरकारी ताम-झाम और यह लोफर-लफंगा! पता नहीं क्या नाम था इसका—हंसनाथ या हंसराज! हत्या करके आराम से बस में सफर कर रहा है—विश्वम्भर सोच रहा था—इसने शहर में मकान बनवा लिया है। तीन बसें चल रही हैं। कितनी आसान है इनके लिए जिन्दगी, जिसे हम पहाड़ की तरह ढो रहे हैं।

''सुखिया सब संसार है, खावे अरु सोवे,
दुखिया दास कबीर है, जागे अरु रोवे।''

कस्बे से बाहर सड़क के इस एकान्त में टहलते हुए विश्वम्भर सोच रहा था, उसने जिन्दगी का रास्ता ही गलत चुना। जबकि ढेर सारे लोग खुश हैं। जब बाजार में भूसा सोने के भाव बिक रहा हो तब अनाज का बोरा लादकर भटकने से क्या फायदा? समय तेजी से बदल रहा है। उसके पास जो है, उसकी किसी को कोई जरूरत नहीं। मुझसे कहाँ गलती हुई थी? क्या उसी दिन जब बाप ने शहर पढ़ने के लिए भेज दिया था? क्या चाहते हैं बाप लोग? एक अच्छी जिन्दगी, या एक अच्छा आदमी? क्या एक साथ दोनों सम्भव रह गया है? एक हत्यारे समय में रहते हुए अगर आप हत्या करना नहीं जानते तो तय मानिए, दूसरे लोग आपकी हत्या कर डालेंगे।

''तुम चोर, डाकू, हत्यारे या तस्कर कुछ भी हो जाते तो मुझे सन्तोष होता। कुछ तो ताकत थी मेरे वीर्य में।'' बाप ने उसे देखकर जमीन पर थूकते हुए कहा था।

बाप के मरे हुए सपने और कुंठाएँ पिछले दस सालों से उसका पीछा कर रही

हैं। पैदा करने का हिसाब माँग रही हैं। वह नहीं पाल सका बाप की अतृप्त इच्छाओं को।

वह प्रोफेसर बनना चाहता था। नौकरी की तलाश में कहाँ-कहाँ नहीं भटका। कलकत्ता, अलीगढ़, उज्जैन और दिल्ली! अक्सर एक्सपर्ट लोग विद्वान आलोचक, संवेदनशील कवि और प्रतिष्ठित कथाकार आदि-इत्यादि होते। सबके बेटे थे, बेटियाँ थीं, बहुएँ, दामाद थे। वह बहुत थक गया। ट्रेन से उतरते हुए एक गिरहकट ने उसका पर्स निकालकर देखा, सिर्फ चार आने पैसे थे। गिरहकट को विश्वास नहीं हुआ। उसने उसे रोका और पूरे शरीर की तलाशी ली। कहीं कुछ न था। "कहाँ से आ रहे हो भाई?" गिरहकट ने उसे आश्चर्य से देखते हुए पूछा।

"इंटरव्यू देकर।" विश्वम्भर ने बताया।

"चलो, पहले भरपेट भोजन करो!" गिरहकट उसे पकड़कर एक ढाबे पर ले गया। यह घर तक का किराया लो और चुपचाप अपने गाँव जाओ। पढ़े-लिखे हो। कुली-कबाड़ी हो नहीं सकते। बाकी यह कि यहाँ 'रिजर्वेशन' है। प्रोफेसर का बेटा प्रोफेसर। बनिया का बेटा बनिया। नेता का बेटा नेता। भिखारियों और पाकेटमारों तक ने अपने-अपने इलाके बाँट रखे हैं। अकेले अपने भरोसे क्या कर सकते हो! सोचो! नटवर लाल बनो! बीवी और बेटियों से धन्धा कराओ! या हिम्मत बटोरकर हत्या करना सीखो! और कोई गुंजाइश नहीं रह गयी है अब।"

—नहीं, मैं हत्या नहीं कर सकता-विश्वम्भर ने एक दिन अपने-आप से कहा—इसलिए नहीं कि अभी भी मेरे भीतर किसी हितोपदेश का असर बचा रह गया है। बस, इसलिए कि मैं परले दर्जे का कायर हूँ। मैं कुछ नहीं कर सकता। किताबों ने मेरे भीतर का सब कुछ सोख लिया है। मैं अब कुछ भी नहीं कर सकता। मेरे सपनों में मेरा बाप आता है और मेरा घर। काँपते हुए डरकर मैं पेशाब कर देता हूँ। मैं जाग जाता और कस्बे की ओर भाग आता।

गर्मी की एक दोपहर पेड़ के नीचे ताश खेल रहे गाँव के लड़कों ने उससे चुहल की, "विश्वम्भर भाई, मार डालो अपने बाप को, वरना दो साल में रिटायर हो जाएँगे तो कभी नौकरी नहीं पाओगे।"

गाँव वालों को जब भी पढ़ाई-लिखाई का, किताबों का मजाक उड़ाना होता है, सब विश्वम्भर से चुहल करते। वह सुनता और चुपचाप आगे बढ़ जाता। किताबें आदमी को असहाय, अकेला और निकम्मा बनाकर छोड़ देती हैं। सपनों के अनोखे और एकान्त संसार में ले जातीं, जहाँ आदमी पूरी तरह बधिया हो जाता है।

जिन्दगी की गुत्थियाँ बहुत सोचने-विचारने से ही सुलझती हों, यह कतई जरूरी नहीं। हँसी, मजाक, उपहास और छेड़छाड़ में कही गयी बातें भी कब, किस तरह और कैसे जीवन का दिशा निर्देश करने लगें, हम जान नहीं पाते। शायद लड़कों की बातें ही सच हों, बिना बाप की हत्या किए उसे नौकरी नहीं मिलेगी। आखिर

वह कैसे कर सकेगा बाप की हत्या?

उसकी कई मुश्किलें थीं। एक तो हत्या की बीभत्सता वह बर्दाश्त नहीं कर पाएगा। दूसरे, उसने सुन रखा था कि चाहे जितनी सजगता से अपराध किया जाय, कोई न कोई ऐसी पहचान बची रह जाती है, जिससे पुलिस अपराधी तक पहुँच जाती है। कानून के हाथ बहुत लम्बे होते हैं–वह सुनता चला आया था। उसे लगता, तरह–तरह की आकृतियाँ बदलकर रहस्यमय कानून हर समय हर किसी के पीछे दबे पाँव टहलता रहता है। जासूसी कुत्ते की तरह चालाक और चौकन्ना कानून उसे डराया करता।

एक दिन उसने एक वकील से पूछा, ''मैं कानून को देखना चाहता हूँ—उसकी शक्ल कैसी होती है?''

वकील ने लापरवाही से अपने कुर्ते की झूलती हुई पाकिट को टटोला और निश्चिन्त होकर पूरी तबीयत के साथ जोर से हँसा, ''जिसके पास फुर्सत हो, कुछ करना–धरना न हो, वही कानून के बारे में सोचे। इसे देखो,'' वकील ने सामने तख्त पर बैठे एक बीस–बाइस साल के लड़के की ओर इशारा किया जो इत्मीनान से सिगरेट पी रहा था, ''इसने पन्द्रह हत्याएँ की हैं।'' वकील बता रहा था, ''अगर कानून न होता तो यह ऐसा करके यहाँ इत्मीनान से बैठा न होता। वाकई बहुत भयानक होता तब, जब पुलिस, कानून, अदालतें और जेलें न होतीं। वह लोग यकीनन इसे मार डालते।'' वकील बता रहा था, ''लेकिन अब वह लोग इसे मारने के बदले अदालतों का चक्कर मारते हैं। इसलिए कि इसकी जमानत न होने पाये। वे लोग गवाह ढूँढ़कर ले आते हैं। आज की हत्या का मुकदमा चालीस साल बाद शुरू होता है। सुप्रीमकोर्ट! आज की सबसे बड़ी अदालत! नोना खाई ईंटों का ढेर।''—वकील ने एक ओर उपयुक्त जगह देखकर पिच्च से थूका और विश्वम्भर का हाथ पकड़कर बोला, ''चलो तुम्हें दिखाएँ, कानून की सूरत!'' वह कहचरी के पिछवाड़े उस अहाते की ओर ले गया जहाँ गाँव से आए हुए मुवक्किल और कभी–कभार वकील लोग पेशाब करने जाते हैं। वहाँ चारों तरफ दुर्गन्ध फै ल रही थी। धतूरे, भाँग और भटकटैया की झाड़ों के बीच वहीं एक लड़की करीब–करीब अधनंगी लेटी पड़ी थी। उसके ऊपर एक लड़का कुछ जबर्दस्ती करने की नीयत से झुककर उसे दबोचे हुए था। बगल में एक बूढ़ा कांस्टेबिल चुपचाप बैठकर खैनी मल रहा था।

''जानते हैं, बीस साल हो गया।'' वकील ने विश्वम्भर को बताया, ''यह लड़का कुछ गलत करना चाह रहा होगा। तभी लड़की का बाप थाने से इस कांस्टेबिल को बुला लाया था। तब तक लड़के का बाप भी 'स्टे आर्डर' लेकर आ गया। 'स्टेटस को'। जो जैसे है वैसे ही बना रहे। बीस साल हो गया। यह दोनों ज्यों के त्यों बने हुए हैं।''

विश्वम्भर ने करीब जाकर देखा–लड़की थककर चुपचाप सो रही थी। "कहो तो मैं एक लात मारकर इस साले को ढकेल दूँ, और तुम अपने घर चली जाओ", उसने लड़की से पूछा, "आखिर तुम्हारी मुश्किल क्या है?"

लड़की की देह में हल्की सी जुम्बिश हुई और वह अपनी निस्तेज आँखों से चुपचाप अदालत के गुम्बद को देखने लगी।

"अब कुछ नहीं होगा।" वकील ने विश्वम्भर से कहा, "कचहरी में इनकी फाइलें धूल फाँक रही हैं। लड़की और यह लड़का, दोनों चार–छह साल में यहीं मर जाएँगे। शहर की सारी दुकानें नगरपालिका की जमीनों पर इसी तरह 'स्टे–आर्डर' लेकर चल रही हैं। मैं तो सोचता हूँ, अँग्रेज साले चूतिये थे, जो चुपचाप चले गये। एक 'स्टे–आर्डर' थमा देते गाँधी जी को और मजे में बने रहते।"

एक अन्तहीन सर्कस! एक विस्फोटक जादू!—विश्वम्भर अपने–आप से बुदबुदाया, "तुम खुद सोचो! तुम्हारी जगह कहाँ है?"

क्या करें? हे भगवान, कुछ समझ में नहीं आ रहा है—पिछली रात वह पत्नी के पास सोया था और सोच रहा था—क्या हम यूँ ही एक दिन मर–बिला जाएँगे? किसी को ख़बर भी नहीं होगी—हमारी! बिना हमारे भी यह दुनिया ऐसे ही चलती रहेगी—खुश! और कोई रास्ता नहीं! कैसे कर सकेगा वह बाप की हत्या!—वह जब भी अपने बारे में सोचता, उसे लगता, कोई उसे दबोचकर मन के सन्नाटे में चीख रहा है—तुम भूल जाओ कि पढ़े–लिखे हो! क्या करना चाहिए, क्या नहीं! यह सब भूल जाओ! बस इतना सोचो कि तुम्हें अमुक चीज़ चाहिए! और उसे ले लो! तुम कैसे तय कर सकते हो कि तुम्हारा रास्ता सही नहीं है! विश्वविद्यालयों के प्रोफेसर, अदालतों के न्यायमूर्ति, विधायक, मन्त्री, विशालकाय इमारतों और गली–कूचों में फैले तमाम सरकारी–अर्धसरकारी संस्थान, विश्वबैंक की परियोजनाएँ, उनके ब्यूरोक्रेट्स, क्लर्क अपने–अपने तरीके से सब मिल–जुलकर यही काम कर रहे हैं। दो सम्राटों के युद्ध में जो जीतता वही पराजित सम्राट को बन्दी बनाता, अपराध साबित करता और दंड देता है। पराजय और असफलता ही सबसे बड़ा अपराध है। कहीं मैं पागल न हो जाऊँ?—उसने अपने ऊपर दया करते हुए सोचा और हँस पड़ा—नहीं, नहीं! कहीं मरा हुआ आदमी पागल होता है! कहीं मैं सचमुच तो नहीं मर चुका हूँ। महीनों हो गये, उसने जीवित आदमी की तरह कोई हरकत नहीं की थी।

इस विश्वास के लिए कि मैं जिन्दा हूँ, उसने करवट बदला। चारों ओर अँधेरा था। उसने बिस्तर पर पत्नी को टटोला। पता नहीं जगी हैं या सोयी? उसने सोचा और उनकी बाँहों को पकड़कर अपनी ओर खींचा। पत्नी ने उसके हाथ को झटक दिया और उठकर बैठ गयीं, "मैं तुम्हारी क्या लगती हूँ।" उन्होंने पूछा।

विश्वम्भर के हाथ ढीले पड़ गये। दस साल बीत गये शादी को। दो–दो

बच्चियाँ और क्या अभी भी यह प्रश्न बचा रह गया है? शायद मेरे अलावा सब कुछ बचा हुआ है यहाँ, इस दुनिया में। वह अँधेरे को देखता चुप पड़ा रहा।

"मैं पूछती हूँ, क्या लगती हूँ मैं तुम्हारी?" पत्नी ने गला फाड़कर दुबारा पूछा।

विश्वम्भर चुप।

"नहीं बोलोगे!" तड़पकर पत्नी ने उसे जगह-जगह से नोचना-बकोटना शुरू किया। विश्वम्भर चुप पड़ा रहा।

न हिला, न डुला, न ही अपने को बचाने की कोई कोशिश की। पत्नी ने उसे कई थप्पड़ मारे और मुँह पर थूक दिया। उसने चुपचाप मुँह पोंछा और करवट बदलकर लेट गया। अचानक पत्नी बहुत जोर से चीखीं और रोने लगीं। एक ऐसी रुलाई जो औरतें विधवा होने के बाद रोती हैं।

घंटों बीत गये। एकान्त सड़क पर टहलता विश्वम्भर कस्बे से काफी दूर निकल आया था। पिछली ढेर सारी बातें एक स्वप्न कथा की तरह उसके भीतर से गुजर रही थीं। अँधेरी रात का सन्नाटा उसके आजू-बाजू फै लने लगा है। सड़क के किनारे गड़े पत्थर से उसने अन्दाजा-सात किलोमीटर यूँ ही निरुद्देश्य चलता-चला आया है। दूर-दूर तक फैले गन्ने के खेत, तरह-तरह की आशंकाओं से डरी कोलतार की काली सड़क और सड़क के दोनों ओर घने पेड़ों की कतार—विश्वम्भर को डर लगने लगा। उसने सोचा, अब घर लौट जाना ठीक रहेगा!

घर? इस शब्द मात्र से ही विश्वम्भर काँपने लगता। उसके गाँव में गली-गली भटकता एक लावारिश कुत्ता है। किसी के घर रोटी पाता तो खा लेता और गाँव के बाहर सड़क के किनारे पूरी रात बैठा रहता। विश्वम्भर जब भी रात को कस्बे से लौटता है, कुत्ता उसे देखकर जोर-जोर से भूँकते हुए काट खाने को दौड़ाता। सोये हुए गाँव को आगाह करता है। शुरू-शुरू में जब विश्वम्भर पढ़कर शहर से लौट आया था तब कुत्ता उसे नहीं पहचानता था। लेकिन अब तो इतने साल बीत गये। क्या अब भी इसे मेरी देह से शहर की और किताबों की गन्ध आती है? क्यों भूँकता है। यह—विश्वम्भर अनुमान लगाता-शायद इसकी आदत पड़ गयी है। शायद कुत्ते को मजा आता है। शायद अपनी ऊब मिटाता हो। कई बार विश्वम्भर ने सपना देखा कि यह कुत्ता उसे दौड़ा रहा है। एक खूँखार भेड़िये की शक्ल में बदल जाता कुत्ता और उसे चीथने लगता। विश्वम्भर चीखता-बचाओ! बचाओ! उसकी आवाज किसी को सुनाई नहीं देती। वह भागता लेकिन पैर भारी हो जाते। किसी ऊँची छत से वह लुढ़क पड़ता और किसी फटी-पुरानी किताब के पन्ने की तरह हवा में लहराता नीचे बहुत नीचे गिरता चला जाता। एक भयानक सिहरन जैसे प्राण निकल गये हों—बीच में। वह भय और पसीने से सराबोर काँपते हुए जाग जाता। वहाँ कुत्ता नहीं होता सिर्फ उसकी आवाज जो सपने में सुनाई दे रही थी, बरामदे में सोये पिता

के खर्राटों में बची रह जाती।

गन्ने के खेतों में अचानक कुछ खड़खड़ाया। एक चमगादड़ हवा में लहराता हुआ उसके मुँह पर झपट्टा मारते-मारते रह गया। एक उल्लू चीखते हुए फड़फड़ाकर उड़ गया। विश्वम्भर को डर लगने लगा—शायद रात काफी बीत चुकी है। दिन-दुपहरी वह कभी भी भूत-प्रेत पर विश्वास नहीं करता, लेकिन उसके आसपास रात का अथाह सन्नाटा पसर चुका है। कहीं बहुत गहरे समाये संस्कारों में उसे डरावनी प्रेतात्माओं की आहट आने लगी। रोज रहजनी की घटनाएँ होती हैं। कहीं गश्ती पुलिसवाले ही न पकड़ लें। भय के इन्हीं क्षणों में अचानक उसे लगा कि—शायद मैं जिन्दा हूँ।

भूत, प्रेत, साँप, बिच्छू, डाकू या पुलिस इनका भय केवल जीवित आदमी को ही सताता है। तब क्या मैं जिन्दा हूँ? पत्नी के पास लेटे हुए सम्भोग के चरम क्षणों में जिस जीवन का कोई निशान वह नहीं पा सका था, वही जीवन भय के उन क्षणों में उसे अपने भीतर काँपता हुआ महसूस हुआ। हाँ, शायद अभी तक मैं मरा नहीं हूँ—इस ख्याल के साथ ही उसे रोमांच होने लगा। वह वहीं रुक गया।—क्यों न भय की आखिरी सीमा तक जाकर मैं जीवन को महसूस करूँ।

''थोड़ी ऊँचाई से आप दुनिया को देखें। वैसे नहीं, जैसे सारे लोग देखते हैं। भीड़ से अलग हटकर देखें—आप पाएँगे कि दुनिया बदल गयी है। अलग-अलग और कई-कई सुन्दर रंगों में दुनिया दिखाई देगी।'' किसी उपन्यास में पढ़ी हुई ये लाइनें उसे याद आयीं। आज की रात ऐसे ही सही। मैं दुनिया को थोड़ी ऊँचाई से देखना चाहता हूँ—यह सोचकर वह सड़क के किनारे जामुन के पेड़ पर चढ़कर बैठ गया।

घनी अँधेरी काली रात। अपने बचपन से, गाँव से, घर से, माँ-बाप और पत्नी और दोनों बेटियों से डरकर विश्वम्भर सड़क के किनारे जामुन के पेड़ पर छिपा बैठा है। इत्मीनान यह कि अब मुझे कोई नहीं देख सकता। सिर्फ दो नम्बर कम पाने के कारण जो आई.सी.एस. की परीक्षा में रह गया था। वरना, सम्भव है वह आज किसी जिले में कलेक्टर होता और इस तरह पेड़ पर बैठने वालों को राष्ट्रीय सुरक्षा के मद्देनज़र हवालात में बन्द करा देता। अगर विश्वविद्यालयों को विद्वान प्रोफेसरों ने अपने बेटों, बेटियों और बहुओं की लीद से गंधा न दिया होता तो शायद यही विश्वम्भर किसी जगह प्रोफेसर होता। यही विश्वम्भर, यानी मैं, आज इस तरह इस एकान्त रात के सन्नाटे में जामुन के पेड़ पर बैठा हूँ। अगर कोई मुझे यहाँ इस तरह देखे तो पागल समझेगा। जबकि मैं पागल नहीं हूँ। क्या पेड़ पर बैठना पागल होना है—उसे सच्चिदानन्द हीरानन्द वात्स्यायन 'अज्ञेय' की याद आयी।

कालिदास पेड़ की जिस डाल पर बैठे थे उसी को काट रहे थे। उसने सोचा, अगर मेरे पास एक कुल्हाड़ी होती? तरह-तरह के विचारों से उसे रोमांच हो रहा था।

हाँ, वाकई मैं जिन्दा हूँ! उसने अपने को तसल्ली देते हुए सोचा।

अचानक नीचे कुछ लोगों की आहट सुनाई पड़ी। विश्वम्भर ने देखा, कुल पाँच जन हैं। उनके हाथों में लाठियाँ हैं। शायद तमंचे भी। सबने मुँह बाँध रखे हैं। सड़क के दोनों ओर पेड़ों के पीछे वे लोग छिपकर बैठ गये। अगर ये लोग मुझे देख लेंगे तब तो मार ही डालेंगे—विश्वम्भर ने सोचा और दुबककर बैठ गया। हे भगवान, खाँसी न आने पाए।

आध-एक घंटे तक वे लोग वैसे ही एकदम सावधान फौजी मुस्तैदी के साथ बैठे रहे। तभी दूर सड़क पर एक आदमी मोटर साइकिल से आता दिखा। वे सब सजग हो गये। करीब आते ही उनमें से एक ने मोटर साइकिल के पहिए में लाठी घुसेड़ दी। पीछे कोई औरत भी बैठी थी! दोनों भहराकर गिर पड़े। पलक झपकते ही उन लोगों ने आदमी को दबोचकर लाठियों से मारना शुरू किया। एक तो गिरने की चोट, ऊपर से लाठियाँ, वह आदमी मांसपिंड की तरह हवा में लहराने लगा। औरत कुछ समझ नहीं पा रही थी और उस मांसपिंड को पकड़ने की कोशिश में इधर-उधर गिरती-पड़ती हुँफ्-हुँफ् कर रही थी। इत्मीनान के बाद उन लोगों ने दोनों के शरीर को टटोला और घड़ी, पर्स, चेन, नाक-कान, अगल-बगल की सारी जरूरी चीज़ों को अपने हवाले किया और उन दोनों को गन्ने के खेत में ले जाकर बाँध दिया।

चार साइकिलवाले, तीन पैदल, दो स्कूटर, उन लोगों ने बारी-बारी सबको इसी पद्धति से निबटाया। एक बस को उन लोगों ने रोकने की कोशिश की, लेकिन ड्राइवर भगा ले गया। ''अब रुकना ठीक नहीं है'' उनमें से एक ने कहा, ''अगर बसवाले ने आगे ख़बर कर दी तो पुलिस आ जाएगी।''

अगर ये लोग यहाँ से हटें तो मैं उतरकर भागूँ-विश्वम्भर सोच रहा था—कैसी मुसीबत आन पड़ी भगवान!

ठीक उसी समय सामने से एक कार आती दिखी। सारे बड़े-बड़े पत्थर सड़क पर लगा दो। सजग रहना। कहीं बसवाले की तरह यह भी न भगा ले जाय।

एक ने अनुमान लगाया, ''शायद मारुती है। लुढ़क जाय भले, निकल नहीं पाएगी।''

अचानक ब्रेक लगने के बाद एक लम्बी चिंचियाती आवाज के साथ कार रुक गयी। क्या माजरा है? जानने के लिए ड्राइवर ने जैसे ही सिर निकाला वैसे ही तड़ की आवाज हुई और ड्राइवर की खोपड़ी खिड़की के बाहर झूलने लगी। बिना एक क्षण देर किए उन्होंने कार को चारों ओर से घेर लिया। पीछे एक तोंदियल बैठा था। ''मोटा सेठ है'', उनमें से एक बुदबुदाया।

''नहीं हुजूर! मैं कोई सेठ नहीं हूँ। मैं सी.जे.एम. हूँ। चीफ जुडिशियल मजिस्ट्रेट एस.एन. पाठक। कथावाचक शालिग्राम पाठक पूरे इलाके में सत्यनारायन

भगवान की कथा के लिए मशहूर थे। उन्हीं का इकलौता बेटा, मैं सत्यनारायन पाठक। आपके जिले का सी.जे.एम. हूँ। घूस की कमाई खाकर मेरा पेट थोड़ा-सा बढ़ गया है। मैं कोई सेठ नहीं हूँ मीलार्ड!''

''बिना चीं-चपड़ किए जो कुछ है बाहर निकाल!'' एक ने उसे धमकाया।

वह कुर्ता निकालने लगा तभी, ''यह तो रिवाल्वर लिए हुए है।''

''हुजूर, आप यकीन करें'', वह बहुत डरा हुआ था और बोलने की कोशिश में उसके गले से सिर्फ अंऽऽ-अंऽऽ की ध्वनि भर आ रही थी। वह उन्हीं ध्वनियों को सहज और संयत कर बताना चाह रहा था—हाँ, यह रिवाल्वर ही है, लेकिन इससे आप सबको कोई खतरा नहीं। मैंने इसे कभी चलाया नहीं। मुझे विश्वास भी नहीं कि यह चलती है या नहीं। इसे छूते हुए भी मुझे डर लगता है। यह मेरा 'स्टेटस सिम्बल' है। आप चाहें तो इसे ले जाएँ। डेढ़-दो लाख में बिकती है। मैं दूसरी नयी खरीद लूँगा। मेरे पास पैसे की कोई कमी नहीं-यह सोचते हुए उसने देने के लिए रिवाल्वर हाथ में पकड़ा, तभी दुबारा धाँय की आवाज के साथ एक गोली उसके पेट में धँस गयी। मोटी चर्बी की वजह से मेंढ़क की तरह उसकी गर्दन दिखाई नहीं दे रही थी। उसके होंठ लटके थे और मुँह, पता नहीं दर्द से, भय से या अचरज से डेढ़-दो इंच खुला हुआ था। वह निष्क्रिय भाव से कभी अपने घाव और कभी उन लोगों को देख रहा था।

उन लोगों ने पीछे रखी अटैची उठायी और उसे तोड़ डाला। सौ-सौ की दस गड्डियाँ। नगद एक लाख रुपये का उपहार! वह कहीं से गेहूँ, भूसा, खेत या हेरोइन बेचकर ले आ रहा था। ''डिक्की तोड़ो! शायद और कुछ रखे हो!'' वे आपस में बुदबुदाये।

विश्वम्भर ने बहुत दिनों से न तो कोई फिल्म देखी थी और न नटों के करतब। भय और रोमांच के मिले-जुले उस दृश्य से उसे गुदगुदी होने लगी। पता नहीं भय से चीखने के लिए, या खूब जोर से ठठाकर हँसने के लिए उसका मुँह बार-बार खुल जा रहा था, लेकिन वह चुपचाप पड़ा रहा। आत्मीय स्वजनों के बीच सी.जे.एम.-एस.एन. पाठक न दर्द से कराह रहे थे, न छटपटाने जैसी कोई हरकत। वह अपने भल्ल-भल्ल बहते खून को चुपचाप देख रहे थे। उन लोगों ने उनके रिवाल्वर छीन लिए थे और अब डिक्की तोड़ रहे थे।

ठीक इसी समय सड़क पर एक-दूसरी रोशनी दिखाई दी। उन्होंने अनुमान लगाया—यह मोटर साइकिल की आवाज है। रात के एक बज रहे हैं। दारोगा रोज इसी समय इधर से गश्त पर गुजरता है। हाँ, दारोगा ही है। वे लोग गन्ने के खेतों में घुसकर लापता हो गये।

सड़क के बीचोंबीच गाड़ी खड़ी है। एक आदमी मरा पड़ा है। यह दूसरा भी

है शायद! दारोगा ने गाड़ी के भीतर झाँककर देखा। इसे भी गोली लगी है। साँस चल रही है-धौंकनी की तरह घुर्र-घुर्र-दारोगा ने उसे हिलाकर देखा-अभी जान बची है। उसने आँखें खोल दीं और हाथ जोड़कर बोला, ''मुझे बचा लो दारोगा जी! मैं सी.जे.एम. हूँ। बिजनौर जिले के मशहूर कथावाचक शालिग्राम पाठक का इकलौता वारिश सत्यनारायन पाठक। आप ही के जिले का चीफ जुडिशियल मजिस्ट्रेट—श्री एस.एन. पाठक।''

इसके मुँह से दारू महक रही है—दारोगा ने उसे घृणा से देखा—एक झापड़ दूँ कनपटी पर तो सारी हेकड़ी भूल जाओगे। जैसे कोई पिटा हुआ आदमी थाने पर बे-वक्त आ गया हो। साले रात को दारू घोंट कर तफरीह पर निकलते हैं। अब तुम अपनी करनी भोगो। तुम्हें कोई नहीं बचा सकता। भगवान भी नहीं। सी.जे.एम. हो। बच जाओगे तो बावेला मचाओगे। लूट का माल माँगोगे। क्या करें....दारोगा असमंजस में पड़ गया। कुछ समझ में नहीं आ रहा। कोई घबराने की जरूरत नहीं-सड़क पर खड़े-खड़े उसने सिगरेट सुलगायी।

उसी समय पेड़ की पत्तियों में खड़खड़ाहट हुई। कुछ पानी की बूंदें टपकीं। दारोगा ने आसमान की ओर देखा-बादल का एक टुकड़ा भी नहीं। ''हे भगवान, दारोगा डर गया-मरने के बाद तो नरक दोगे ही, जीते जी क्यों मूत रहे हो मुँह पर!'' उसने टार्च जलाकर देखा—यह क्या! एकदम साक्षात् आदमी के वेश में! दारोगा थर-थर काँपने लगा—इतनी जल्दी यह भूत हो गया—हनुमान चालीसा की लाइनें ही नहीं याद आ रहीं—''राम दुआरे तुम रखवारे, होत न आज्ञा बिन पैसारे।''

हर छठे महीने तबादला, पोस्टिंग, मन्त्रियों, सचिवों और आफिसरों के यहाँ दौड़-धूप करते-करते बस इतना ही याद रह गया था दारोगा को—राम के दुआर पर अरे बिन पैसा कोई आज्ञा नहीं होती।

वहीं ऊपर बैठे-बैठे विश्वम्भर गिड़गिड़ाया, ''मेरी कोई गलती नहीं है दारोगा जी! मैं तो बस तमाशा देख रहा था।''

भूत-प्रेत 'दारोगा जी' थोड़े बोलेगा। शायद कोई पागल हो या भिखारी-दारोगा का विश्वास बढ़ा, ''उतर मादरचोद!''

विश्वम्भर पेड़ से उतरने लगा। डर के मारे सारा शरीर थर-थर काँप रहा था। हाथों में एकदम शक्ति नहीं। दारोगा ने दुबारा डाँटा तो वह तने तक आकर भहरा गया।

गिरते ही लगातार आठ-दस लात पेट में और तीन-चार चाँटे। उठने और खड़े होने की कोशिश में विश्वम्भर सड़क पर लुढ़क-लुढ़क जाता। दारोगा ने उसका कालर पीछे से कसकर पकड़ रखा था, ''कैसे किया तूने यह सब?''

कैसे बताए विश्वम्भर! गला बे-तरह कसा जा रहा था। आँखें जैसे बाहर आ जाएँगी। साँस लेने तक में दिक्कत। शब्द अटक-अटककर बाहर आने की कोशिश

करते—"मैं तो बस अज्ञेय और कालिदास..."

दारोगा की समझ में नहीं आया। क्या बक रहा है साला—कहीं सचमुच पागल तो नहीं है। या पागल होने का नाटक कर रहा है? उसने एक खूब जोर का चाँटा उसकी कनपटी पर मारा-सारा माल लूटकर यह बवाल मेरे लिए छोड़ दिया है—दारोगा ने सी.जे.एम. सत्यनारायन पाठक की ओर इशारा करते हुए कहा-सरकार के किस फंड से मैं इसे यहाँ से लादकर अस्पताल पहुँचाऊँ ? "चल उठा यह तमंचा और चला एक गोली इसकी खोपड़ी पर", दारोगा उसे पकड़कर गाड़ी के पास ले गया जहाँ सी.जे.एम. की अटक-अटककर चल रही साँसों और निस्तेज आँखों में उम्मीद बची हुई थी।

—क्यों यह दारोगा मुझे मारना चाहता है? यह आदमी कौन है? यह ऊपर क्या कर रहा था? क्या आजकल लोग कीड़ों की तरह पेड़-पौधों की पत्तियों में बैठे रह रहे हैं? रात के एक-डेढ़ बजे अपने आस-पास फैली यह रहस्यमयी दुनिया उसकी समझ में नहीं आ रही थी। उन्हें अब तक यही मालूम था कि इस गणतन्त्र में सिर्फ वही सर्वशक्तिमान हैं। सिर्फ वही बिना तुक और तर्क का काम कर सकते हैं। सिर्फ वही महामहिम हैं जो चोरों, हत्यारों, तस्करों और नेताओं को सन्देह का लाभ बाँटते फिरते हैं। सन्देहाधिराज चुपचाप दारोगा और विश्वम्भर को देख रहे थे।

"मैंने कभी तमंचे को छुआ नहीं है", विश्वम्भर गिड़गिड़ा रहा था। दारोगा ने अब भी उसके कुर्ते का कालर कसकर पीछे से पकड़ रखा था, "जो कह रहा हूँ, करो! वरना, मार डालूँगा।" उसके सिर पर खून सवार था।

"मैंने आज तक कभी गोली नहीं चलायी है।" भय से काँपते विश्वम्भर की पैंट गीली हो गयी थी। उसे लग रहा था, शायद चलाते समय गोली खुद को ही लग जाएगी। "आज से रात क्या, मैं दिन में भी नहीं घूमूँगा। न पेड़ पर चढूँगा। मैं किसी ऊँचाई से दुनिया को देखने का शौक नहीं रखूँगा। बस आज की रात आखिरी बार छोड़ दो दारोगा जी!" उसने अपने हाथ भिखारियों की तरह जोड़ लिए थे।

दारोगा किसी तरह की रियायत नहीं देना चाहता था। "साला बे-वजह का समय बर्बाद कर रहा है।" उसने अपना रिवाल्वर विश्वम्भर की ओर तान दिया, "एक!" वह गिनती गिनने लगा। "तीन के बाद नहीं गिनूँगा। दो..."

पता नहीं क्या...कब...और कैसे...हुआ? विश्वम्भर कुछ नहीं जान पाया। हम ज्यादातर अपनी दिमागी हरकतों का दसवाँ हिस्सा ही जान पाते हैं। शेष बस यूँ ही अपने-आप घटित होता रहता है। उसी तत्काल बुद्धि से, जिससे ट्रक की चपेट में आते-आते स्कूटर या साइकिल अपने को बचा लेती है, विश्वम्भर के हाथ से गोली चली। बस हल्का सा झटका महसूस हुआ। फिर गोली चलने की आवाज आयी। कब, कैसे रुख बदल गया? वह नहीं जान पाया। सेकेंड के बीसवें हिस्से में सब

कुछ हो गया। दारोगा धड़ाम से जमीन पर लुढ़ककर ब-मुश्किल दस सेकेंड तड़पा और शान्त पड़ रहा।

जैसे बाघ के जबड़ों से छूटकर कोई हिरण छलाँग मारे। औंधे मुँह गिरता-पड़ता विश्वम्भर गन्ने के खेतों की ओर भागा। अगल-बगल की कँटीली झाड़ियों में उलझकर नीचे खड्ड में गिर पड़ा। हाँफती साँसों के नीचे दबकर वह थोड़ी देर तक वैसे ही जमीन पर पड़ा रहा। जैसे सपने में भागते पैरों की ताकत मर जाती है। यह सपना है, या मैं मर रहा हूँ?-विश्वम्भर ने एक क्षण के लिए सोचा। उसने उठने की कोशिश की तो एकदम आराम से खड़ा हो गया। नहीं, यह सपना नहीं है। सपने से मिलता-जुलता कुछ ऐसा है जिसे वह पहली बार महसूस कर रहा है। उसने सोचा, गन्ने के खेतों में भागना ठीक नहीं होगा। सड़क के दूसरी ओर उसका गाँव है। एक क्षण ठहरकर उसने सड़क के दोनों ओर देखा। एकदम सन्नाटा। अभी कोई इधर आया नहीं है। वह चुपके से सड़क पर आकर खड़ा हो गया। तीन-तीन लाशें सामने पड़ी थीं। उसके हाथ का तमंचा कहीं गिर गया था। कुछ भी तो नहीं है मेरे पास। दारोगा का रिवाल्वर वहीं पड़ा था। उठा लूँ? विश्वम्भर ने सोचा। लेकिन दूसरे ही क्षण—कहीं जीवित न हो और मुझे दुबारा धर ले।

सड़क पर अभी भी दूर-दूर तक सन्नाटा था। गाड़ी के आगे बड़े-बड़े पत्थर पड़े थे। उसने एक बड़ा-सा पत्थर उठाया और पूरी ताकत के साथ दारोगा के सिर पर पटक दिया। 'फच्च' के साथ खोपड़ी टूट गयी। अब यह पूरी तरह मर चुका है—विश्वम्भर ने रुककर इत्मीनान किया और रिवाल्वर को उठाकर चल दिया। सी.जे.एम. श्री एस.एन. पाठक अपनी निस्तेज आँखों से चुपचाप यह सब देखते रहे। भय के जिन क्षणों ने विश्वम्भर के भीतर फु र्ती पैदा कर दी। उन्हीं क्षणों में उनकी साँस डूब रही थी। वह सड़क से उतरकर खेतों के रास्ते अपने गाँव की ओर भागा। इस समय वह घर जाकर चुपचाप सो जाना चाहता था।

तीन-तीन हत्याएँ, एक सी.जे.एम; एक दारोगा और एक पता नहीं कौन। उसे पूरा इलाका पुलिस की छावनी-सा नज़र आने लगा। ढेर सारे जासूसी कुत्तों का झुंड उसे चारों ओर दौड़ता हुआ दिखाई दे रहा था। क्या समय हो रहा होगा? इस विचार के साथ ही उसने देखा कि घड़ी कहीं टूटकर गिर गयी है। शायद पेड़ से उतरते समय टूट गयी हो! शायद, जब दारोगा मार रहा था, तब टूट गयी हो। यह भी हो सकता है कि जब वह खाई में गिर पड़ा था, तब टूट गयी हो! हर अपराधी कोई न कोई ऐसा निशान जरूर छोड़ देता है, जिससे होते हुए पुलिस उस तक पहुँच जाती है। इस ख्याल से डरकर वह और तेज भागने लगा।

वह लगातार चलता चला जा रहा है। कई घंटे बीत गये और रास्ता खत्म होने का नाम नहीं लेता। ब-मुश्किल दो-ढाई किलोमीटर ही उसका गाँव था। कहीं वह

रास्ता तो नहीं भूल गया। जिस गाँव की धूल, माटी, पेड़, पोखर और एक-एक गड्ढे तक को वह बचपन से पहचानता रहा है, क्या वही उससे छूट गया और वह जान भी नहीं पाया। शायद जान-बूझकर ही उसने अपना गाँव छोड़ दिया हो, लेकिन वह ऐसा क्यों करेगा? आखिर इतनी तेज हाँफता, भागता और डरा हुआ वह कहाँ जा रहा है? अब चाहे जहाँ जाये—इन बातों में उसकी कोई दिलचस्पी नहीं।

आसमान में भोर का उजास फैलने लगा है। अरे, यह तो सामने करीमगंज विद्यालय का बड़ा मैदान दिख रहा है। उसके गाँव से चार कोस दूर। वह यहीं हाई स्कूल की परीक्षा देने आया था। वहाँ बगल में बसन्तपुर गाँव। बुद्धन लोहार का घर। बीस साल हो गये। आज भी घर के सामने वही छप्पर। पहली बार घर से बाहर अकेले यहीं रहा था—विश्वम्भर। लोहारिन उसे माँ की तरह दुलारती और खिलाती थी।

बगलवाले अहाते में शायद आज भी ट्यूबवेल होगा। उन दिनों वह उसी ट्यूबवेल पर नहाने जाया करता था। गर्मियों के दिन में तेज और मोटी धार गिरता ठंडा पानी। वहीं उसने पहली बार उस लड़की को देखा था। बादामी रंग! बड़ी-बड़ी लेकिन उदास और थकी आँखें! खूब लम्बे और घने बाल। लड़की अक्सर कभी नहाने, कभी कपड़े धोने ट्यूबवेल पर आती और देर तक एड़ियाँ रगड़ती रहती थी। बुद्धन लोहार के छप्पर में किताबों के सामने बैठा विश्वम्भर पूरे-पूरे दिन ट्यूबवेल के गिरते पानी को देखा करता। वस्तुतः लड़की हर समय वहाँ नहीं होती, लेकिन विश्वम्भर के अतीन्द्रिय लोक में यह स्थूल तथ्य बे-मानी था! उसका मन किताबों में नहीं रमता।

उस एक दिन! किसी अजानी सुगन्ध से महकती दुपहरी का एकान्त एक पवित्र और मद्धिम संगीत की लय में घुलकर मन की तलहटी में देर से गुनगुनाता रहा। उस समय ट्यूबवेल पर कोई नहीं था। विश्वम्भर बहुत हिम्मत बटोरकर गया। लड़की नहा चुकी थी और अब अपने कपड़े समेट रही थी। कहीं बुरा न मान जाय-विश्वम्भर डर रहा था। किसी से कुछ कह न दे—उसके होंठ काँप रहे थे—"यह मैंने तुम्हारे लिए खरीदा है।" पैंतीस नये पैसे का एक छोटा लक्स साबुन था। गर्मी की दोपहर में सारा गाँव भीतर कहीं लेटा हुआ था। वह बार-बार इधर-उधर देखती और साबुन की गुलाबी सुगन्ध को छूने से डरती रही। एक थरथराती हुई गहरी आश्वस्ति से उसने विश्वम्भर को देखा। कहीं यह मुझे लालची न समझे! कहीं मेरा इनकार इसे रुला न दे—इसी ऊहापोह में उसने चुपके से साबुन उठाया और चली गयी। जाते-जाते लड़की ने मुड़कर एक बार फिर विश्वम्भर को देखा। वह वैसे ही एकटक उसे देख रहा था। लड़की भाग गयी।

उस दिन गाँव में किसी के घर शादी थी। शहनाई की उदास धुन विश्वम्भर के मन में धीरे-धीरे और देर तक सारी रात बजती रही। बीस साल हो गये। अब तो

उसके बड़े-बड़े बच्चे होंगे। शायद वह आई हुई हो और आज भी ट्यूबवेल पर वहीं उसी तरह एड़ियाँ रगड़ रही हो। उसका मन हुआ, ट्यूबवेल पर जाकर गिरते हुए पानी में देर तक नहाए और अपनी सारी थकान धो डाले। तभी बारातवाली शहनाई की उदास धुन दुबारा उसके आसपास बजने लगी। उसने सिर को झटका दिया और आगे बढ़ गया।

विद्यालय के मैदान में एक ओर हैंडपम्प था। वहीं जाकर उसने अपने सारे कपड़े निकाले। धूल और मिट्टी के जो भी निशान बचे रह गये थे, उन्हें झाड़-पोंछकर उसने साफ किया। कहीं कोई खून का धब्बा तो नहीं रह गया है, इस इत्मीनान के बाद हाथ, पैर, मुँह और सिर के बालों को खूब अच्छी तरह उसने धोया। चोट और थकान से शरीर का पोर-पोर टूट रहा था, बावजूद इसके उसने अपने को तरोताजा महसूस किया। स्कूल के मैदान में, खेतों के ऊपर और गाँव के आसपास चारों ओर एक प्रसन्न उजाला फै लने लगा था। खेतों का रास्ता छोड़कर अब वह मुख्य सड़क पर आ गया था। वह एकदम शान्त और सामान्य था जैसे कुछ न हुआ हो।

दो साइकिल सवार तेजी से जाते हुए आपस में बात कर रहे थे, ''बहुत बड़ा कांड है यह, इस इलाके का।''—शायद ये लोग उसी बारे में बात कर रहे हैं। क्या मुझे उधर जाना चाहिए? लोग पहचान न जाएँ—उसने सोचा और उसे याद आया—आप इत्मीनान से लोगों के बीच, लोगों की ही तरह गुजर सकते हैं। न तो आपके शरीर से किसी तरह की बास आती है। न चेहरे पर कोई भय होता है।

एक ट्रैक्टर कस्बे की ओर जा रहा था। विश्वम्भर ने उसे हाथ देकर रोका और बैठ गया, ''सुना है सड़क पर आज किसी की हत्या हो गयी है?'' उसने ट्रैक्टरवाले से पूछा।

''हाँ, अभी भट्ठे पर ट्रकवाला कोयला लेकर आया था तो बता रहा था! तुम्हें कहाँ से मालूम हुआ?'' ट्रैक्टरवाले ने उससे पूछा।

''अभी दो लोग बातें करते हुए साइकिल से जा रहे थे।'' विश्वम्भर ने बताया और सोचा-मुझे इस बारे में ज्यादा बात नहीं करनी चाहिए।

जब वह कस्बे में पहुँचा तो सुबह के सात-आठ बज गये थे। चारों ओर अनुमानों, आशंकाओं और अफवाहों के छोटे-छोटे जत्थे बिखरे हुए थे। रहस्य जानने के लिए आतुर और उत्सुक लोग उसी बारे में बातें कर रहे हैं। आम सूचना यह है कि—तीन गाड़ी पी.ए.सी. थाने पर आ चुकी है। डी.एम., एस.पी., ढेर सारे वकील, जुडिशियरी के छोटे-बड़े कई अधिकारी और डी.जे. सभी हैं। सुना है, डी.आई.जी. और आई.जी. भी आ रहे हैं। गाँव-गाँव जाकर पुलिसवाले लोगों को पकड़ ला रहे हैं। इलाके के सभी चोर, उचक्के, लुटेरे और सीटियाबाज तक फरार हैं।

आसपास गाँवों में जिसको जहाँ ख़बर मिलती, वह वहीं से चला आ रहा है। थाने के आसपास दूर-दूर तक लोगों का उत्कंठित हुजूम हवाओं की सरसराहट पकड़ने के लिए क्षण-प्रतिक्षण सजग है। कस्बे की ठहरी हुई बे-स्वाद जिन्दगी में ऊ ब और एकरसता को मिटाता यह रहस्य, रोमांच, थोड़ी-सी दहशत और कौतूहल से भरा एक रोचक दिन है। समय-सन्दर्भ और संस्कृति के अनुसार आज हर आदमी मूल घटना का उत्तर आधुनिक पाठ कर रहा है। हाथी की नाक, पीठ, पैर और पूँछ जिसकी पकड़ में जो आता वह उसे ही मूल तथ्य प्रमाणित करने में खंडन-विखंडन की सारी पद्धतियाँ अपना रहा है। तरह-तरह की अफवाहें हवा में तैर रही हैं। मौसम गर्म है।

थाने से आ रहे एक वकील को लोगों ने घेर लिया, ''कुछ पता चला भाई साहब? हमें तो यह किसी बड़े गिरोह का काम लग रहा है।''

''ऐसा कुछ नहीं है,'' वकील ने ब़ताया ''केस एकदम खुला हुआ है।'' (कहीं इसे मेरे बारे में पता तो नहीं लग चुका है—विश्वम्भर डरकर भीड़ से थोड़ा अलग हट गया और ध्यान से वकील की बातें सुनने लगा)। वकील ने विश्वासपूर्वक कहा, ''पिछले महीने इन्हीं जज साहब ने एक पासी को सजा दी थी, जबकि छोड़ने के लिए बीस हजार रुपया भी ले चुके थे। अब दलाल ने उन्हें दिया या खुद हड़प कर गया, भगवान जाने! बहरहाल-उसका मामा पुराना शातिर डकैत था। फै सले के दिन वह कचहरी में आया था और सबके सामने बोलकर गया था। जासूसी कुत्ते सीधे उसके घर तक चले गये। सब फरार हैं।''

''पुलिस का अपना मामला है। कहाँ बचकर जाएँगे।'' एक दूसरे आदमी ने आश्वस्त होते हुए कहा।

दस-बारह पी.ए.सी. के जवान और एक सब-इंस्पेक्टर कुछ औरतों और बच्चों को एक रस्सी में बाँधकर घसीटते हुए लिए चले आ रहे हैं। आसपास के सारे लोग उधर ही देखने लगे, ''शायद ये उन्हीं पासियों के घर की औरतें हैं'' वकील ने अनुमान लगाया ''चलो, चलकर देखते हैं।''

उनमें एक पैंसठ-सत्तर साल की बूढ़ी औरत थी जो गला फाड़कर जोर-जोर से चीख-चिल्ला रही थी। चौदह-पन्द्रह साल की दो लड़कियाँ और तीन-चार महिलाएँ हैं। सबकी उम्र अठारह-बीस और तीस के बीच होगी। शायद पुलिस वालों ने उन्हें मारा-पीटा है। सबकी-सब सहमी और डरी हुई हैं। बच्चे सब पाँच से ग्यारह-बारह वर्ष के बीच में थे। शायद ही उनमें कोई बुश्शर्ट पहने हो, सबके-सब नंग-धड़ंग भयभीत और भौंचक थे।

''इन बच्चों और लड़कियों को देखकर तो दया आ रही है। पुलिसवाले इन्हें क्या करेंगे?'' भीड़ में ही किसी ने धीरे से कहा।

''किसे दया आ रही है भाई?'' सब लोग उसी पर झाँव-झाँव करने लगे ''जाओ! जरा दारोगा जी की बीवी को देखो। रो-रोकर बेहोश हो गयी हैं। दो साल की फूल जैसी नन्हीं बच्ची चकर-चकर ताक रही है। इन सालों का क्या है। पैदा होते ही गोदा बीन-बीनकर खाने लगते। साँप-सँपोले, बाप साले दिन भर जुआ खेलते और रात को छिनैती करते। अँग्रेजों ने अपने गजट में इन्हें जरायमपेशा लिखा है।''

''तो अँग्रेज साले कौन भले थे?'' किसी दलित विमर्श ने प्रतिवाद किया ''उन बहनचोदों ने तो यह भी लिख दिया था कि मदारियों और जादू-टोने का यह देश आजादी के काबिल ही नहीं है।''

''यही तो बहुत बड़ी गलती हो गयी।'' एक बूढ़े सज्जन ने अफसोस करते हुए कहा, ''एक चींटी तक नहीं मार सकता था कोई। अब तो पिंडारियों का राज है।''

इतिहास के विवेचन-विश्लेषण में कहीं वर्तमान ही न छूट जाय, इसलिए बहस को मोड़ते हुए किसी ने एकदम नयी सूचना दी, ''शायद किसी के घर पर आज रात 'बर्थ डे' पार्टी थी। उस आदमी का मुकदमा भी था आज इस जज की अदालत में। हाँ, शायद हत्या का मुकदमा था। सी.जे.एम. साहब वहीं पार्टी में गये हुए थे। हो सकता है कोई लेन-देन की बात रही हो और मामला न पटा हो। आजकल रोज-रोज की पार्टियों में बड़े लोग यही सब तो करते रहते हैं।''

''अगर यह बात सही है तो सौ प्रतिशत उन लोगों ने ही यह हत्या करायी है।'' एक आदमी ने तथ्य की पूँछ पकड़ी और तर्क का सिरा दूर तक खींचता चला गया, ''आखिर इन पासी सालों को क्या मालूम था कि जज साहब रात को इधर से गुजरनेवाले हैं। चलकर तब तक रहजनी करो और जब वह इधर आएँगे तो उन्हें भी मार देंगे। भला इस बात में कोई तुक है। हत्या और रहजनी दोनों अलग-अलग ढंग के अपराध हैं।''

''जिसके घर पार्टी थी पुलिस उसे पकड़कर लाई है। वह बता रहा है कि जज साहब से हमारे घरेलू ताल्लुकात थे। और रात ही हमने उन्हें एक लाख रुपये भी दिये थे।'' एक कांस्टेबिल थाने के भीतर से अभी-अभी ताजी सूचना लेकर आया।

''अरे बाप रे बाप! एक लाख रुपया!'' तमाशा देखने के लिए आए हुए गाँव के एक आदमी का मुँह बकलोल की तरह खुल गया। ''एक लाख रुपया! घूस! अच्छा हुआ साला मर गया। इन अफसरों ने तो गँधा दिया है।''

यह सुनते ही साथवाले दूसरे आदमी ने उसे जोर से डाँटा, ''चुप साले! चारों ओर सी.आई.डी. लगी है। जेल जाएगा क्या?''

इस आकस्मिक उवाच और सी.आई.डी. की बात सुनकर वह आदमी तेजी से गाँव की ओर भागा।

सम्भव-असम्भव अनुमानों के लिए नयी-नयी सूचनाओं में लगातार इजाफा

हो रहा था।

किसी ने बताया कि उसी समय कुछ लोग बस से उतरे थे। थाने पर जाकर उन्होंने ही सूचना दी थी कि उधर रहजनी हो रही है। इसी के बाद छोटेवाले दारोगा जी कांस्टेबिलों के साथ वहाँ पहुँचे थे। पुलिसवाले खोज रहे हैं कि वह कौन लोग थे जिन्होंने थाने पर सूचना दी थी। उनमें कोई मिल नहीं रहा है।

थाने के बीचोंबीच चबूतरे पर दस-बारह आदमी और एक औरत बैठी हुई है। सबके सिर-पैर और आँखों के आसपास सूजन और चोट के निशान हैं। ''यह कौन लोग हैं भाई?'' किसी ने पूछा।

''यह सब तो वहीं खेतों में बँधे पड़े थे। पुलिसवाले लेकर आये हैं।'' एक तीसरे आदमी ने बताया।

''तब तो इन लोगों ने देखा ही होगा। कुछ बता नहीं रहे हैं, क्यों इतनी बेरहमी से दारोगा को मारा गया?''

''सब साले घाघ हैं।'' पी.ए.सी. के एक जवान ने अपनी मूँछ खुजलाते हुए कहा, ''रात को बाँस होगा तब सब साले जबान खोलेंगे। अभी तो अध्यात्म पढ़ा रहे हैं। कह रहे हैं कि जब लूटनेवाले चले गये थे तभी दारोगा जी आये थे। उसके बाद आसमान से खूब तेज हेलीकाप्टर चलने जैसी आवाज आयी। फिर हनुमान जी उतरे और उन्होंने एक बड़ा सा पत्थर उठाकर दारोगा जी की खोपड़ी पर पटक दिया। हमने उन्हें सड़क पर थोड़ी देर उछलते-कूदते देखा था—एकदम बन्दर ही था वह। फिर पश्चिम ओर चला गया।''

वाकई यह तो बहुत बड़ा रहस्य है। कुछ तो तरक्की हुई कस्बे की। कल अखबारों में छपेगा। शायद दूरदर्शन के शामवाले प्रादेशिक समाचार में भी आये।

विश्वम्भर ने कल सुबह से ही कुछ खाया नहीं था। होठों पर पपड़ी जम गयी थी। भूख से आँतों में ऐंठन हो रही थी। थोड़ी देर तक तो वह इधर-उधर टहलता और लोगों की बातें सुनता रहा। वही इस सारे करिश्मे का नायक है। इतने सारे लोग, और इतना सारा पुलिस महकमा उसी को खोज रहा है, लेकिन किसी को गन्ध नहीं। जिसके पास सच है वह चुप है। और जो बोले जा रहे हैं, उन्हें अपने ऊपर ही भरोसा नहीं। आशंका, अनुमान और अफवाह के इस मिले-जुले माहौल में सत्य चुपचाप छिपकर बैठा है। सभी कहते यह किसी बहुत बड़े गिरोह का काम है। कभी-कभी तो विश्वम्भर को भी लगने लगता कि सचमुच यह किसी बड़े गिरोह का ही काम है। लेकिन तभी दारोगा के लात और घूँसों की चोट ऐंठकर सत्य के ऊपर का सारा धुँधलका साफ कर देती।

❑

सपने के भीतर

शहर उस समय बेहद मामूली नींद में सो रहा था। पेड़ की ऊपरवाली डाल पर गौरैया के बच्चे अपनी मीठी और मद्धिम आवाज में चीं-चीं कर रहे थे। शहर की उस बेहद मामूली नींद से फैले एकान्त का मोहक सन्नाटा। सन्नाटे को लय देती गौरैया के बच्चों की चीं-चीं। आसपास सब कुछ बहुत आत्मीय और संगीतमय लग रहा था। बच्चों के ठीक नीचेवाली डाल पर अपनी टाँगें लटकाए, बेफिक्र और मस्त बैठी सत्तो प्लेटफॉर्म की ओर देख रही थी। प्लेटफार्म यहाँ से साफ दिखता है। सहूलियत यह कि इस समय यहाँ उसे कोई नहीं देख सकता था। प्लेटफॉर्म पर लोगों की चहलकदमी धीरे-धीरे बढ़ती जा रही थी।

इतना सबेरे! अभी तो अँधेरा है, सत्तो कहाँ चली गयी? बिस्तर से उठते हुए माँ ने सोचा और उसे खोजते हुए बाथरूम की ओर जाने लगी। बाथरूम का दरवाजा खुला हुआ था। आँगन में अमरूद के पेड़ पर दो बिज्जू बैठे थे। माँ को बिज्जुओं से डर लगता है। बाहर निकल कर उसने देखा, मैदान में भी सत्तो कहीं नहीं है। कहीं वह सुबह-सुबह शान्तनु के घर तो नहीं चली गयी? माँ उसे खोजते हुए सड़क की ओर जा रही थी।

माँ मुझे ही खोज रही है। वह डाल पर चुपचाप दुबक कर बैठी रही, चलो इसे थोड़ी देर परेशान करूँगी। सड़क तक जाकर माँ लौटने लगी—यह लड़की किसी की सुनती ही नहीं। बेटे हैं कि मुझे दोष लगाते हैं। जब माँ पेड़ के नीचे से गुजर रही थी, अचानक पीछे किसी भारी चीज़ के गिरने से काँप गयी। मुड़कर देखा तो सत्तो खी-खी हँस रही थी। "मैंने आज तुम्हारी चोरी पकड़ ली है।" सत्तो ने माँ से पूछा, "सबेरे-सबेरे सड़क पर किससे मिलने गयी थी?"

"बेशरम कहीं की!" माँ किचन में चाय बनाने चली गयी। सत्तो के तीन भाई। तीनों अलग-अलग शहर में नौकरी कर रहे हैं। दोनों बड़ी बहनों की शादी हो चुकी है। अकेले ही वह इस शहर में माँ के साथ रहती है। भाइयों की बीवियाँ और

बच्चे थे। सब अलग-अलग समय अपनी छुट्टियों और सुविधाओं के मुताबिक माँ से मिलने आया करते। जब भी भाई माँ से कुछ दिनों के लिए अपने साथ चलने को कहते—सत्तो यहाँ अकेले कैसे रहेगी, कहकर माँ टाल देती।

सत्तो की बात आते ही भाई चुप पड़ जाते। अपनी भाभियों से उसकी बिल्कुल नहीं पटती। वैसे तो भाभियों की दिनचर्या में माँ भी खलल ही थी, लेकिन सत्तो तो मुसीबत। भाइयों की रूह काँप जाती। अगर इसके लिए कोई मामूली परचूनवाला भी देखा जाए तो शादी का खर्चा पाँच लाख से कम नहीं। भाई हफ्ते, दस दिन की छुट्टी लेकर आते, माँ चौबीस घंटे अपनी चिन्ता रोया करती। वे दूसरे या तीसरे दिन लौट जाते थे।

घर के पिछवाड़े रिक्शा, ठेला और खोमचा लगाने वालों का मुहल्ला था। ऊबड़-खाबड़, गन्दगी, तंग गलियों और गालियों का बेतरतीब मुहल्ला। मुहल्ले के आठ दस छोटे-छोटे लड़के सत्तो के यहाँ पढ़ने आया करते। कुछ 'फ्री'! कुछ पैसे से। चालीस-पचास, जो जितना दे दे। वही उसकी छोटी-मोटी जरूरतों को पूरा करने का जरिया था। 'फ्री' वाले लड़कों से वह घर का काम करा लिया करती। पढ़ाई कम, बातें ज्यादा। पक्की बातूनी थी सत्तो। कभी-कभार यह लड़के उसके लिए चिट्ठियाँ लाने, ले जाने का काम कर दिया करते। गर्मी की छुट्टियों में बहनें आतीं तो सौ दो सौ रुपया दे देती थीं। एक बार बड़ेवाले भाई ने पाँच सौ रुपया दिया। "अपनी बीवी से पूछे हो?" सत्तो बोल पड़ी।

भाई ने एक करारा चाँटा जड़ दिया।

लगभग तीनों भाइयों से उसका सम्बन्ध न के बराबर था। बाप पहले ही मर चुके थे। उसकी मुश्किल और तंग दुनिया में माँ थी। उपेक्षा और अभाव था। भरपूर आजादी थी। वह दिन भर चिड़ियों की तरह फुदकती और चहकती रहती। खूब आजाद थी सत्तो।

उस सुबह पेड़ की डाल पर टाँगें लटकाकर बैठी हुई सत्तो प्लेटफॉर्म पर शान्तनु को खोज रही थी। "तुम जब गाँव से लौट आओ तो प्लेटफॉर्म की दुकान पर चाय पीने आना। मेरे घर की छत से प्लेटफॉर्म सामने दिखता है।" सत्तो ने उससे कह रखा था। जब वह छत पर खड़ी होती तो मुहल्ले के लड़के भी देखने झाँकने लगते। पहले की बात और थी। तब सत्तो भी "टा टा, बाय बाय" कर लिया करती। जब से शान्तनु का चक्कर शुरू हुआ है, वह छत पर तभी जाती जब उसे प्लेटफॉर्म पर देख लेती थी। पेड़ की डाल से प्लेटफॉर्म को देखते रहना बनिस्बत ज्यादा निरापद था। उसने शान्तनु को अपने घर आने से मना कर रखा था।

किसी तरह सत्तो पार लग जाती—माँ सोचा करती। बी.ए. पास करने के बाद पाँच

साल बीत गये थे। उसके पास इतना पैसा कभी नहीं जुड़ा कि फीस जमा करके सत्तो आगे की पढ़ाई पूरी कर सके। आजकल लड़केवाले सब कुछ देखते हैं। सत्तो सुन्दर थी। गोल-मटोल चेहरा। खरगोश सी आँखें। आँखों में शोख शरारतें और चुहल कूट-कूट भरी थी। मुहल्लेवाले कहते—इस खंडहर में भगवान ने रूप की बारिश की है।

पिछले साल लड़केवाले सत्तो को देखने आये थे।

''क्या कर रही हो आजकल?'' लड़के की बड़ी बहन ने पूछा, ''तुमने बी.ए. के बाद आगे की पढ़ाई क्यों नहीं की?''

भाई ने बताया, ''बीमार पड़ गयी थी। इस साल इसने एम.ए. का फार्म भरा है।''

''मैं तो जीवन में कभी बीमार ही नहीं पड़ी।'' सत्तो ने भाई की बात काट दी, ''भैया, मैंने किस विषय से एम.ए. का फार्म भरा है?''

अचानक सन्नाटा फैल गया।

''बताऊँ ?'' सत्तो ने लड़के की बहन से कहा, ''एम.ए. करने में पैसा लगता है। सात आठ सौ रुपये का खर्च। भैया लोग मेरी शादी खोजते हैं। भाभियाँ घुड़क दें तो शादी में शरीक नहीं होंगे।''

पड़ोसवाले वकील साहब के यहाँ थोड़ी देर पहले बड़ी भाभी का फोन आया था। शायद उन्हें पता चल गया कि शादी की तैयारी चल रही है। माँ से उन्होंने कहा कि घर का अपना हिस्सा उन्हें बेचना है। माँ तभी से रो रही हैं। ''भाभी मेरे सामने होती तो मैं जरूर बताती कि हिस्सा कैसे लगाया जाता है?'' सत्तो भरी बैठी थी। काँख के नीचे, समीज का जो हिस्सा महीनों पहले से उघड़ता और फटता जा रहा था, और जिसे बड़ी मशक्कत से वह अब तक छिपाए रही—एम.ए. का फार्म भरा गया है, यह सुनते ही सत्तो बरस पड़ी थी। संजीदगी और गरिमा से बोझिल होते हुए माहौल को उसने तहस-नहस कर दिया। भाइयों को बेआबरू करके उसे लगा कि उसने बदला ले लिया है। ''मउगड़े!'' भाई को देखते हुए उसने घृणा से थूक दिया, ''नुमाइश करके चले हैं।''

वह उठी और तेजी से आँगन में चली गयी। आँगन में अमरूद का पेड़ था। कच्चे-कच्चे फलों से लदा। एक टहनी को झुकाकर उसने अमरूद तोड़ा और उसे चबाती हुई बाथरूम में घुस गयी।

''आज मैं इस हरामजादी को बीच से फाड़ डालूँगा।'' गुस्से से उबल रहा भाई जोर-जोर से बाथरूम के दरवाजे पर लात मार रहा था। सत्तो को जब बेवजह हँसने का मन होता है, या वह बिना किसी बात के रोना चाहती है तो बाथरूम में जाकर दरवाजा बन्द कर लेती है।

"निकल साली!" भाई चीख रहा था।

भीतर से कच्चा अमरूद चबाने की आवाज आती रही।

सत्तो ऐसा कुछ नहीं करना चाहती कि खामखाँ माँ को तकलीफ हो। एक माँ ही तो है। सत्तो के लिए माँ ही उसकी दुनिया थी। आज भाई ने माँ के ऊपर भी लात चला दिया। जब वह सत्तो पर बेरहमी से लात घूँसे चला रहा था तो माँ ने बीच-बचाव की कोशिश की थी।

पहले साँझ का धुँधलका और फिर गहरी काली रात। शहर में पूरी रात बिजली नहीं आती। माँ ने लालटेन नहीं जलायी थी। घुड़सालनुमा उस खंडहर होते घर में शहर का सारा अँधेरा तह-दर-तह जमा होता रहा। पेट के बल फर्श पर लेटी सत्तो और कोने में चुपचाप माँ। कोई किसी से बोल नहीं रहा था। रोज-रोज लड़कियाँ घर से भागती रहती हैं। अपने कानूनी हक, पिता की सम्पत्ति, भाइयों के रुतबे, खानदान की मर्यादा आदि-आदि को लाँघती-फलाँगती लड़कियों के भागने की ख़बरें रोज अखबारों में होती हैं। पंख और पिंजड़े की जंग है। जो उड़ता है, वही परिन्दा है। वही सुन्दर है। सत्तो ने सोचा, "मैं सुन्दर भी हूँ। क्यों नहीं कोई लड़का मुझे भगा ले जाता है?"

"तुम सत्ताईस पूरे कर चुकी हो।"

"माँ, अगर तुम्हारे पास पैसा होता तो मैं अब तक अपनी बेटियों को होमवर्क करा रही होती।" अँधेरा था। कोई ध्वनि नहीं थी। कोई वाक्य नहीं था। कुछ शब्द थे, जो झींगुरों के रेंकने की आवाज में बज रहे थे।

शान्तनु पराए शहर से यहाँ नौकरी करने आया था। "चवन्नी भर के इस शहर में मेरा मन ही नहीं लगता।" उसे मलिक के साथ देर रात तक प्लेटफॉर्म की खाली बेंच पर बैठने की आदत थी। "यह तो बहाना है!" मलिक कहता, "चाहे तुम जितने बड़े शहर में रहते हो, तुम्हारी दिनचर्या चार छह गिने-चुने लोगों के बीच ही उलझी रहती है। चौड़ी चिकनी सड़कें, सड़कों के किनारे बड़ी-बड़ी दुकानें, भीड़, ये सारी चीज़ें तुम्हारी दिनचर्या में नहीं होती हैं। अगर तुम्हें यह शहर अच्छा नहीं लगता तो कोई एक लड़की पटा लो।" मलिक अपने व्यावहारिक अनुभवों का निचोड़ बता रहा था, "लड़की में मन लगा कि यही शहर, जहाँ से तुम हर तीसरे दिन भागते रहते हो, इसकी गन्दी गलियाँ, टूटी दुकानें, देखना तुम्हें कैसे जकड़ लेती हैं। मेरी मानो और तुम इस शहर में एक प्रेम करो। फिर दो महीने बाद बताना कि तुम्हें यह शहर कैसा लगता है?"

मलिक अपने बारे में इतना ज्यादा व्यावहारिक था कि शान्तनु को कभी-कभी अझेल लगता, लेकिन वही एक आदमी था जो उसे गाहे-बगाहे उधार दिया करता। बिना यह पूछे कि पिछला पैसा कब चुकाओगे, वह उसे जब भी जरूरत पड़ती, उधार

दे दिया करता। मुहल्लेवाले मलिक की निन्दा करते थे, लेकिन वह लाभ हानि, यश अपयश से परे था। उसका सारा पैसा नौकरानी रखती थी। चालीस-पैंतालीस की उम्र तक मलिक ने शादी नहीं की थी।

''नौकरानी हो या बीवी, क्या फर्क पड़ता है!'' मलिक कहता, ''यह एक ही रिश्ते के दो अलग-अलग नाम हैं। नाम बदलने से चीज़ें नहीं बदल जातीं। सुन्दर सी, जिसमें मन लगे, लड़की होनी चाहिए।'' उसकी अपनी फिलासफी थी। ''शादी एक स्थायी व्यवस्था है।'' वह कहता, ''तुम जैसा आज सोचते हो, दो महीने बाद या दो साल बाद वैसे ही सोचोगे, कोई जरूरी नहीं। हर व्यवस्था स्थायी होते ही अपने भीतर से चरमराने और टूटने लगती है। हम बीवी को नहीं, व्यवस्था को निभाते हैं, और ऊबते रहते हैं। सबके अपने-अपने अनुभव और नतीजे हैं। कोई क्यों दूसरे की बात माने, लेकिन शादी...! मलिक हँस देता ''सुख और सुकून की तलाश में हम अपने लिए रस्सी का फन्दा बँटते हैं।'' फालतू की बहस से बचते हुए वह अपनी बात बड़े ही विश्वास से कहता, ''अगर तुम्हारे पास ऐसा कुछ हो, जिसकी रक्षा जरूरी हो, और रक्षा सिर्फ तुम्हारा अपना उत्तराधिकारी ही कर सकता है, तो बेशक तुम शादी करो। मेरे पास तो ऐसा कुछ भी नहीं है।'' मलिक कभी किसी दूसरे की चाय नहीं पीता था। लोग अक्सर अपनी वजहों से ही उसके पास आया करते। वह कभी किसी के घर नहीं जाता था। फिर भी हर आदमी मौका पाते ही उसकी निन्दा शुरू कर देता। मलिक कहता, ''लोगों को दूसरे के छेद में मुँह घुसेड़ने की आदत है, जबकि अपनी पूरी की पूरी फटी पड़ी है।''

उसकी नौकरानी बीस-बाईस साल की साँवली-सलोनी लड़की थी। मलिक के पैसे से उसका रूप निखर आया था। वह उसे बहुत मानती और एक-एक बात का ध्यान रखती थी। इस बात का विशेष ध्यान रखती कि कोई दूसरी लड़की तो आसपास नहीं आ रही है। इस साल उसकी शादी तय थी। अपने दहेज का एक-एक सामान मलिक से खरीदवा कर जमा करती जाती। ''जब रेनू की शादी हो जाएगी, मैं अपना ट्रान्सफर करा लूँगा।'' मलिक ने एक दिन बताया।

''मैं तो यह सोचकर ही काँप जाता हूँ कि ताउम्र मुझे इसी शहर में सड़ना होगा।'' शान्तनु उन दिनों बहुत उदास रहता था। लगभग कराहने जैसी आवाज में उसने कहा, ''मेरे भीतर मेरा अपना शहर मर रहा है।''

''आप हर समय इतना परेशान क्यों लगते हो?'' सत्तो ने उससे दूसरी या तीसरी मुलाकात के बाद एक दिन पूछा। गर्मी की दोपहर थी। वह अपने काम से आयी थी। तेज धूप में एक किलोमीटर पैदल चलकर। आँच से उसका चेहरा लाल पड़ गया था। ''मैं आपके बाथरूम में जाकर हाथ मुँह धो लूँ?''

यह लड़की कितनी बेतकल्लुफ है, शान्तनु सोच रहा था। ''यहाँ कोई दूसरा

नहीं रहता।'' उसने बताया, ''जैसे मन करे, रह लिया करो।''

किराए के उस छोटे से मकान में लगभग वे सारी चीज़ें करीने से मौजूद थीं, जिसमें एक भरी-पूरी गृहस्थी झाँकती और झलकती रहती है। सत्तो के पंख चाहे जहाँ तक फैलते गये, वह महसूस करती कि कहीं कोई रोक-टोक नहीं है। धीरे-धीरे उसका अपना घर रात का बसेरा बन कर रह गया। भाभियाँ दस साल से यहाँ घर नहीं आयी हैं। सत्तो सत्ताईस साल की हो गयी है, इतना भी उन्हें पता नहीं, लेकिन सत्तो दिन भर शान्तनु के घर पड़ी रहती है, पता नहीं किस चिट्ठी से उन्हें मालूम हो चुका था। भाई जब भी आते, माँ को डाँटते—''एक लड़की तुमसे नहीं सँभलती है!''

सत्तो चाहे जैसे खुश हो, माँ अक्सर सोचा करती, शान्तनु में कोई बुराई भी तो नहीं है। अच्छी-खासी नौकरी है ही।

''नौकरी से क्या होता है?'' भाइयों ने माँ को इतनी जोर से डाँटा कि आगे उसकी हिम्मत ही नहीं हुई। बहुओं के चोरी छिपे बेटे जो चार पैसा उसके हाथ पर रख देते, उसी पर उसकी गृहस्थी अटकी है। इतना तो वह भी जानती कि अगल बगल छप्पर डालकर रहनेवाले भी आजकल टी.वी. रखते हैं। उन सबके यहाँ भी चाय पीने के लिए कप-प्लेट हैं। यहाँ तो दो भले रिश्तेदार भी आ जाएँ तो कायदे की गिलास तक नहीं है। वैसे तो सत्तो कभी अपने लिए भाइयों से दबती नहीं थी। हाजिर जवाब। जवाब देने में मुँहफट। जबसे शान्तनु का चक्कर शुरू हुआ, वह भाइयों से बचने लगी है।

एक दिन उसने शान्तनु से पूछा, ''अगर मेरे भाई तुमसे लड़ने आ जाएँ तो तुम मुझे अपने घर आने से मना तो नहीं कर दोगे? तुम उनसे डरना नहीं। वैसे मेरे भाई बहुत डरपोक हैं।''

शाम के समय सत्तो अपने घर चली जाया करती। घूमते-फिरते शान्तनु हर समय सत्तो के बारे में सोचा करता। अपने जिस शहर के लिए वह रात-दिन भागता फिरता था, छुट्टियाँ कम पड़ जाती थीं, उसे लगभग भूल गया। जिन रिश्तों के लिए गुंजाइश न रह जाए, बेहतर यही है कि उन्हें झटक कर अलग कर दो। दूसरों की शर्त पर जीने-मरने का कोई तुक नहीं है, वह सोचता। अकेले में सत्तो उसे गुदगुदा कर भाग जाती। वह सत्तो के पीछे-पीछे भागता जाता। मलिक का ट्रान्सफर हो चुका था। वह अकेले ही देर तक प्लेटफॉर्म पर टहलता रहता।

''मैं जब पहली बार अपने काम के लिए तुम्हारे पास आयी थी।'' सत्तो कहती, ''तुम रोज टालते और दौड़ाते थे। शकीला ने कहा, यह आदमी घमंडी है, काम नहीं करेगा। मैंने कहा, दौड़ा लेने दो। बाद में तो मैं दौड़ाऊँगी। इतना दौड़ाऊँगी कि सारा शहर तमाशा देखेगा।''

सत्तो की बातें सोच-सोच कर उसे अकेले में हँसी आ जाती। पता नहीं कैसे, एकदम तयशुदा की तरह, चीज़ें अपने आप घटित होती जा रही थीं। यह सिर्फ मलिक का असर था या कोई अदृश्य दुर्लभ संयोग? छुट्टियाँ बीत जातीं, शान्तनु यहीं बना रहता। सत्तो उसकी दिनचर्या में पूरी तरह घुलती जा रही थी।

एक दिन पड़ोसवाले तिवारी जी ने पूछा, ''भाई साहब, यह लड़की कौन है?''

''मुझे बहुत नहीं मालूम।'' शान्तनु ने बात को टालने की गरज से कहा।

''मेरा भतीजा बता रहा था...'' तिवारी ने कहा, ''शहर की बदनाम लड़की है। आपकी अच्छी-भली नौकरी है। पैसा है। बदनाम परिवार है इस लड़की का।''

शान्तनु ने चाय चढ़ा दी थी। किचन में जाकर चाय का भगौना नाली में उड़ेल आया। ''तिवारी जी चलिए। मुझे काम से जाना है।'' उसने बाहर निकलते हुए कहा।

अँधेरा घिरने लगा था। तिवारी और वह, दोनों साथ-साथ चल रहे थे। लेकिन चुप, शायद तिवारी झेंप रहा है, शान्तनु ने सोचा, लोगों को थोड़ी भी छूट दो कि दूसरों का व्याकरण बनाने लगते हैं। उसने कहा, ''तिवारी जी, आप भले आदमी हैं, लेकिन अबसे आप बिना पूछे मुझे किसी के बारे में बताया न करें। सारा देश चरित्रवान लोगों से गँधा रहा है। मुझे नेक और भले लोगों का संग्रहालय भी नहीं बनवाना है। मुझे यह लड़की अच्छी लगती है। और इतना काफी है।''

तिवारी क्षमा माँग कर दूसरी ओर चला गया। शान्तनु आज नहर के किनारे किनारे देर तक और दूर तक पैदल चलता रहा। शहर पीछे छूट गया था। चारों ओर खेत थे। हरियाली थी। दो-दो, तीन-तीन की संख्या में साइकिलवाले कैरियर पर किसी को बैठाए पगडंडी से चले जा रहे थे। गाँव, खेत, साइकिल और पगडंडी—ये सब शान्तनु के बचपन का हिस्सा रहे हैं। सत्तो ने फिल्मों में गाँव देखा है। साले तिवारी ने मूड खराब कर दिया। सत्तो बदनाम परिवार की लड़की है! वह अभी तक तिवारी से उलझा था। एक लड़की कई वजहों से बदनाम होती रहती है। उसके माँ, बाप, दादा, दादी जो लड़की के पैदा होने से बहुत पहले मर चुके होते हैं, उनकी वजहों से भी लड़की हर क्षण बदनाम होती रहती है। ऐसी ढेर सारी बातें हैं, जिनके होने, न होने में लड़की कहीं नहीं होती, लेकिन बदनाम और बेइज्जत लड़की होती है। आँखों की फितरत ही है कि हमेशा दूसरों को देखती हैं। खोपड़ी का आयतन आँखों में घुसा पड़ा है। यहाँ सब साले पैगम्बर हैं। सिर्फ दूसरों को सुधारने के लिए पैदा हुए हैं। बाप जहर खा ले, आफत लड़की पर। माँ किसी के साथ भाग जाए, भोगेगी लड़की। आप चाकू या तमंचे के बल पर लड़की को नोच बकोट लें, लड़की चरित्रहीन हो जाती है। शान्तनु अपने आप बुदबुदा रहा था। उसके भीतर एक

घृणा फैलती जा रही थी। और साले तिवारी! दुनिया तुम्हारी तरह चरित्रवान हो जाए तो मैं प्रणाम करके चुपचाप विदा हो लूँ।

दूसरे दिन सत्तो नहीं आयी। माँ के साथ कहीं जाना था। वह पूरा दिन खाली था। शान्तनु ने महीनों पहले आए लिफाफों को खोल कर पढ़ा। पुराने मित्रों को पत्र लिखा। डाकखाने जाकर घर के लिए मनीआर्डर किया। स्थगित ढेर सारे कामों को उसने इत्मीनान से निपटाया।

शाम के समय तिवारी की पत्नी केतली में चाय लेकर आयी। वह जब भी आती। घंटों बैठी रहती। शान्तनु को उससे डर लगता और थोड़ा-थोड़ा मजा भी आता था। आज उसने सत्तो के बारे में पूछना शुरू किया, ''कैसे जानते हैं आप? फालतू में बदनामी हो रही है। सब लोग कहते हैं कि अच्छी लड़की नहीं है।''

शान्तनु मुस्कराया, ''भाभी, मैं भी तो अच्छा आदमी नहीं हूँ।''

तिवारी जितना बकलोल और गबद्दू था, बीवी उतनी ही शोख और नटखट। वह जितनी देर बातें करती उतनी देर तक उसकी साड़ी का पल्लू सरकता रहता। सत्तो की बात करते हुए आज वह बेहद गम्भीर और गुमसुम लग रही थी।

''तिवारीजी ने कुछ कहा तो नहीं भाभी?'' शान्तनु ने हँसते हुए पूछा।

''वैसे तो तुम बहुत शर्मीले बनते थे। शरीफ और सीधे।'' तिवारिन चाय का खाली कप लेने के बहाने उठी और शान्तनु के करीब जाकर बिल्ली-सी फुर्ती के साथ उसे पकड़ कर उसका गाल काट ली। वह अचकचा गया। तिवारिन तेजी से जीना उतरते हुए अपने घर भाग गयी।

''कुतिया कहीं की!'' शान्तनु वॉश बेसिन पर जाकर देर तक अपना चेहरा और गाल रगड़-रगड़ कर धोता रहा, ''सत्तो बदनाम लड़की है।''

शान्तनु प्लेटफॉर्म पर चहलकदमी कर रहा था। सत्तो की छत पर आज कोई पुरुष दिखाई दे रहा है। शायद यही उसका भाई है। वह आदमी गौर से उसकी ओर ही देख रहा है। शान्तनु चुपचाप आगे बढ़ गया। उस दिन उसे पता चला कि आसपास कई घरों की खिड़कियाँ भी उसे ही घूर रही हैं।

खिड़कियाँ मौसम पर मिजाज की टिप्पणी होती हैं। बाहर का मौसम इतना नम और मोहक था कि खिड़कियों के भीतर उमस भर गयी थी। खिड़कियों का मिजाज ठीक नहीं है। उनके खेत में पराया भैंसा चर रहा है। अलग-अलग समय लगभग उन सारी खिड़कियों ने सत्तो को दाने डाले थे। कागज के टुकड़ों पर दिल का इजहार किया था। सत्तो को सबकी कुंडली मालूम है। उसने भी खिड़कियों से ''टा-टा, बाय-बाय'' किया था। यह सब बीते दिनों की बातें हैं। वह देखती रह गयी। जमाना बदलता चला गया। अधिकांश खिड़कियों पर अब लेडीज गाउन, ब्रा और मैली कुचैली पैंटी टँगी रहती। नेटा पोटा में सनी बच्चों की चिल्लपों भर गयी

थी वहाँ। अपना भविष्य बर्बाद कर चुकने के बाद सब उम्रदराज और समझदार हो गये थे। देश और समाज की चिन्ता उन्हें खाये जा रही थी।

सत्तो सब समझ और देख रही थी—अतीत के योद्धा आजकल दुरभिसन्धियों, फुसफुसाहटों और षड्यन्त्रों में तल्लीन हैं।

''कल धोबिन का लड़का आया था। मम्मी से बता रहा था कि मुहल्ले के लड़के तुम्हारी पिटाई करनेवाले हैं।'' सत्तो ने शान्तनु से बताया, ''तुम क़ल सुबह जरूर आना।''

सुबह हुई। खूब साफ धुली हुई और टटकी सुबह। रात के अँधेरे का बचा खुचा धुँधलका पूरी तरह छँट गया था। चीज़ें साफ-साफ दिखने लगीं। कुछ ज्यादा ही अतिरंजित और ज्यादा ही सम्मोहक। छत की मुँडेर पर कबूतर गुटर गूँ कर रहे थे। मेहँदी की झाड़ियों पर बुलबुल के जोड़े फुदक रहे थे। पाकड़ की नरम मुलायम हरी छाया के नीचे शान्तनु पत्थर की बेंच पर बैठा था। सत्तो दीवार के किनारे छुई-मुई के पौधों से खेल रही है। ''मैं जहाँ भी जाऊँगी गमले में इसे लेकर जाऊँगी।'' उसने शान्तनु से कहा, ''जब तुम अपना घर बनवाना तो मेरे लिए एक क्यारी जरूर रखना। मैं चाहे कहीं भी रहूँ, आकर पानी डाल दिया करूँगी।''

कबूतर की गुटर गूँ, बुलबुल की फुदकन, पाकड़ की हरी छाया और पुलकित प्रफुल्लित सत्तो के चारों ओर फैले झबरीले छुई मुई के मुलायम बैंगनी फूल। उस सुबह प्रकृति के मोहक उल्लास से असंगत होते हुए मुहल्ले वालों का दम घुट रहा था। क्या ये दोनों सारी रात यहीं बैठे रहे हैं? एक ने दूसरे को, दूसरे ने तीसरे और फिर इसी तरह दर्जनों लड़के इकट्ठे हो गये। सत्तो आकर शान्तनु के बगल में बैठ गयी। लड़के उसे ही देख रहे हैं। उसने शान्तनु को पकड़ा और चूम लिया। अब क्या बचा है? लड़के वालीबॉल खेलने चले गये। शान्तनु उठकर घर के लिए चल पड़ा। सत्तो देर तक उसे जाते हुए देखती रही। एक छोटी-सी जिन्दगी और न जाने कितने-कितने मालिक हैं। सत्तो घृणा से ऐंठ रही थी—माँ, बाप, भाई, बहन और अब मुहल्लेवाले भी। सब अपने-अपने मुताबिक हाँकना चाहते। वह दौड़ते हुए घर के भीतर चली गयी, ''मम्मी, तुम सब मेरी शादी के बारे में कभी मत सोचना।''

माँ चाय बनाकर उसी का इन्तजार कर रही थी। वह सीधे बाथरूम में चली गयी। टूटे हुए आईने में देर तक अपने को निहारती और नाचती रही। काँखों के नीचे पसीना भर गया था। पसीने में शान्तनु की देहगन्ध भर गयी है। सत्तो देर तक उसे सूँघती रही।

माँ अब कुछ-कुछ बदल रही है, सत्तो ने महसूस किया। पहले भाभियों और भाई की शिकायतें मुझसे बतियाती थी। अब ढेर सारी बातें, जो शायद मुझसे जुड़ी हों, छिपाने लगी है।

"आजकल माँ पूरी रात जागती रहती है।" सत्तो पहली बार शान्तनु से गम्भीर थी, "कभी मेरा मुँह छूती है, कभी आँखें। मैंने कहा, भागूँगी नहीं माँ। ...कोई बात होती तो रोने लगती है।"

कभी-कभी अनायास ही मौसम उदास लगने लगता है। कई दिनों से सत्तो का मन बेहद उचाट था। एक रहस्यमयी फुसफुसाहट उसके चारों तरफ घिरती जा रही थी। गर्मी की छुट्टियाँ हो चुकी थीं। एक दिन सबेरे-सबेरे उसकी दोनों बहनें बिना किसी पूर्व सूचना के आ गयीं। माँ ने कल शाम को नमकीन और बिस्कुट के पैकेट मँगाए थे। बहनें आनेवाली हैं, कहीं माँ को मालूम तो नहीं था? बहन या भाई, जब भी कोई आ जाता, सत्तो को दिन भर घर में रहना पड़ता। शान्तनु से मुलाकात तो दूर, देखा देखी भी स्थगित हो जाती। घर के सामने का मैदान बहुत पुराना था। उसके घर की छत और रेलवे प्लेटफॉर्म भी पुराने थे। सत्तो की बहनें भी पहले इनका उपयोग कर चुकी थीं। सब पारंगत और परम्परागत खिलाड़ी थे। कोई किसी को चरा नहीं सकता था। अच्छा हो कि चुपचाप पालथी मारकर घर के भीतर बैठी रहो। सत्तो ने सोचा तूफान के गुजर जाने का इन्तजार ही बेहतर है।

"मुझे अच्छा नहीं लग रहा है। घर में खुसर-फुसर चल रहा है। दीदी लोग पता नहीं क्यों आयी हैं। हो सके तो तुम सुबह प्लेटफॉर्म पर आना। कुछ जरूरी बातें हैं।" सत्तो ने कागज का छोटा टुकड़ा दूधवाले के हाथों भिजवाया।

बहनें या भाई, जब भी आते, शान्तनु का 'ब्लडप्रेशर' बढ़ जाता। तरह-तरह के अनुमान और आशंकाओं के कारण पूरी रात नींद नहीं आयी। वह सबेरे से कुछ पहले ही प्लेटफॉर्म पर पहुँच गया था। लगभग दो घंटे बाद, सब लोग उधर ही देखने लगे—एक लड़की दौड़ती-भागती प्लेटफॉर्म की ओर चली आ रही है। शायद सत्तो ही है। शान्तनु दौड़कर उसके पास पहुँच गया। एक भीड़ उनके आसपास जमा हो गयी थी। क्या माजरा है? हाँफने की वजह से सत्तो बोल नहीं पा रही थी। उसके होंठ सूखे थे। शब्द अटक रहे थे, "मुझे तुमसे जरूरी बात करनी है। तुम समझ रहे हो न!" फिर वह आसपास जमा भीड़ को देखती और बार-बार इतना ही कहती कि तुम समझ रहे हो न! शान्तनु अजीब असमंजस में था। लगभग सकपका सा गया। वह कुछ भी साफ-साफ समझ पाता, तब तक पीछे लगभग उसी रफ्तार से दौड़ती माँ भी आ गयी। भीड़ बढ़ती जा रही थी। माँ ने सत्तो को एक चाँटा जड़ा और लगभग घसीटती हुई उसे पकड़ ले गयी। अब भीड़ रहस्यमयी नज़रों से शान्तनु को घूर रही थी। वह जल्दी ही घर लौट आया।

सत्तो कई बार अपनी माँ के साथ उसके घर आ चुकी थी। लोग कहते कि शहर का बदनाम परिवार है। शान्तनु सोचा, कहीं यह बुढ़िया बेटी के साथ मिलकर उसे फँसा तो नहीं रही है। सत्तो खुद भी आसान लड़की लगती थी। क्या बताना

चाहती थी सत्तो? कहीं वह 'प्रेगनेंट' तो नहीं है? उसके भीतर एक तूफान चल रहा था। सारा शहर सो गया था। शान्तनु रात भर उसके घर की परिक्रमा करता रहा। वह किसी तरह एक बार सत्तो से मिलना चाह रहा था। पुरानी हवेलियों के पिछवाड़े बने घुड़सालों की तरह सत्तो का घर इस समय अँधेरे में डूबा वीरान खंडहर लग रहा था। जहाँ खड़ी होकर सत्तो उसे देखा करती थी, वह खिड़की बन्द थी। घुप्प अँधेरा। कहीं कोई रोशनी नहीं।

सत्तो पढ़ी-लिखी नहीं थी। जो परीक्षाएँ उसने पास की थीं, उनका सम्बन्ध पढ़े लिखे होने से नहीं था। वह बहुत सीधे और सरल ढंग से जीवन को देखती-समझती थी। खिलन्दड़ी। हर समय हँसी-ठिठोली उसकी आदत थी। तनाव झेलना, गम्भीर होना, यह सब उसने जीवन की पाठशाला में सीखा ही नहीं था। "यह दुनिया आपने तो बनाई नहीं है।" पहली मुलाकात, पहली मुलाकात ही कहना बेहतर होगा, जबकि वह महीनों पहले से लगभग रोज आ रही थी, उसने शान्तनु से कहा, "ईश्वर ने यह दुनिया बनाई है। दूसरे की चीज़ है। उसकी मर्जी चाहे जैसे बनाये। तुमको इसमें रहना है। आप अपने तरीके से इसमें रह सकते हो। किराए के घर में तोड़फोड़ की गुंजाइश नहीं होती। अगर आप एक बार यह सोच लो कि यह चीज़ ऐसी ही है तो उसके वैसा होने में आपको तकलीफ नहीं होगी।"

शान्तनु से अगर कोई दूसरा यही कहता तो वह घंटों जिरह करता। वह जरूर बताता कि ऐसे सोचना कितना खतरनाक है, लेकिन लगातार सम्मोहित और सराबोर करते जा रहे सत्तो के भोले विश्वासों से छेड़छाड़ करना उसे कभी जरूरी नहीं लगा। समय का कुछ खाली हिस्सा, जो ऊब और उदासी में बीत रहा था, अचानक इस लड़की के संसर्ग में आकर प्रफुल्लित हो उठा। घर के कोने में मिट्टी से भरा एक खाली गमला था। वर्षों से उदास, मटमैला और धूसर पड़ा हुआ। सत्तो ने उसमें बेला के फूल रोप दिये थे। वह रोज आती और दो अँजुरी पानी डाल दिया करती। छोटे-छोटे सफेद और मुलायम फूलों से उसका घर महक उठा। वह बेला के फूलों को तोड़ती और उससे कहती, "इन्हें मेरे बालों में गूँथ दो।"

"मैं रोज धूप में पैदल चलकर तुम्हारे घर आती हूँ। तुमने मुझे बहुत धूपाया और थकाया है। मेरी माँ मेरी एक-एक बात मानती है। तुम मुझे तवज्जो नहीं देते। जब मैं दौड़ाऊँगी तो सारा हिसाब चुकता कर लूँगी।" वह जब तक रहती, किचन से बालकनी तक उछल-कूद करती। चहकती रहती।

अदृश्य आशंकाओं से भरा शान्तनु एक-एक बात सोच रहा था। सत्तो ने अपने घर के बारे में जितना बताया था, उससे वह किसी भी तरह यह नतीजा नहीं निकाल पाता कि इतनी जल्दी उसकी शादी हो जाएगी, "शादी हँसी खेल है क्या?" सत्तो कहती, "लड़केवाले देखने आते हैं। मैं झगड़ा कर लूँगी।"

"तुम्हें झगड़ा करना आता है?" शान्तनु पूछता।

"गालियों का कोश हूँ मैं। मेरे घर के पिछवाड़े रोज शाम को औरतें और आदमी चहचहाते हैं। मैं तो पैदा ही उसमें हुई हूँ। जब शादी कर लोगे, तब देखना। ऐसी-ऐसी गालियाँ जानती हूँ कि पूरी जिन्दगी रोओगे।"

शान्तनु को हमेशा लगता कि सत्तो अपने और अपने घर के बारे में बहुत कुछ बताते-बताते रह जाती है। अलग-अलग अर्थ देते वाक्य। जब वह किसी वाक्य को पकड़ कर जिरह करता तो, सत्तो चतुर सुजान थी, टाल जाती, "तुम्हें मुझसे मतलब है या मेरे घर वालों से?"

बातें रह जातीं।

अँधेरे में लिपटे आज ऐसे ढेर सारे वाक्य, जुगनुओं की तरह जल-बुझ रहे थे। सब असंगत और अलग-अलग।

"सत्तो के घर में ताला बन्द है। पूरा परिवार बाहर गया हुआ है। दूधवाले ने बताया, जीजा लोग आये थे। सब हरिद्वार गये हैं, टूर पर।"

चाय भर चीनी नहीं है घर में। साले टूर पर गये हैं, शान्तनु बुदबुदा रहा था। दाल में कुछ काला है।

शाम को वह शकीला के घर गया। गरीब मुसलमानों की गन्दी बस्ती थी। "बार-बार मेरे घर न आया करो।" दरवाजा खोलते हुए शकीला ने फुसफुसा कर कहा। आँगन की झिलँगी चारपायी पर शान्तनु बैठ गया। शकीला भीतर गयी और कहीं से मैला-कुचैला दस लीटरवाला गैलन खोजकर ले आयी, "तुम कहीं से मिट्टी का तेल ला दो।"

शान्तनु का चेहरा धुआँ-धुआँ हो रहा था। कई दिन हो गये, दाढ़ी नहीं बनाई थी। आँखें लाल सूजी हुईं और कीचड़ से सनीं। भाभी सुन न लें, गैलन थमाते हुए शकीला फुसफुसा रही थी, "सुबह उसकी माँ आयी थी। मैंने पूछा, आंटी सत्तो कहाँ है? वह रो रही थी। भैया उसे लेकर पूना गया हुआ है। उन्होंने बताया गले में गिल्टी है। ऑपरेशन होना है।"

"माँ कब आयी थी?" शान्तनु ने पूछा, घर में तो ताला बन्द है।

"पता नहीं।" शकीला ने कहा, "बता रही थीं कि दोपहर की गाड़ी से जाना है।"

कभी 'टूर' पर हरिद्वार, कभी ऑपरेशन के लिए पूना। जैसा कि लोग कहते हैं, पूरा परिवार वास्तव में जालिया है, शान्तनु सोच रहा था—बुढ़िया रात की गाड़ी से आयी। सुबह-सुबह शकीला के घर गयी। दोपहर की गाड़ी से उसे फिर बाहर जाना है। जरूर सत्तो ने ही माँ को शकीला के घर भेजा होगा। वह जानती है कि मैं उसे खोजते हुए शकीला के घर जाऊँगा।

अगर सत्तो को खोजना है तो पहले दस लीटर मिट्टी का तेल खोजो—शान्तनु उस समय फोटो खींचने लायक हो रहा था। शहर की अच्छी-भली नौकरी। साफ सुथरी कालोनी में मकान। छोटी-छोटी जरूरतों के लिए नौकर। लेकिन किस्मत का खेल, वह शहर की बदनाम और गन्दी बस्ती के एक टुटहे खपरैल से मैला-कुचैला दस लीटर का गैलन लिए जा रहा है। मलिक के यहाँ सप्लाई आफिस का एक बाबू आया करता था। पता नहीं साला कहाँ रहता है—शान्तनु मिट्टी के तेल का जुगाड़ सोच रहा था। गैलन की धूल कपड़ों पर चिपक गयी है। शर्ट के बटन खुले हैं। पैंट ढीली होकर सरक रही है। साले कुत्ते! वास्तव में एक कुत्ता उसे पीछे से सूँघता और भौंकता चला आ रहा था। शायद उसी के लिए बुदबुदा रहा था शान्तनु। शायद अपने लिए। पता नहीं।

चाहे जहाँ भी हो! क्या सत्तो मेरे लिए एक फोन नहीं कर सकती? सशंकित होते ही उसका प्यार प्रतिशोध की भावना से लड़खड़ा जाता। अब तक मैं तुम्हें पुकार रहा था। अब तुम्हें खोजने जा रहा हूँ। शान्तनु ने सोचा, उसके भीतर भयानक उथल-पुथल मची थी। सत्तो! इतने छल और प्रपंच के सहारे तुम जो चमकीली दुनिया बनाने और बसाने जा रही हो, जानती हो, तुम्हारी चिट्ठियाँ! तुम्हारे फोटोग्राफ्स! मेरी एक फूँक से सब तहस-नहस हो जाएगा। नहीं, मुझे ये सब बातें नहीं सोचनी चाहिए। पता नहीं, वह खुद कितनी मुसीबत में हो। उस दिन प्लेटफॉर्म पर सबके बीच माँ उसे घसीटते हुए ले जा रही थी।

''प्यार मैंने तुमसे किया है, अपनी पहल पर।'' एक बार सत्तो ने उससे कहा था, ''मेरे भाई कहते हैं कि तुम्हें मारेंगे। कालिख पोत कर तुम्हें शहर में घुमाएँगे। तुम उनसे दबना और डरना नहीं। मुझे डरपोक आदमी अच्छे नहीं लगते। तुम मेरे हीरो हो।''

दिन बीतते जा रहे थे। वह छटपटा रहा था। एक आदिम भूख से बर्बर और बेसब्र हो रहा था उसका प्यार। ढेर सारी बातें थीं, जो वह सत्तो को बताना चाहता था। ढेर सारी बातें पूछना चाहता था। उसके घर की एक-एक चीज़ों पर सत्तो के निशान थे। महावर लगे पैरों के निशान। क्या सत्तो से कभी दुबारा मिलना नहीं हो सकेगा? कैसे होगी वह? मेरे बारे में क्या सोच रही होगी?

वह पूरे दिन घर से बाहर नहीं निकलता, क्या पता सत्तो कब आ जाए। यही उसके आने का समय होता है। अब वह शायद कभी न आए। घबराहट के मारे उसका दिल बैठने लगता। दोपहर के दो बज रहे थे। कुछ याद आया और वह तेजी से उठा। डायरी में उसकी बहनों के फोन नम्बर हैं।

उसने पहला फोन रतलाम मिलाया। घर पर कोई नौकर था उसने बताया कि सब लोग बाहर गये हैं। हफ्ते भर बाद लौटेंगे।

दूसरा फोन अलवर के लिए—

''हलो, भाई साहब, मैं बब्बू (छोटे जीजा के घर का नाम बब्बू है।) के आफिस के पास से बोल रहा हूँ। आज वह आफिस नहीं आया है क्या?''

''वह तो बाहर गया है।'' शायद उसके पिताजी हैं।

''मैं जयपुर से आया हूँ। शान्तनु ने कहा, ''बब्बू ने किसी की शादी के लिए गिफ्ट मँगाया था। शायद साली की शादी के लिए।''

''लेकिन शादी तो परसों है।''

''ससुराल का पता हो तो बता दीजिए। पार्सल कर दूँगा।'' शान्तनु पूरी तरह तीरन्दाजी पर उतर आया था।

''शादी तो मसूरी से हो रही है। वहाँ का पता मुझे नहीं मालूम है।''

''कोई बात नहीं भाई साहब। बस इतना ही काम था। बता दीजिएगा कि ससुराल से शान्तनु का फोन आया था।''

''साले, तुम्हें यहाँ का नम्बर किसने दिया?''

लग रहा है सारे रिश्तेदारों को मेरे बारे में मालूम है। दर-दर की ठोकरें खाते, अपमान और पराजय से चिथड़े-चिथड़े हो चुके शान्तनु के चेहरे पर एक क्षण के लिए आत्मदर्प कौंध गया। थोड़े दिन पहले उसने सत्तो के साथ 'डर' फिल्म देखी थी।

बड़ा भाई ओ.एन.जी.सी. में नौकरी करता है। वहीं कहीं उसने शादी तय कर ली होगी। मुझे एक बार सत्तो से मिलना चाहिए। शान्तनु ने सोचा, इसलिए नहीं कि उसे अपने साथ बिताए गये कुल एक साल दस महीने की ढेर सारी बातें याद दिलाकर लौट आने के लिए प्रार्थना करूँगा। प्रार्थना की बुनियाद पर दुनिया का कोई सम्बन्ध मुझे स्वीकार नहीं। चाहे ईश्वर हो या कोई और, अनुनय-विनय मेरे जीवन में असम्भव है। किसी सम्बन्ध के बनने में या टूटने में जिस हद तक मुझे शामिल किया जाएगा, उसका हिसाब तो लूँगा ही। आपने जो किया, अगर वह प्रेम नहीं था तो तय मानिए, मेरे अपमान का हिसाब आपको देना पड़ेगा।

महीनों भागते भटकते और ऊपर से पूरी रात बस के सफर की थकान। बार-बार झपकी आ-जा रही थी। उसने देखा, शायद कोई गेस्ट हाउस है। खिड़की के भीतर सत्तो उजाले में चमक रही है। चारों तरफ कँटीली झाड़ियाँ हैं। रात का अँधेरा है। वह खिड़की के पास पहुँच जाता है। सत्तो उसे पहचान जाती है। ''तुम मुझे छू नहीं पाओगे।''

''मैं एक साल दस महीने का क्या करूँ सत्तो?''

''मैं क्या जानूँ!'' सत्तो हँसते हुए भाग गयी।

तेज हिचकोले से अचानक उसकी नींद टूट गयी। बस हरिद्वार से आगे बढ़

रही थी। ऊँची-नीची पहाड़ियाँ और घुमावदार रास्ते। शान्तनु ने अपनी ठुड्डी बस की खिड़की पर टिका दी थी। आँखों के सामने सब कुछ बहुत तेजी से गुजरता जा रहा था।

मुट्ठी भर की दुनिया। देहरादून की उस दुकान में आखिर उसकी मुलाकात हो गयी थी। भाई थे, माँ थी, बहनें थीं। दोनों जीजा लोग भी थे। दुकान के कोने में सत्तो चुपचाप बैठी थी। उसके हावभाव में निर्लिप्तता और चेहरे पर थकान थी। थोड़े दिन पहले होली पर शान्तनु ने उसके लिए सूट खरीदा था, इस समय सत्तो वही पहने थी। शान्तनु को दुकान में घुसते देखकर सब भौंचक हो गये। वह चुपचाप बैठी रही। उसने न शान्तनु को देखा, न पहचाना। वह शान्तनु नाम के किसी आदमी के बारे में कुछ नहीं जानती थी।

शान्तनु ने दुकानदार से कोई एक बेमतलब की चीज़ खरीदी और पैसा चुकता करके बाहर निकल आया। सामने सड़क के दूसरी ओर बाजू में चाय की दुकान थी, वह वहीं बैठ कर सिगरेट पीता रहा। बहुत देर पहले सब जा चुके थे। सड़क पर भीड़ थी। वह सन्नाटे में डूबा पड़ा रहा। किसी ने उसे जगाया और वह उठकर चल पड़ा। एकदम अकेला था वह। पूरे दिन चलता रहा। समय कुछ खास तारीखों में जगह जगह उलझा हुआ फड़फड़ा रहा था। पिछले पच्चीस-छब्बीस दिन, टूटे-फूटे और छितराए हुए कँटीले दिन उसके आसपास उलझे फैले पड़े थे। उसके पैर उन्हीं में बार-बार उलझ जाते। वह उनसे भागना और बचना चाहता था। सपने में हम भाग नहीं पाते। शान्तनु उन्हीं के बीच किसी तरह बचते-बचाते चला जा रहा था। शायद यह एक लम्बी नींद है। यह जो साँस लेने में घुटन और घबराहट हो रही है, वह सोचता, सपने के बीतते ही खत्म हो जाएगी। साँझ हुई फिर अँधेरा और फिर रात। वह बार-बार अपने को छूकर देखता और चलता चला जा रहा था। कहाँ जाना है? पता नहीं। शान्तनु कहता तो यही था कि दुनिया बहुत छोटी है, लगभग मुट्ठी में समा जाने भर, लेकिन रास्ते हैं कि खत्म होने का नाम ही नहीं लेते।

❑

नालन्दा पर गिद्ध

बनारस विश्वविद्यालय के हिन्दी विभागाध्यक्ष आचार्य चूड़ामणि प्राचीन परम्परा के संरचनावादी समीक्षक थे। मनु महाराज के वर्ण विभाजन और स्त्री सम्बन्धी आग्रह आदि में उनकी अटूट आस्था थी। अनेक विश्वविद्यालयों की पाठ्यक्रम समिति के प्रभावी सदस्य, थीसिसों के परीक्षक, हिन्दी के प्रसार और विकास के लिए स्थापित अनेक संस्थाओं के संरक्षक और खुद अपने विश्वविद्यालय में 'डीन ऑफ स्टूडेंट्स' जैसे महत्त्वपूर्ण पदों की जिम्मेवारियाँ सँभाले हुए व्यस्त रहा करते थे। एक कैबिनेट मन्त्री की थीसिस उन्होंने खुद लिखाई थी। शहर के मेयर और शराब के ठेकेदार मनोहर जायसवाल की पुत्रवधू उन्हीं के निर्देशन में शोध कर रही थीं। उनका व्यक्तित्व एक ऐसे वटवृक्ष की तरह था जिसने अपनी मूल जमीन की सारी उर्वर-शक्ति को सोखकर उसे बन्ध्या कर दिया था। जिसके कोटरों में साँप, चमगादड़, नेवले और गिरगिट सुख चैन से रह रहे थे। जिसकी उन्नत शाखाओं पर बैठे गिद्ध हर क्षण मृत्यु की टोह में दूर टकटकी लगाये रहते। विश्वविद्यालय में नियम था कि कोई प्रोफेसर दो साल से ज्यादा विभागाध्यक्ष के पद पर नहीं रहेगा, लेकिन आचार्य चूड़ामणि के दरबार में सारे नियम कानून पायदान की तरह बिछे रहते। कीचड़ और गन्दगी पोंछने के काम आते थे—सारे नियम और कानून।

सुबहे बनारस! पंचगंगाघाट की सीढ़ियों पर हो या ठठेरी बाजार की सँकरी गलियों में। चाहे जहाँ हो। उसके अस्त का उत्सव आचार्य चूड़ामणि के दरबार में ही धूमधाम से सम्पन्न होता। आर.एस.एस. और विद्यार्थी परिषद के सारे नेता जमा होते। विश्वविद्यालय के एक एक विभाग और एक-एक व्यक्ति के बारे में वे सारी सूचनाएँ सौंपकर मन्त्रणादान पाया करते थे। आचार्य उतने बड़े संगठन के गॉडफादर थे। कहा जाता है कि विश्वविद्यालय के उस सिंहपीठ पर रहते हुए चूड़ामणि जी ने कश्मीर से कन्याकुमारी और असम से गुजरात तक के हिन्दी विभागों को अपने प्रभामंडल से आच्छादित कर रखा था। विभागाध्यक्षों और प्रोफेसरों के अलावा नये

लेक्चरर और चपरासियों तक की नियुक्ति उन्हीं की मरजी से होती थी। ''तेरी सत्ता के बिना, हे प्रभु मंगल मूल, पत्ता तक हिलता नहीं...''

वे अस्सी के दशक के प्रारम्भिक वर्ष थे। तब 'ग्लासनोस्त' और 'पेरोस्त्रोइका' जैसी घटनाएँ सोवियत रूस में नहीं हुई थीं। 'पार्टी हेडक्वार्टर' को ध्वस्त करने की सांस्कृतिक क्रान्ति की अपील का उत्साह था। पद, प्रतिष्ठा, उम्र और अनुभव आदि की दुहाई देकर कौन इतिहास का रास्ता रोक रहा है? उसकी खोज करो!

विश्वविद्यालयों में मार्क्सवादी विचारधारा और वामपन्थी अश्वमेध का घोड़ा कालिदास, भवभूति, तुलसी और बिहारी के बाद मैथिलीशरण गुप्त तक को रौंदता, किसी कालातीत सौन्दर्यशास्त्र के लिए भागता चला जा रहा था। अस्सी के दशक के उन शुरुआती वर्षों में आचार्य चूड़ामणि जितना क्षुब्ध, दु:खी, उदास और आहत रहा करते थे, उतना पहले कभी नहीं। रूखे चेहरे, बढ़ी दाढ़ी, धँसी आँखों पर चश्मा लगाये बड़े छोटे का सारा लिहाज छोड़कर बहस करती, सिगरेट पीती इस नयी वामपन्थी प्रजाति को देखकर वे वाकई बहुत खिन्न रहा करते थे। साम और दाम! एक दिन जब उन्होंने जलेश्वर से कहा कि तुम बहुत योग्य और होनहार लड़के हो तो वह बेशर्मों की तरह हँसने लगा—''लेकिन मुझे नौकरी नहीं करनी है...और आप मुझे बेवजह दाना डाल रहे हैं। मैं यहाँ पार्टी का काम करने आया हूँ।''

वह महेश्वर की पार्टी का सक्रिय सदस्य और उसी का छोटा भाई था। महेश्वर के बारे में किंवदन्ती थी कि एक बार नेपाल के एक पहाड़ी ढाबे पर जाड़े की सुबह गरम-गरम जलेबी और दही खाते हुए वह एक बूढ़े आदमी से बेतरह उलझ गया। बूढ़ा आदमी बार-बार कुछ कहना चाहता था, लेकिन उसे इसका अवसर नहीं मिल रहा था। महेश्वर ने उसे बताया कि थोड़ा गाँवों में लोगों के बीच जाकर आप उनके अनुभवों से भी सीखें। बूढ़ा थक हार कर उठा और चला गया। बाद में ढाबे के नौकर ने बताया कि ये चीन के चेयरमैन माओ-त्से-तुंग थे। आगे महेश्वर ने जो कुछ कहा और किया वह किंवदन्ती में नहीं है। जलेश्वर उसी महेश्वर का छोटा भाई था। दिन में नुक्कड़ नाटक करता। कविताएँ रचता। और रात भर जागकर शहर की दीवारों पर नारे लिखा करता था। विश्वविद्यालय में उसकी अपनी मंडली थी, जो हमेशा चुनौती देती थी। साहित्य, कला, संस्कृति और इतिहास पर बहस करती थी। और अन्त में वही करती और कहती थी, जो महेश्वर उसे चिट्ठी में लिखकर बताता था।

आचार्य चूड़ामणि जी के योग्य शिष्य सुबोध मिसिर यूँ तो शान्त स्वभाव के गम्भीर व्यक्ति थे, लेकिन अपने गुरुदेव के अपमान और क्षोभ को देखकर उन्होंने चुपचाप कमर कसी। फिर तो मार्क्सवादी अश्वमेध का जो घोड़ा सबको रौंदता चला जा रहा था, एक दिन उसकी लगाम पकड़ ली गयी। शास्त्रार्थ की कई परम्पराएँ शुरू

हुई। मशीनी नतीजे और जड़ आस्थाएँ एक-दूसरे-से टकराने लगीं। एक तरफ कबीर, प्रेमचंद, निराला और मुक्तिबोध थे तो दूसरी ओर तुलसीदास, आचार्य शुक्ल और हजारीप्रसाद द्विवेदी। जाहिलों और जातिवादियों का संगठन आर.एस.एस. सुबोध मिसिर जैसे जहीन, पढ़ाकू और संयमित व्यक्ति का संसर्ग पाकर नयी जीवनी शक्ति से भर गया। अपनी वेशभूषा और रहन-सहन में वे शुद्ध रूप से देहाती थे। कुर्ता, पाजामा और चप्पल के अलावा कभी कभार उनके कन्धे पर सफेद गमछा पड़ा होता था। अक्सर सामनेवाला उन्हें देखकर धोखा खा जाता। सुर्ती खाने के अलावा और कोई व्यसन उन्हें छू न सका था। स्त्रियों के बारे में उनके वही विचार थे जो कवियों के बारे में प्लेटो के। कल्पनाओं के फितूर और वाहियात के सपनों में उनकी कोई रुचि नहीं थी। उनका ज्यादातर समय पुस्तकालय में बीतता था। और शाम को नियमित गुरुदेव आचार्य चूड़ामणि के दरबार में जाकर चरण स्पर्श करते। उन दिनों गुरुदेव का इकलौता श्रवणकुमार एम.ए. अन्तिम वर्ष हिन्दी से कर रहा था। कभी फुर्सत में सुबोध मिसिर उसे घण्टों पढ़ाया करते। उन्हें इस बात का मन ही मन अफसोस था कि गुरुदेव का पुत्र होनहार नहीं है, बल्कि एकदम मूर्ख और बोदा।

वह बनारस विश्वविद्यालय का नवजागरण काल था। नये-नये लेक्चरर, वृद्ध रीडर और प्रोफेसर से लेकर क्लर्क शर्माजी और चपरासी रामदीन तक, सबके साले साली, बेटे, बहू, दामाद और जीजा, जीजी तक हिन्दी से एम.ए., पी-एच.डी. कर रहे थे। परीक्षाओं से एक रात पहले पान की दुकानों पर पर्चे वितरित होने लगते। जिन्हें क्रमवार स्वर और व्यंजन का बोध नहीं था, वे पिछले सारे रिकार्ड तोड़कर धड़ाधड़ प्रथम श्रेणी पास होते चले जा रहे थे। 'ग्लोब्लाइजेशन' से बहुत पहले ही एशिया का यह सबसे बड़ा विश्वविद्यालय गाँव की शक्ल ले रहा था। पड़ोसी देशों से बड़ा बजट लेकर मानव संसाधन मन्त्रालय, यू.जी.सी. और सी.एस.आई.आर. का संचित खजाना यहाँ की गन्दी नालियों में औंधे मुँह गिरा पड़ा था। रामनाम की लूट है, लूट सके तो लूट...

अध्यापक संघ का चुनाव होनेवाला था। ब्राह्मण, भूमिहार, राजपूत और कुर्मी अपनी-अपनी दुकानें सजा रहे थे। उछल कूद, मारपीट और हाथापाई। इस युद्धभूमि में सब कुछ जायज था। आचार्य चूड़ामणि राजपूत लॉबी के महत्त्वपूर्ण स्तम्भ थे। गुंडावाहिनियाँ उनका चरण रज लेकर धन्य हुआ करती थीं। भारतीय संस्कृति और राष्ट्रवाद की भावना जगानेवाली एक संस्था के ब्राह्मण वर्चस्व को खत्म करके उन्होंने उसे अपने मातहत कर लिया था।

कुर्ता पाजामा पहननेवाले सुबोध मिसिर एक गरीब किसान के होनहार बेटे थे। बचपन से ही उन्होंने शतात्माओं के निर्वाणोपरान्त जिस स्वर्गलोक की कल्पना कर रखी थी, और जो उन्हें धवल रुई के बादलों पर सुनहले द्वीप की तरह तैरता

हुआ दिखाई देता था, वहाँ जाकर उन्होंने देखा कि सारे देवतागण अनवरत आत्मरति के शिकार अपनी ही वासनाओं में हस्तमैथुन किए जा रहे हैं। चुनाव पूर्व अध्यापक संघ की मीटिंग चल रही थी। झाँव-झाँव, काँव-काँव, लोग क्या बोल रहे हैं? गोबर और गू में लिथड़े पड़े शब्दों की शक्ल खो गयी है। अचानक कॉमर्स के एक मोटे मुस्टंड भूमिहार प्रोफेसर ने भौतिक विज्ञान के दूसरे कुर्मी प्रोफेसर को उठाकर मंच पर ही दे पटका। लातों और घूसों के अनवरत प्रवाह में नीचेवाले ने ऊपरवाले का कान दाँत से काट लिया। खून की धारा और चीख के बीच एक दारोगा ने डंडा फटकारा—"आप लोग लड़कों को क्या पढ़ाओगे?" उसने दोनों को धकियाकर एक दूसरे से अलग किया। बनारस विश्वविद्यालय का यह चलता फिरता यथार्थ पौराणिक आख्यानों और मिथक कथाओं से भी ज्यादा अविश्वसनीय और लोमहर्षक था।

निरक्षरता और अज्ञानता के अँधेरे में डूबे गाँवों के लोग जो शताब्दियों से एक ही अन्न खाते चले आ रहे हैं। और जो लोग धारासार बरसात की काली अँधेरी रात में साँपों, बिच्छुओं और गोहों से पटी पड़ी मेड़ पर भुकभुकाती लालटेनों के सहारे बचते-बचाते फावड़ा लेकर नाली बाँधने चले आ रहे हैं। जो लोग क्वार की जहरीली धूप में बैलों के साथ सिर झुकाए खेत जोत रहे हैं। जाड़े की ओस और ठंड में काँपते ठिठुरते जो लोग सीवान के निर्जन सन्नाटे में महीनों से सारी रात बैठकर सिर्फ बिजली की प्रतीक्षा कर रहे हैं। उन सारे लोगों के जीवन में जातिसूचक शब्द सत्ती मैया के चौरे की तरह निर्जीव कोने अँतड़े में पड़ा हुआ है। शादी, समारोह, तीज, त्योहार पर वे वहाँ चढ़ावा चढ़ाते और फिर भूल जाते। वही जातिसूचक शब्द सभ्यता और आधुनिकता का समारोह मनानेवाली विद्वानों की इस बस्ती का मूल मन्त्र बना हुआ है। चारों ओर ब्राह्मण राजपूतों को, राजपूत कायस्थों और भूमिहारों को, भूमिहार कुर्मियों को गालियाँ दे रहे हैं। इस बार अध्यापक संघ के चुनाव में कुर्मी अपना पक्ष तय नहीं कर पाये। इधर मन्दिर का महन्थ, जो विज्ञान संकाय का डीन भी है, उसने पूर्वांचल के सबसे बड़े माफिया डान, विधायक, नर हत्याओं के कुख्यात अपराधी ओर ब्राह्मण सभा के अध्यक्ष की मदद से भूमिहारों से तालमेल कर लिया। अध्यक्ष, उपाध्यक्ष और महामन्त्री तीनों सीटों पर ब्राह्मण प्रत्याशियों की जीत से राजपूत लॉबी को लकवा मार गया। मन्दिर के महन्थ के यहाँ मिठाइयों का दौर शाम से चल रहा था। भूमिहार विशेष रूप में आमन्त्रित थे। विजयोल्लास के कहकहे गूँज रहे थे।

उधर आचार्य चूड़ामणि के दरबार में एक लाश रखी हुई थी। इतिहास की लाश। सारे क्षत्रप शोकमग्न सिर झुकाए बैठे थे। पराजय और अपमान से आहत। किंकर्तव्यविमूढ़। संघ के नगर संचालक महातिम सिंह ने आर्य पराभव के मूल पर

टिप्पणी की और फुसफुसाये—"मुसलमानों से भी खतरनाक होते हैं ये सँपोले! कुछ न कुछ जरूर करना पड़ेगा इस बार।" वे लम्बी साँस खींच कर उठे और शाम के धुँधलके में कहीं खो गये।

ठीक रात के बारह बजे जब लोग महन्थ जी के यहाँ से लौटकर पान की दुकान पर खड़े हुए ही थे कि राजपूतों की गुंडावाहिनी ने हॉकी और लोहे की राडों से उन पर हमला कर दिया। इस बात का विशेष ध्यान रखा गया कि ब्राह्मणों के साथ कहीं कोई भूमिहार न पिट जाय। वरना, समीकरण स्थायी होकर दूर तक नुकसान करेगा।

थोड़ी देर बाद गुंडों की तलाश में पुलिस और पी.ए.सी. का भारी जत्था हॉस्टल में घुसा। उस समय सारी घटना से बेखबर लड़कों की समझ में कुछ नहीं आया। पी.ए.सी. जब छात्रावासों में जाती है तो उसका ध्यान घड़ी, पर्स और रुपये, पैसों पर ज्यादा होता है। लड़कों ने जिन्दाबाद-मुर्दाबाद करना शुरू किया। लाठी चार्ज होने लगा। शहर कोतवाल ब्राह्मण था। जिले का सी.जे.एम. भी ब्राह्मण था। और वह भी, जो होना चाहता था किसी गली का शोहदा, किसी नुक्कड़ का गुंडा या किसी थाने का दारोगा, लेकिन दुर्भाग्य से प्रोफेसर बना, चीफ प्राक्टर भी ब्राह्मण था। वह गुस्से से थरथर काँपते हुए पी.ए.सी. वालों को ललकार रहा था। एक जवान के सिर पर पत्थर लगा। उसने दौड़ाकर लड़के को पकड़ा और तिमंजिले पर ले जाकर सीधे उठाया और नीचे फेंक दिया।

महीने भर बाद होनेवाले छात्र संघ के चुनाव में सारा समीकरण बदलने लगा। वामपन्थी प्रत्याशी विजयानन्द शाही मार्क्सवादी लेनिनवादी विचारधारा का सशक्त दावेदार बनकर उभर रहा था। पिता भ्रष्टाचार के मामले में सस्पेंड, सिंचाई विभाग में जूनियर इंजीनियर थे। शहर में मकान था। पैसे की चिन्ता नहीं थी। आचार्य चूड़ामणि ने सोचा कि 'विचारधाराएँ तो परिवर्तनशील होती हैं। उम्र और परिस्थिति से निर्धारित। मूल सत्य तो जाति है।' आर.एस.एस. की राजपूत और भूमिहार लॉबी ने विद्यार्थी परिषद के शिवानन्द ओझा के खिलाफ अध्यक्ष पद पर शाही का समर्थन कर दिया। वामपन्थ की शानदार विजय दर्ज हुई। उसी पैनल का दूसरा हरिजन प्रत्याशी मात्र पचासी वोट पाकर वीरान और बेजान पसरी सड़क पर अकेले क्रान्तिवाद जिन्दाबाद चिल्लाता चला जा रहा था। जब थक गया और मुँह से झाग आने लगा तो जगजीवनराम छात्रावास के अपने कमरे में जाकर भूखे पेट सो गया।

उस समय आचार्य चूड़ामणि के रिटायर होने में दो वर्ष और बाकी थे। इसीलिए जब उनको 'माइल्ड हार्ट अटैक' हुआ तो लोगों ने उसकी तरह तरह से व्याख्या की। किसी ने बताया कि दरअसल, यह हार्ट अटैक महज एक नाटक है। अध्यापक संघ के चुनाव के बाद जिन ब्राह्मण प्रोफेसरों को मारा गया है उसके लिए

कुलपति ने हाईकोर्ट के एक रिटायर जज से जाँच शुरू करा दी है। वह उसी जाँच समिति से बचने का बहाना है।

यह बात सच है या नहीं। लेकिन यह जरूर है कि हफ्ते भर पहले जब इस जाँच समिति की घोषणा की गयी थी तो आचार्य चूड़ामणि की प्रतिक्रिया यही थी कि—''कुलपति ब्राह्मण। हाईकोर्ट का रिटायर जज ब्राह्मण! इसमें जाँच कराने से क्या? एकतरफा फैसला होगा...''

''इसमें होगा क्या गुरुदेव?'' पास बैठे एक लड़के ने, जो विश्वविद्यालय में ठेके लेता है, पूछा।

आचार्य चूड़ामणि मुस्कराए—''एक रजिस्टर गन्दा होगा। जज साहब रिटायर हो चुके हैं। दस बीस बार ए.सी. का किराया और भोजन पानी का कुछ पैसा मिल जाएगा।'' मसनद पर थोड़ा उठंगकर उन्होंने दीवान के नीचे से पीकदान खींचा और कंठ तक भर आयी घृणा को पिच्च से थूक दिया।

कुछ लोग इस हार्ट अटैक की व्याख्या बिलकुल दूसरे ढंग से कर रहे थे। उन लोगों का कहना था कि हृदयहीन लोगों को हार्ट अटैक कैसे हो सकता है? हो न हो, यह भदैनी की उस हवेली को हारने का दुःख है जिसमें पच्चीस रुपया किराया देकर आचार्य पिछले पैंतीस सालों से रह रहे हैं। उनका अपना मकान, पी.डब्लू.डी. विभाग के बतौर ऑफिस, अठारह हजार रुपये किराया पर उठा है। अब अगर उन्हें अपने मकान में जाना पड़ा तो हर महीने अठारह हजार रुपये का घाटा।

हालाँकि इस बात में भी कुछ दम नहीं है, क्योंकि आचार्य के खिलाफ फैसला सिर्फ निचली अदालत से हुआ है। ऊपर की अदालत ने 'स्टे' दे दिया है। इसके बाद तो हाईकोर्ट है। फिर सुप्रीम कोर्ट। तब तक आचार्य की तीन पीढ़ियाँ इसमें गुजर जाएँगी।

इन सब बातों के अलावा, कुछ लोग जो ज्यादा ही कृतघ्न बुद्धि के होते हैं और बेवजह हर समय हर किसी की दीवाल में छेद करके वहीं चैबीस घंटे आँख गड़ाये रहते हैं, हर छोटी बड़ी घटना में जो लोग पुत्रों, बहुओं और बेटियों को खींच लाते हैं, उन सबका कहना था कि 'रिटायरमेंट' नजदीक है। बेटा एम.ए. में है। कुलपति पिछले दस सालों से विश्वविद्यालय के रुके इंटरव्यू को कराने के लिए रात-दिन आमादा है। अगर इस समय इंटरव्यू हो गया तो मेरे श्रवणकुमार का क्या होगा? फिर तो अगले दस साल तक इंटरव्यू नहीं होगा। दरअसल, यह हार्ट अटैक श्रवणकुमार की चिन्ता से है।

ले देकर यही बात सत्य के ज्यादा करीब हो सकती थी, क्योंकि अस्पताल के प्राइवेट वार्ड में भर्ती आचार्य को जैसे ही यह बात पता लगी कि विभाग में इंटरव्यू की तारीख तय हो गयी है, उन्होंने डॉक्टर के मना करने के बावजूद अपने को

पूर्णतया स्वस्थ घोषित किया और रिक्शा पकड़कर सीधे विभाग के लिए चल पड़े।

उस दिन विभाग में अफरा-तफरी मची थी। लोग अनुमान लगा रहे थे कि अभी तो आचार्य चूड़ामणि हार्ट अटैक के मरीज होकर अस्पताल में भर्ती हैं। इसीलिए नम्बर दो के रीडर आचार्य भवेश पांडेय जी अध्यक्ष की हैसियत से इंटरव्यू बोर्ड में बैठेंगे—''लेकिन वे कैसे बैठ सकते हैं''—किसी ने शंका जाहिर की—''वे तो खुद ही प्रोफेसर पद के प्रत्याशी हैं, और दूसरे उनकी पुत्रवधू लेक्चररशिप के लिए अप्लिकैंट है।'' दूसरे ने प्रतिवाद किया ''हो सकता है वे रीडरवाले इंटरव्यू बोर्ड में बैठें।''

विभाग में ज्यादातर नये लेक्चरर जो दिन में दो बजे आते और विभाग से दूसरे की डाक उठाकर चुपचाप चले जाते, वे सारे लोग आज सुबह दस बजे से ही आने शुरू हो गये थे। भवेश पांडेय के आसपास जमा ये लोग उनके मफलर और टोपी और सुन्दर स्वास्थ्य के बारे में बातें कर रहे थे। भवेश पांडेय उस समय आचार्य चूड़ामणि के हार्ट अटैक, इंटरव्यू का घोषित होना आदि कई ईश्वरीय चमत्कारों पर अभिभूत गुरुगम्भीर मुद्रा बना कर खड़े थे। रीडर के प्रत्याशी एक लेक्चरर ने कहा—''गुरुदेव! आपने एम.ए. में जो कामायनी की व्याख्या पढ़ायी थी वह तो आज तक नहीं भूलती।''

पांडेय जी मुस्कराए—''अरे भाई! मैं तो बीस सालों से उद्धव शतक ही पढ़ा रहा हूँ।''

लोग हँस पड़े।

''पन्द्रह दिन से सूरज नहीं निकला''—पांडेय जी ने मौसम पर टिप्पणी की—''डीन सिनहा जी के घर जाना है''—अपने भविष्य से आशंकित वह सड़क की ओर देख रहे थे—''आजकल ठंड के मारे रिक्शे भी नहीं निकलते।''

कामर्स विभाग के सामने दो लड़कियाँ रिक्शे से उतर रही थीं—''हम अभी रिक्शा ला रहे हैं सर!'' चपरासी रामदीन हाथ बाँधे देख रहा है, तीन लेक्चरर रिक्शेवाले को बुलाने के लिए दौड़ पड़े।

ठीक उसी समय क्लर्क शर्मा जी ने चहककर इशारा किया—''उधर सामने रिक्शा आ रहा है।''

सब लोगों ने देखा, धोती और कुर्ता। कुर्ते पर बन्द गले की कोट। सिर पर फर की टोपी और कन्धे पर कश्मीरी शाल। आचार्य चूड़ामणि रिक्शे पर चले आ रहे थे। अब तक जो लोग पांडेय जी को घेरकर खड़े थे। उनकी सिट्टी-पिट्टी गुम हो गयी। किसी को बहुत जोर की पेशाब लगी तो किसी को ऊपर विभाग में काम पड़ गया। जो तीन लेक्चरर कामर्स विभाग की ओर गये थे, वे रिक्शेवाले को वहीं छोड़कर कैफेटेरिया में घुस गये। मैदान में अकेले खड़े रह गये भवेश पांडेय। बाघ के

सामने सहमी नीलगाय। वह रिक्शे पर बैठे आचार्य को देख रहे थे। जैसे कोई कालपुरुष चला आ रहा हो।

—''क्या बात है पांडेय जी!'' चूड़ामणि ने रिक्शे से उतरते हुए पूछा, ''आप लोग क्लास छोड़कर यहाँ खड़े हैं?''

''आपका स्वास्थ्य कैसा है सर?'' पांडेय जी ने पूछा और सफाई दी, ''डीन सिनहा जी ने सारे विभागाध्यक्षों की मीटिंग बुला रखी है। वहीं जा रहा था। आप नहीं थे सर, मुझे बहुत चिन्ता थी।''

''सिनहा को और कोई काम नहीं रह गया है। बैठे बैठे राजनीति छाँटता है। आपको वहाँ नहीं जाना है। जाइये, अपना क्लास लीजिए!'' चूड़ामणि जी ने हिकारत से कहा—''क्या मवेशीखाना बना रखा है विभाग को।'' उन्होंने शर्मा जी को बुलाकर कहा, ''वहाँ से लड़कों को हटाइये और कहिए, अपने अपने क्लास में जायें।''

''और सुनिये, आप डीन ऑफिस चले जाइये। मीटिंग का एजेंडा ले आइए। और बता दीजिएगा कि यहाँ सबकी व्यस्तताएँ हैं। समय पूछकर मीटिंग रखा करें।''

''सर, सुना है कि इंटरव्यू होनेवाला है'' शर्मा ने बताया। जैसे सुस्वादु भोजन के बीच दाँतों में कोई कंकड़ फँस जाय। सारा जायका खराब। बुरा-सा मुँह बनाकर चूड़ामणि जी ने शर्मा को देखा—''कैसा इंटरव्यू!''

''सर! यहाँ सारे अध्यापक सुबह से ही पांडेय जी को घेर रखे हैं। हफ्ते भर से कोई क्लास नहीं। सुना है डीन ने पांडेय जी को प्रोफेसर और विभागाध्यक्ष बनाने का आश्वासन दे रखा है।'' शर्मा विभाग में आचार्य चूड़ामणि जी का खास आदमी है।

तब तक एक लड़का आया। उसके साथ विश्वविद्यालय छात्र संघ के भूतपूर्व अध्यक्ष और अब आर.एस.एस. के प्रान्तीय संयोजक समर सिंह भी थे। दोनों ने आचार्य का चरण स्पर्श किया। ''कहिए, संगठन का काम कैसा चल रहा है?'' आचार्य ने पूछा।

''वहाँ तो ठीक है सर! लेकिन आप लोगों ने कम्यूनिस्ट, वह भी नक्सलाइट प्रत्याशी को जीत जाने दिया?'' समर सिंह ने चिन्ता जाहिर की।

''तो क्या करते! यहाँ बाभन जिता देते? हम बचे रहेंगे तभी विचारधाराएँ रहेंगी।''-चूड़ामणि जी ने उनकी बात को कोई तवज्जो न देते हूए पूछा—''कहिए, कोई काम है?''

''सर! इनका पी-एच.डी. में रजिस्ट्रेशन कराना है।'' समर सिंह ने साथवाले लड़के की ओर इशारा किया।

''आपने और किसी से बात नहीं की?'' आचार्य रजिस्ट्रेशन फार्म को पढ़ रहे थे—विषय, ''मध्यकालीन हिन्दी कवियों का औषधि विज्ञान सम्बन्धी ज्ञान।''

''इस विषय का क्या मतलब?''–उन्होंने लड़के से पूछा।

''सर, आयुर्वेद विभाग में शोध के लिए 'स्कॉलरशिप' है। आप चाहेंगे तो मिल जायेगी।'' लड़का मुस्करा रहा था।

''होशियार लग रहे हो। क्या नाम है?''

''प्रताप सिंह सर!''

''सिंह!'' आचार्य ने देखा—छह फुट का शरीर। स्वास्थ्य अच्छा है। मुस्कराए—''कुर्मी तो नहीं हो?''

''नहीं सर! खाँटी बलिया का हूँ।''

आचार्य ने फार्म पर हस्ताक्षर कर दिये।

ऊपर विभागाध्यक्ष का कमरा झाड़ पोंछकर साफ कर दिया गया। आचार्य चूड़ामणि ने उन लोगों को विदा किया और ऊपर जाकर कुर्सी पर बैठे। ''सिंहपीठ पर सिंह ही शोभा देता है'' क्लर्क शर्मा जी डाक लेकर आ गये थे और बता रहे थे—''पांडेय तो इस पर बैठकर चारों ओर नाचता और लिबिर-लिबिर करता है।''

''शर्मा जी, आपको कुछ पता है इंटरव्यू की तारीख क्या है?... और सुनिये, पहले दरवाजा बन्द कीजिए।'' आचार्य ने आज्ञा दी।

भीतर ही भीतर मन्त्रणा हुई। उन्होंने किसी को फोन किया। इंटरव्यू से दो दिन पहले 'स्टे आर्डर' के लिए आश्वस्त हो गये। शर्मा जी उन्हें मुग्धा नायिका की तरह देखकर मुस्कराए। आचार्य का ठहाका गूँज उठा। बाहर कुछ अध्यापक कान रोपे रेंग रहे थे। कमरे से निकल रहे शर्मा जी को उन्होंने दंडवत किया।

''आचार्य की तबीयत कैसी है शर्मा जी?''

कोढ़ में खाज। जाड़े में बारिश। माहौल गरम है। कान और मुँह मफलर से बाँधे प्रेत अपनी-अपनी कब्रों से बाहर निकल आये हैं। सुबोध मिसिर ने महसूस किया कि जिन वामपन्थियों से उनका हुक्का पानी बन्द था, उनसे भी नमस्कार बन्दगी होने लगी है। फिजाएँ रंग बदल रही हैं। हवाओं में हिन्दी विभाग का इंटरव्यू गूँज रहा है। सहअस्तित्व और समागम के इस दौर में वे आचार्य तक पहुँचने की मजबूत सीढ़ी बन सकते हैं। वामपन्थी विचारोंवाले रायसाहब के साढ़ू की मौसी के बड़ेवाले दामाद की छोटीवाली बिटिया उसी गाँव में ब्याही गयी है, जहाँ डीन सिनहा जी की ननिहाल है। वे उधर से आश्वस्त हैं। लेकिन इस चूड़ामणि का कोई भरोसा नहीं। जाति पहली शर्त है। लेकिन सुबोध मिसिर को तो दत्तक पुत्र की तरह मानता है। अब अपना काम तो प्रयास करना है। वे सुबोध मिसिर को बता रहे थे—''आप ध्यान दे तो पाएँगे कि हमारी भारतीय संस्कृति में वादविवाद की लम्बी परम्परा रही है। आचार्यों का अपने शिष्यों तक से वाद विवाद होता रहा है। गार्गी और याज्ञवल्क्य की परम्परावाले इस देश ने विरोधी विचारों को व्यक्तिगत हित-

अहित, लाभ-हानि, जीवन-मरण से ऊपर उठकर सम्मान दिया है। अब देखिए तो एक तरह से यह पूरा विभाग आचार्य जी का ही पालापोसा हुआ है। उनके सोचने का अपना ढंग है। और मैं तो कहता हूँ कि उसकी एक बहुत लम्बी और समृद्ध परम्परा रही है। जहाँ तक उनके निजी व्यक्तित्व का प्रश्न है तो मैं तो हमेशा से कहता रहा हूँ...''—इस इंटरव्यू में राय साहब का भतीजा लेक्चरर और वे खुद रीडर पद के प्रत्याशी हैं—''अच्छा तो मैं चल रहा हूँ'' उन्होंने सुबोध मिसिर से कहा—''आप उनके खास और योग्य विद्यार्थी हैं। अरे भाई, अब तक आपको अपनी थीसिस पूरी कर लेनी चाहिए थी। खैर, अभी तो जो लोग रीडर हो जाएँगे, उनकी और कई जगहें खाली होंगी। आप गुरुदेव को मेरा प्रणाम कह दीजिएगा।''

नीचीबाग के चौधरी प्रकाशन से चले आ रहे उपाध्याय जी ने अपनी खटारा साइकिल पर पैडिल मारते हुए सोचा कि यह तो रिक्शे से भी भारी चल रही है। विभाग तक पहुँचने में पसीने-पसीने हो रहे थे। साँस दमा के मरीज की तरह चल रही है। जाते हुए राय साहब को देखकर उन्होंने भद्दी-सी गाली दी और सुबोध मिसिर के पास रुककर बोले—''एक तो भुइंहार, दूसरे जनवादी। का कह रहा था हो सुबोध? अभी कल तक तो चूड़ामणि जी को गाली देता था। क्लास में लड़कों से कहता था कि उपन्यास के विकास में प्रेमचंद और यशपाल के साथ गुलशन नन्दा और रानू का नाम लिख रहा है। भुइंहारी छाँटता है। ससुर कुछ तुम भी तो लिखो! कि बस मुक्तिबोध का गू चाटते रहोगे।'' उन्होंने घृणा से थूका और मतलब की बात करने लगे—'सन्त साहित्य का सामाजिक योगदान' मेरी पुस्तक परसों तक छपकर आ जायेगी। और कातर हँसी हँसते हुए बताने लगे—''सारा पैसा मकान बनवाने में लग गया था। बहू का मंगलसूत्र पाँच हजार में बेचकर यह किताब छपवा रहा हूँ। चिन्ता के मारे नींद नहीं आती। तीन रात जागकर सोचता रहा। आज जाकर फाइनल किया। मैंने यह पुस्तक आचार्य जी की पत्नी को समर्पित कर दिया है। आगे भगवान की मर्जी। प्रकाशक साले तो लूट रहे हैं। कागज और छपाई का सारा पैसा देना पड़ा है।''

शान्तिकाल के बीस वर्षों में इस विभाग से सिर्फ तीन पुस्तकों का प्रकाशन हुआ था। इंटरव्यू घोषित होने के बाद से पैंतालीसवीं पुस्तक की सूचना थी। जनार्दन प्रसाद ने अपने कई शेयर जल्दी जल्दी बेचे। एन.एस.सी. की रकम भुनाई। वे प्रोफेसर पद के प्रत्याशी हैं। ऐसा सुना जाता है कि उनके मकान के भीतर एक बहुत बड़ा हाल है। जहाँ अक्सर उनके स्टूडेंट्स दूसरे विश्वविद्यालयों से आयी कापियाँ जाँचते रहते हैं, वहीं बैठकर आजकल पाँच विद्यार्थी रात दिन पुस्तकें तैयार कर रहे हैं। पुस्तकालय की किताबों के पन्ने नोच-नोचकर भारतीय काव्यशास्त्र, समकालीन साहित्य की भूमिका, रीतिकाल का कलात्मक योगदान, आदि आदि ग्रन्थ तैयार

किए जा रहे हैं।

कबीरपन्थी गुह्यसाधना और उलटबाँसी के मर्मज्ञ रीडर आचार्य महादेव मुनि ने देखा कि पशु चिकित्सालय के गर्भाधान केन्द्र पर भीड़ लगी है। बनियान और तहमत लपेटे एक हट्टा-कट्टा आदमी गाय के नवजात बछड़े का कान पकड़े, पुचकारता चला जा रहा है। उन्होंने आँखों पर जोर लगाकर देखा—लग रहा है रमकरना है। दोनों में ननद और भौजाई का रिश्ता। उन्होंने पुकार लगाई—''पड़वे के साथ कहाँ जा रहे हो?''

सुबह-सुबह बहिर बकलोल ने टोका। कैसे बीतेगा पूरा दिन? उन्होंने जवाब दिया—''कान तो पहले ही गायब था। अन्धे भी हो गये क्या? ससुर बछड़े को पड़वा बोल रहे हो?''

''मैं तुमसे नहीं, बछड़े से पूछ रहा हूं'' कबीरपन्थी आचार्य ने रामकरन से कहा।

दोनों एक दूसरे के करीब आये। अविश्वास और घृणा एक दूसरे के कान में मुँह सटाकर फुसफुसाती रही, ''अरे भाई, डीन तुम्हारी बिरादरी का है। कहना, एक्सपर्ट को साधे रहें। वरना यह चूड़ामणि टिकने न देगा।

दोनों ने एक दूसरे को भरपूर तौला। अन्दाजा। सुना और सूँघा। फिर अलग अलग दिशाओं में थोड़ी दूर आगे जाकर गुम हो गये। चारों ओर प्रेम और घृणा, संशय और अविश्वास की मनोरम छटा फैल रही थी।

लेक्चरर जैन साहब! रिटायर होने में सिर्फ छह महीने बाकी हैं। इस बार भी कोई उम्मीद दिखाई नहीं दे रही है। चेहरे पर माँछी भिनक रही है। निरीह आँखों से हिन्दी विभाग को देखते हुए उन्होंने आह भरी—''कैसा जमाना आ गया। विश्वविद्यालय में प्रोफेसर रह ही नहीं गये। सब जगह सिर्फ ठाकुर, भूमिहार, ब्राह्मण और लाला हैं।''

''कैसा ठाकुर, ब्राह्मण, गुरुदेव! सुबोध मिसिर ने कहा—''मैं तो पाँच साल से यहाँ लोगों को देख रहा हूँ। और मैं जब भी देखता हूँ, हर बार मुझे अपने गाँव का देसराज नाई याद आने लगता है।''

सुबोध मिसिर पान की दुकान पर खड़े होकर खैनी मल रहे थे। तभी उन्हें कुछ शोर और पकड़ो-पकड़ो की आवाज सुनाई पड़ी। हिन्दी विभाग के सामने प्राध्यापकों और छात्रों की भीड़ थी। लग रहा है कोई साइकिल चोर पकड़ा गया है—और ठीक उसी समय उन्होंने देखा कि भीड़ के बीच से गुरुदेव शिवपाल मिश्र भागे जा रहे हैं। पीछे एक हट्टा कट्टा दारोगा उन्हें दौड़ा रहा है—''पकड़ो! पकड़ो!!'' गुरुदेव के पैर में जूता भी नहीं है। कोट के सारे बटन नुच गये हैं। बाँह फटकर झूल रही है। वे सरपट भागे जा रहे हैं। विश्वविद्यालय का विशाल फाटक

उन्होंने एक लम्बी छलाँग से पार किया और शहर की भीड़ में, जहाँ सिनेमा के टिकट ब्लैक हो रहे थे, और जहाँ पायल और घुँघरू के उदास अफसाने लाटरी के टिकट बेच रहे थे, जाकर खो गये।

"भाग गया हरामी का पिल्ला" दारोगा हाथ में डंडा लिये पान की दुकान की ओर आ रहा था।

"क्या इन्होंने किसी लड़की के साथ कुछ किया है?" एक जिज्ञासु भीड़ दारोगा के आसपास घिरने लगी थी।

"प्राध्यापक लोग तो यह सब करते ही रहते हैं। मुझे इन सब बातों के लिए फुर्सत नहीं।" दारोगा हाँफ रहा था।

"फिर क्या हुआ?" किसी ने पूछा।

"कानपुर स्टेशन पर गिरहकटी करता था। किसी की मार्कसीटें और डिग्रियाँ हाथ लग गयीं। सत्रह साल से उन्हीं के भरोसे यहाँ नौकरी कर रहा है। हद है भाई! विश्वविद्यालय है कि चंडूखाना! रंडियाँ भी ग्राहक का मुँह सूँघकर सौदा करती हैं।" दारोगा छात्रों और प्राध्यापकों को हिकारत से देख रहा था, "कैसे यहाँ पढ़नेवाले हैं। और 'कुलिग्स' लोग क्या भूसा खाते हैं?"

"उसके अंडर में शोध कर चुके पचासों छात्रों का क्या होगा? वे तो दूसरे विश्वविद्यालयों में नौकरी कर रहे हैं।" किसी ने उत्सुकता प्रकट की।

"अब इस बात में कोई मजा नहीं।" भीड़ दारोगा के आसपास से छँटने लगी।

"लीजिए, अब इसी बात पर पान खाइये!" दुकानदार ने पान का गोल बीड़ा थमाते हुए शर्मा जी को बधाई दी। "मिश्रा मैदान से बाहर हो गया। अब आपका रीडर बनना कोई नहीं रोक सकता।"

शर्मा का साढ़ू 'विजिलेंस' में नौकरी करता है। लग रहा है मामले को उभारने में इसी का हाथ है। लोगों ने कानाफूसी शुरू की—"अपने स्वार्थ के लिए लोग किस हद तक जा सकते हैं! यहाँ किसी पर भरोसा नहीं।" त्रिपाठी जी ने टिप्पणी की, " अभी कल तक ये दोनों गलबहियाँ डाले पूरे विभाग को गाली देते थे।"

तेरह दिन हो गये। सूरज नहीं निकला। शाम होते ही सारा शहर घने कोहरे की सफेद चादर ओढ़कर उकड़ूँ पड़ा सो जाता। लम्बी और सुनसान रात। कौन रो रहा है? शायद कोई किशोर विधवा है! लेकिन इतनी मर्मान्तक वेदना! जरूर कोई वृद्ध विधुर होगा। स्ट्रीट लाइटों के मद्धिम प्रकाश में कम्बल ओढ़े कोई छायाकृति चली जा रही है। किसी स्कूटर की सरसराह पास आती और फिर दूसरे छोर के अँधेरे में जाकर विलीन हो जाती। अपने रिटायरमेंट से ऊबे वृद्ध और जर्जर प्रोफेसरों की भी पूछ बढ़ गयी है। रात दो दो बजे तक सन्धियों, समझौतों और षड्यन्त्रों का दौर जारी

है। मिठाइयों का भाव बढ़ गया है। ऐसे प्रचंड सन्नाटे में भी दुकानें खुली हैं। जिन्होंने अपने बच्चों को टॉफी की जगह भेली और गुड़ खिलाकर पाला पोसा था, वे भी इकट्ठे तीन-तीन, चार-चार किलो के अलग-अलग पैकेट बँधवा रहे हैं। ''जल्दी करना भाई, सड़क पर स्कूटर स्टार्ट खड़ा है।'' मुनिन्दर राय ने दुकानदार से कहा।

उनके चले जाने के बाद एक आदमी ने दुकानदार से पूछा, ''बहुत बड़े आदमी हैं क्या?''

दुकानदार मुस्कराया, ''आजकल विश्वविद्यालय में इंटरव्यू चल रहा है। बिक्री बढ़ गयी है।''

सृष्टि में सत्य इतना मनोहारी, रंग बिरंगा और मौजूँ कभी नहीं रहा होगा। सुबोध मिसिर आजकल पुस्तकालय नहीं जाते। सुबह से उठकर दिन भर सत्य की तलाश में घूमा करते हैं। वह उन्हें चैराहों, नुक्कड़ों, चाय और पान की दुकानों पर, हिन्दी विभाग में जगह जगह दिखाई देता रहता।

ये प्रोफेसर लोग खाते क्या हैं? आज यही जानने के लिए वे मचल पड़े। वह जानना चाहते थे कि आखिर कौन-सा अन्न है जिसने इनकी वासनाओं को प्रचंड और जननेन्द्रियों को निष्क्रिय कर दिया है? वह पूरे दिन भूखे-प्यासे टहलते रहे। शायद इस रहस्य को पार पाना मेरे लिए दुर्लभ है। यह सोचते हुए थककर वह नुक्कड़ वाली दुकान पर चाय पीने चले गये, तभी अचानक उन्होंने देखा कि मुख्य सड़क की नजर से दूर जो चोरगलियाँ हैं, उनमें कुछ लोग सिर पर बोझा लादे दबे पिचके कतारबद्ध चुपचाप चले जा रहे हैं। वे चौंक पड़े। बहुत पहले ''टाम काका की कुटिया''* में इनकी शक्लें दिखाई दी थीं। लेकिन इनके चेहरे तो परिचित हैं। ये अपने ही विश्वविद्यालय के शोध छात्र हैं। विज्ञान और मानविकी की विभिन्न शाखाओं-प्रशाखाओं के शोधक। हॉस्टलों में रहते हैं। अपने गाँव-जवार के होनहार। घर के दुलरुवा। जब ये यहाँ पढ़ने आते हैं तो इनके बाप अटैची और अचार सिर पर लाकदर इन्हें स्टेशन तक छोड़ने आते हैं। खेत गिरवी रखकर इनके सुख सुविधाओं को पाला पोसा जाता है। आखिर इस तरह ये लोग कहाँ जा रहे हैं? सुबोध मिसिर ने सोचा। लड़खड़ाकर गिर पड़े एक लड़के को उन्होंने दौड़कर पकड़ा। सहारा देकर उठाया और पूछा, ''इस बोरे में क्या है भाई? कहीं तुम तस्करी तो नहीं करने लगे?''

लड़के ने कहा, ''गुरुदेव की भैंस ब्याई है। उसी के लिए पुराना गुड़ और चोकर ले जा रहा हूँ।''

''और तुम?'' उन्होंने दूसरे से पूछा।

''पहड़िया सट्टी से कुम्हड़ा और लौकी खरीदकर ले जा रहा हूँ। गुरुजी ने

---

* गुलामों की निरीहता और बेबसी का करुण चित्र प्रस्तुत करने वाला विश्व प्रसिद्ध उपन्यास।

कहा है कि वहाँ सस्ती और ताजी सब्जियाँ मिलती हैं।''

तीसरे ने बिना रुके बताया कि, ''गुरुजी का मकान बन रहा है। उसी के लिए सीमेंट है।'' बोझ से पिचके सिर का सारा रक्त चेहरे पर उतर आया था। आँखें बाहर लटक आयी थीं। वे उसी तरह सिर झुकाए चुपचाप आगे बढ़ गये। सुबोध मिसिर की आँखें डबडबा गयीं। वह खूब जोर से हँस पड़े।

इंटरव्यू में दो दिन रह गया है, सब साँस रोके प्रतीक्षा कर रहे हैं। उधर कोने में झाड़ी की आड़ लेकर गेस्टहाउस का चपरासी वामपन्थी रायसाहब से फुसफुसा रहा है, ''तीन कमरे बुक हैं। कोई गुजरात से मिसिर जी हैं और राजस्थान के उपाध्याय जी। एक पंजाब के, पता नहीं कैसी 'टाइटिल' है। जाति पता नहीं चल रही है।''

राय साहब ने अनुमान लगाया और सिर हिलाते हुए एकालाप की मुद्रा में बुदबुदाने लगे—''वाम, वाम, वाम दिशा, समय साम्यवादी।''

''तब तो आपके लिए शुभ है।'' चपरासी ने दिलासा दिया।

''खाक शुभ है! मूल सत्य तो दूसरा है।'' वे चिन्ता में आरपार हो रहे थे। ''वह एक और मन रहा राम का जो न थका।'' कुछ बुदबुदाहट उभरी—''कहती थी माता मुझे सदा राजीव नयन।'' चाहे जो भी हो, यू.पी. कालेजवाले मास्टर साहब मुझे वामपन्थी मानते हैं। जाति भेद से परे। आज के युग में ऐसा आदमी मिलना मुश्किल है। बहुत दिनों से एकान्तवास कर रहे हैं। हालचाल लेना चाहिए। ''अच्छा तो भाई, बहुत बहुत धन्यवाद।'' उन्होंने चपरासी से कहा और स्कूटर की किक मारी—फुर्रऽऽ।

इधर आचार्य चूड़ामणि धोती, कुर्ता और बन्द गले की कोट पर शाल डाले चले आ रहे हैं। पान की दुकान, सड़क पर यहाँ वहाँ धूप के छोटे-छोटे टुकड़ों में बँटे समस्त प्राध्यापकगण हिन्दी विभाग के सामने आकर दंडवत मुद्रा में विनत भाव से झुक गये। भय और आशंका से भरे स्वयंवर के समस्त राजागण। आचार्य चूड़ामणि के कृपाकांक्षी। कौन कहता है कि चर्च और पोप का युग खत्म हो गया है!

सब वामपन्थियों का फितूर है। कम्युनिस्टों के देश में तो व्यक्तिगत स्वतन्त्रता होती ही नहीं। आखिर में दासवृत्ति का पालन भी तो हमारी व्यक्तिगत स्वतन्त्रता है।

आचार्य ने देखा, भविष्य की पौध लहलहा रही है। श्री विकास पांडेय, उपाध्याय, डॉ. त्रिपाठी, जनार्दन प्रसाद, रीडर महादेवमुनि और रामकरन राय, सबके सब उपस्थित हैं। कुछ परभृता सुनयना सुकुमारियाँ भी। श्रद्धा और समर्पण का महोत्सव। उनके होंठों पर रहस्यमयी मुस्कान तैर रही थी। ''कितने पैसे हुए जी?'' उतरते हुए उन्होंने रिक्शेवाले से पूछा।

''साहब, जो मर्जी हो दे दीजिए'' ठंड से काँप रहे उस बूढ़े ने चिथड़े कम्बल

को लपेटते हुए कहा।

''सर, मेरे पास चेंज है।'' वर्षों से लइया और भुने चने का स्वल्पाहार करनेवाले मुनिन्दर राय रिक्शे की ओर बढ़े।

''नहीं, नहीं! यह गलत बात है।'' आचार्य ने उन्हें सख्ती से रोका और पचास पैसे का एक सिक्का रिक्शेवाले को दे दिया।

''साहब, पाँच रुपया होता है।'' रिक्शावाला गिड़गिड़ाया, ''किसी से पूछ लीजिए।''

आश्चर्य में डूबा समवेत स्वर, ''पाँच रुपया!! लूटते हैं साले! भाग भोसड़ी के, दिखाई न देना!!'' भोंऽऽ भोंऽऽ हुवांऽ हुवांऽऽ

रिक्शावाला गिरते पड़ते भागा।

आचार्य सामने पत्थर के बेंच पर खड़े हो गये। ''मैं आप लोगों से कुछ कहना चाहता हूँ।'' उन्होंने सामने झुके सिरों को सम्बोधित किया, ''लेकिन, अगर आप लोगों को मुझ पर भरोसा हो तो...''

दो दिन बाद इंटरव्यू है। किसमें इतनी जुर्रत। फिर वही समवेत स्वर, ''हमें आपके न्यायबोध पर पूरा भरोसा है आचार्य।''

दो मिनट तक सन्नाटा रहा। विभाग के हेड क्लर्क शर्मा जी ने बैग से कागज का एक टुकड़ा निकालकर उन्हें थमाया। चपरासी रामदीन अध्यापकों के पीछे खड़ा हो गया।

वहाँ 'जनगण मन' हो रहा है क्या भाई! सड़क पर घूम रहे लड़के भी आकर खड़े हो गये।

''आप तो साक्षात न्यायमूर्ति हैं सर!'' फिर वही समवेत स्वर गूँजा।

''तो आप लोग सुनें! मुझे इस बात की बहुत शिकायत है कि यहाँ कोई क्लास नहीं लेता। दूसरी बात यह कि, आप लोग पेट्रोल और मिठाइयों पर बहुत ज्यादा पैसा फूँकते हैं। थोड़ा मितव्ययिता से काम लें, लेकिन, साथ ही मुझे इस बात की बहुत खुशी है कि इधर मेरे विभाग ने समूचे हिन्दी जगत से ज्यादा पुस्तकें लिखी हैं। लोगों में पढ़ने-लिखने की रुचि बढ़ रही है। यह अच्छी बात है। बस यही कामना है कि आप लोग बनारस और इलाहाबाद के प्रकाशकों से थोड़ा ऊपर उठें। स्तर बढ़ाएँ। और हाँ। इलाहाबाद के ही सन्दर्भ में एक जरूरी बात याद आ गयी। यह देखिए...'' उनके हाथ में कागज का एक टुकड़ा लहरा रहा था, ''यह इलाहाबाद हाईकोर्ट का 'स्टे आर्डर' है। इंटरव्यू स्थगित किया जा रहा है।'' और वे जल्दी से सीढ़ियाँ चढ़ते हुए ऊपर अपने कमरे में चले गये।

''अरे यह क्या हो रहा है! उपाध्याय जी के मुँह से झाग क्यों निकल रहा है? आँखें उलट गयीं। देह काँप रही है। मिर्गी का दौरा है! जूता सुँघावो!!'' चारों ओर

खलबली मच गयी। जनार्दन प्रसाद ने मन्दी के दिनों में शेयर बेचकर किताबें छपाईं थीं। सत्यानाश! गुड गोबर!! ''पकड़ो साले को! भागने न पाए!'' ललकारते हुए रामकरन राय आचार्य चूड़ामणि के पीछे पीछे लपके।

जम्मू, चंडीगढ़, दिल्ली और लखनऊ। चार-चार विश्वविद्यालयों से आयी थीसिसों का मौखिकी लेना है। हवाई यात्रा का टिकट पहले से बुक है। चूड़ामणि जी ने पन्द्रह दिन की ड्यूटी लीव ली। टैक्सी पकड़कर सीधे बाबतपुर पहुँच गये।

इसी बीच आचार्य के इकलौते श्रवणकुमार के एम.ए. अन्तिम वर्ष का रिजल्ट आया। पिछले सारे आचार्य पुत्रों का रिकार्ड ध्वस्त करता हुआ वह अस्सी प्रतिशत अंक पाया। अध्यापक संघ की आपात बैठक में जनार्दन प्रसाद राँड औरतों की तरह विलाप कर रहे थे—''यह आदमी शुरू से ही अध्यापक विरोधी रहा है। अब उसके लड़के का अस्सी प्रतिशत अंक!'' अध्यापक संघ के तीनों प्रत्याशी ब्राह्मण हैं। ''अगर फिर भी आप लोग कुछ नहीं करेंगे तो मैं आमरण अनशन पर बैठूँगा।''

''हम करना तो बहुत कुछ चाहते हैं'' अध्यक्ष महोदय चिन्तित और असमंजस में हैं—''लेकिन इसमें क्या किया जा सकता है? मामला कोर्ट का है।''

''क्यों नहीं कर सकते! हिन्दी में कहीं अस्सी प्रतिशत अंक आते हैं?'' रामकरन राय चीख रहे थे—''इसी अपने पुत्र के लिए इस आदमी ने बारह साल से ये जगहें रोक रखी है। लड़का तीन साल इंटर में फेल हुआ।''

अध्यापक संघ के अध्यक्ष मिश्रा जी की बहू इसी साल इतिहास में पचासी प्रतिशत अंक पा चुकी हैं। उन्होंने सभा के सामने हाथ जोड़कर अनुरोध किया—''हम लोगों को शोभा नहीं देता कि आपस के झगड़े में बहू-बेटियों या पुत्रों को घसीटें।''

कुलपति ने डीन सिनहा जी को बुलाकर पूछा कि अचानक यह सब कैसे हो गया?

''मैं कुछ नहीं कर सकता सर!'' डीन ने असमर्थता प्रकट की, ''यह आदमी बहुत जालिया है।''

''अच्छा आप ऐसा करें कि उनके आते ही मेरे साथ मीटिंग रखें। मैं नोटिस टाइप करा दे रहा हूँ। लड़कों का प्रतिनिधि मंडल रोज-रोज ज्ञापन दे रहा है। जिन्दाबाद, मुर्दाबाद हो रहा है। कोर्ट के मामले में तो कुछ नहीं हो सकता, लेकिन यह अस्सी प्रतिशतवाली बात पूछकर आप कार्रवाई करें।'' वी.सी. न्यायप्रिय छविवाले सख्त व्यक्ति हैं।

हवाई यात्रा की थकान थी। फिर भी कुलपति का पत्र पाते ही आचार्य उनसे मिलने गये। डीन सिनहा जी वहाँ पहले से मौजूद थे। थोड़ी देर तक फाइलों को पलटते रहने के बाद वी.सी. ने औपचारिक शुरुआत की, ''आपकी यात्रा कैसी रही

आचार्य जी?''

''ठीक थी सर!'' आचार्य चूड़ामणि दाँत खोद रहे थे—''दिल्ली गया था। सोचा यू.जी.सी. भी हो लूँ। आपके 'एक्सटेंशन' की बात चल रही थी सर!''

''हाँ भाई, दिल्ली के मारे तो मैं भी बहुत परेशान हूँ। यहाँ के एम.पी. त्रिपाठी जी ने संसद में क्या तो प्रश्न पूछा है कि आपके लड़के को हिन्दी में अस्सी प्रतिशत अंक मिले हैं। सब लोग जाँच कराने की बात कर रहे हैं। यहाँ लड़के भी रोज जुलूस लेकर आते रहते हैं।'' वाइस चांसलर ने सीधे सीधे बात शुरू की।

चूड़ामणि जी मुस्कराए, ''धरना प्रदर्शन ही तो हमारा जनतन्त्र है सर!''

''अस्सी प्रतिशत अंक हिन्दी में!'' डीन सिनहा जी ने सख्त एतराज जताया—''सुना है, वह प्रीवीयस में सेकेंड डिवीजन पास था।'' उन्होंने वी.सी. से मुखातिब होकर कहा—''सर! एम.पी. त्रिपाठी जी ने लोकसभा में कहा है कि रामचन्द्र शुक्ल को भी इतने नम्बर नहीं मिले थे। पूरे देश में विश्वविद्यालय की छीछालेदर हो रही है सर!''

वी.सी. तक तो सह्य है! यह डीन बहुत गटर पटर बोल रहा है—आचार्य ने सोचा और मुस्कराए, ''देखिए सिनहा जी, आप भूमिहार हैं...''

उनका वाक्य पूरा होने से पहले ही डीन उछल पड़ा, ''आप यहाँ जाति बिरादरी की बात क्यों उठा रहे हैं?''

''आप पहले शान्त होकर मेरी पूरी बात सुनें! और चीखना-चिल्लाना मुझे भी आता है'' गुस्से में चूड़ामणि जी के दोनों नथने मरकहे बैल की तरह फड़कने लगते—हुः हुः। ''क्योंकि यह मूल सत्य है कि आप भूमिहार हैं। इस धरने प्रदर्शन में आधे लड़के भूमिहार, आधे ब्राह्मण और दो चार कम्युनिस्ट हैं। मुझे अच्छी तरह मालूम है कि ये लड़के धरने से पहले और उसके बाद आपके घर क्या करने जाते हैं! रही बात त्रिपाठी एम.पी की, तो वह निरा बेवकूफ है। हिन्दी की इतनी पवित्र संस्था का नाश उन्हीं दोनों भाइयों ने किया है। उस गधे को यह भी नहीं मालूम कि आचार्य शुक्ल इंटर फेल थे। उनका एम.ए. में अस्सी प्रतिशत अंक कैसे आएगा?''

यह आदमी तो एकदम बेलगाम है, वी.सी ने सोचा—इस पर कार्रवाई करनी जरूरी है। और बोला—''आप विश्वविद्यालय में जातिवाद की राजनीति करते हैं। सुना है, अध्यापकों पर हुए हमले में भी आपका हाथ है'' वी.सी. का लहजा बेहद तल्ख और सख्त था।

आचार्य के सामने आज तक किसी ने इस अन्दाज में बात करने की जुर्रत नहीं की थी। वह कुछ क्षण तक शान्त होकर कुलपति के चेहरे की ओर देखते रहे और फिर मुस्कराते हुए ठंडे स्वर में बोले, ''आपने और क्या क्या सुना है मेरे बारे में? लोग तो बहुत कुछ कहते हैं। आपके पहले भी एक कुलपति थे। जूते की माला

पहनकर गये थे यहाँ से। लोग चुगुलखोर हैं। कहते हैं, कि वह सब मैंने ही किया कराया था। जबकि बात बस इतनी थी कि प्राचीन वाङ्मय, वैदिक साहित्य और भारतीय संस्कृति के बारे में मेरी आस्थाएँ उनसे मेल नहीं खाती थीं।''

कुलपति ने देखा, अनेक किंवदन्तियों और क्षेपक कथाओं से मिथक बन चुके महानायक आचार्य चूड़ामणि मुस्करा रहे थे, भय से उसका चेहरा पीला पड़ गया। आचार्य को दया आ गयी, बोले, ''वी.सी. साहब, मैं आपका बहुत आदर करता हूँ। बावजूद इसके कि मैं हिन्दी विभाग का अध्यक्ष हूँ। 'डीन ऑफ स्टूडेंट्स' भी हूँ। और आपने बिना मुझे विश्वास में लिये हिन्दी विभाग का इंटरव्यू 'फिक्स' कर दिया था। मैं जानता हूँ कि आप अत्यन्त शालीन, मितभाषी और न्यायप्रिय व्यक्ति हैं। और यह भी जानता हूँ कि मानव संसाधन मन्त्रालय का मुख्य सचिव आपका साढ़ू है। लेकिन क्या बात है कि यहाँ इस बनारस विश्वविद्यालय में आज तक कोई राजपूत वी.सी. नहीं हो सका है। मैं जातिवाद को देश के लिए कैंसर से कम घातक नहीं मानता। आप चाहें तो जाँच आयोग बैठा दें, लेकिन किसी परीक्षक की जाँची कापी को कोई न्यायाधीश कैसे जाँच सकता है? जनतन्त्र में अलग-अलग संस्थाओं की अपनी स्वायत्तता, हैसियत और गरिमा होती है। आपको कोई ऐसा काम नहीं करना चाहिए कि यह पवित्रता नष्ट हो। किसी को यह कहने का अवसर मिले कि आप ब्राह्मण और भूमिहार लॉबी के दबाव में हैं। आगे आपकी जैसी मर्जी।'' कहकर आचार्य चूड़ामणि अचानक उठे और वी.सी. लॉज से बाहर निकल गये।

बाहर चारों ओर रेलमपेल था। धरना, प्रदर्शन और अनशन करने की धमकी। उस दिन दोपहर को जब सुबोध मिसिर कैफेटेरिया से चावल और कुम्हड़े की तरकारी खाकर चले जा रहे थे, उन्होंने देखा कि कृषि विज्ञान संकायवाले चौराहे पर एक लड़का फटा कुर्ता, पाजामा और हवाई चप्पल पहने उजबक की तरह चारों तरफ देख रहा है। विशालकाय इमारतों और एक-दूसरे को काटती आगे चली जा रही चिकनी, चौड़ी सड़कें। सड़कों के ऊपर झुक आये आम, अमलताश, शीशम और सागौन के पेड़ों की घनी छाँव में शायद वह रास्ता भूल गया है। सामने से अध्यापक संघ का विशाल जुलूस चला आ रहा था। वे लोग पता नहीं किस बात पर बेहद उग्र और उत्तेजित थे। लड़का दोनों हाथ उठाकर उन्हें रोकना चाहता है। जब वे लोग नहीं रुकते तो वह दोनों हाथ जोड़कर गिड़गिड़ाने लगता है, ''गुरुजनों, बस इतना ही याद है कि मैं बारह साल पहले यहाँ आया था। मैं कहाँ का रहनेवाला हूँ? मुझे अपने गाँव का नाम और बाप की शक्ल भूल चुकी है। मैं भूखा हूँ। कई दिनों से मुझे अन्न का एक दाना भी नहीं मिला है। यह देखिए...उसने कुर्ता उठाया और अपना पेट दिखाने लगा। वहाँ कागज के कुछ मैले कुचैले टुकड़े बँधे थे—ये मेरी मार्कसीटें हैं। चरित्र प्रमाण पत्र है। मैं भूखा हूँ और अपने गाँव जाना चाहता हूँ। गुरुजनो, मुझे मेरे

गाँव का रास्ता बता दीजिए। वहाँ मेरी माँ खाना बनाकर मुझे खोज रही है।'' वह चीख रहा था। भीड़ उसे कुचलते हुए आगे बढ़ गयी। किसी प्रोफेसर ने उसका कुर्ता नोच लिया—यह घर में पोछा लगाने के काम आएगा।

चौराहे के दूसरी ओर से छात्र संघ का जुलूस चला आ रहा था। वह लड़का सड़क के बगल की नाली में गिर पड़ा था। अचानक उसे फिर कुछ आवाज सुनाई पड़ी तो दौड़कर आया और सड़क पर दुबारा खड़ा हो गया। कुर्ता गायब था। चप्पल का फीता टूटकर कहीं छिटक गया था। लेकिन वह दोनों हाथों से अपने पेट पर बँधे कागजों को कसकर पकड़े था। ''भाइयो रुकिए।'' वह फिर चीखने लगा—''मुझे मेरे घर का पता बता दीजिए। वहाँ जाड़े की गुनगुनी धूप में दीवार के सहारे बैठी मेरी पत्नी नये धान का चावल पछोरती थी। मेरे बाप ने बचपन में ही मेरी शादी कर दी थी। अब मेरा बेटा बड़ा हो गया है और मुझे बुला रहा है। मैं उसे देखना चाहता हूँ।'' जुलूस में लड़के अपनी ही धुन में नारे लगाते, बहुत गुस्से में न जाने किसे, शायद खुद को ही गालियाँ देते उसे लँगड़ी मारकर आगे बढ़ गये।

सुबोध मिसिर ने लड़के को देखा। उन्हें लगा कि यह कोई स्वप्न है। जैसे स्वप्न में कोई अपने को अपने से थोड़ा दूर खड़ा होकर देखता है ठीक उसी तरह। उन्हें दया आयी। वे उसे पकड़कर कुछ पूछना और बातें करना चाहते थे। उन्हें अपनी ओर आता देखकर वह लड़का बहुत तेज भागा और जाकर विश्वविद्यालय के सबसे ऊँचे गुम्बद पर चढ़ गया।

सुबोध मिसिर ने देखा, गुम्बद के ऊपर जो त्रिशूल चमक रहा है उसी पर मजे में बैठा वह लड़का बानर की तरह उछल कूद कर रहा है। सूरज तप रहा था। सुबोध मिसिर ने जोर से पूछा, ''तुम क्या चाहते हो भाई? मैं तुम्हें तुम्हारे गाँव पहुँचा दूँगा। मुझे तुम्हारे घर का पता मालूम है।''

लड़के ने कहा, ''लेकिन अब वहाँ मुझे कोई नहीं पहचानता। क्योंकि मैं भी किसी को नहीं पहचान पाता। वहाँ जाकर मैं क्या करूँगा?''

''तो फिर तुम क्या चाहते हो?'' सुबोध ने पूछा।

''बताऊँ?'' लड़का बहुत जोर से हँसा। ''मैं ताजमहल में अपनी प्रेमिका के साथ एक पूरी रात हनीमून मनाना चाहता हूँ। पता नहीं कहाँ चली गयी मेरी प्रेमिका? क्या तुम मुझे मेरी प्रेमिका से मिला दोगे? क्या तुमने अभी तक ताजमहल भी नहीं देखा है?...अच्छा तो सुनो! मैं अपने बेटे के साथ नादिरशाह के सामने खूब जोर से हँसना चाहता हूँ। मेरे बेटे का कैरमबोर्ड नादिरशाह चुरा ले गया। अच्छा तुम गाँधी जी को बुला दो। वे उसे अपने खड़ाऊँ से मारेंगे।''

सुबोध मिसिर किंकर्तव्यविमूढ़ उसे देख रहे थे।

''खैर तुम जाओ!'' उसने वहीं से चिल्लाकर कहा, ''मैं अब यहीं रहूँगा।

इसी त्रिशूल पर। मुझे यह ऊँचाई अच्छी लग रही है।''

एक दिन लोगों ने देखा कि एक बहुत बड़े राजा ने उसी आदमखोर मिसाइल के गले में विजयहार पहना दिया, जिसे वहाँ के वाशिन्दों ने बर्फीली हवाओं में भूखे प्यासे सारी-सारी रात जागकर आधी शताब्दी से रोक रखा था। पूरी दुनिया तमाशबीन की तरह यह दृश्य देखकर भौंचक रह गयी। एक डरावनी और काली गुफा की तरह मुँह बाये वह मिसाइल एक देश से दूसरे देश तक घूमने लगी। उसने लोगों के सपने, जीने का अन्दाज और जरूरतों की फेहरिश्त बदल दी। दिन, महीने और वर्ष बीतते रहे। समय गुजरता रहा। युग बदला। इस तरह बदला कि जो लोग निरन्तर रात-दिन उसे बदलने के लिए बेचैन रहते थे वे भी दुःख और शोक से भर गये। इसी बीच सुबोध मिसिर की थीसिस पूरी हुई। वे डॉक्टर सुबोध मिसिर हो गये।

एक दिन सुबह सुबह वे कैंटीन के सामने चाय पी रहे थे। उन्होंने देखा कि आसपास बैठे लड़के रात टी.वी. पर देखे गये किसी रोमांचक मैच के बारे में उत्तेजक बहसें कर रहे हैं। सामने सड़क पर एक जवान और सुन्दर लड़की नशे की सी हालत में लंगड़ाती और सहमी हुई सी भागी चली जा रही थी। पता लगा कि वह गुजरात से अपने प्रेमी के साथ बनारस घूमने आयी थी। तीन दिन से भूखे प्यासे छात्रावास के एक कमरे में बन्द करके पाँच लड़कों ने उसके साथ निरन्तर 'रेप' किया था। निष्प्राण घटनाओं और सनसनीखेज सूचनाओं का यह रीतिकाल था। थोड़ी दूर आगे मात्र दस कदम की दूरी पर एक छोटा सा कम्प्यूटर रखा हुआ था। किसी दूर उपग्रह से संचालित। कम्प्यूटर का शेष पिछला हिस्सा अँधेरे में डूबा हुआ था। तेज लाइट में चमकते स्क्रीन पर उस समय एक लड़की मुस्करा रही थी—किसी सुदूर अतीत या पौराणिक आख्यानों में चमकती लड़की की मोहक हँसी—एक तिलस्मी करामात की तरह उसके चारों ओर लहरा रही थीं चमकीली पैकिंगें, उनमें भरा था मिस यूनीवर्स का गोपन रहस्य, मादक पेय, क्रीम और बच्चों की चाकलेटें, औरतों के सिन्दूर, मित्रों की शुभकामनाएँ, नये साल का सन्देश और भूसा और गोबर। अपनी जरूरतों से ऊबे-अघाए लोगों की भीड़ एक जादुई कुतूहल से बेकाबू उस लड़की के उन्नत उरोजों और चिकनी जाँघों में धँसी चली जा रही थी। उस समय नशे की सी हालत में लँगड़ाती भागती लड़की के होंठ भय से काले पड़ गये थे। वह कम्प्यूटर के पिछले हिस्से में, जहाँ गाढ़ा अँधेरा फैला हुआ था, जाकर विलीन हो गयी। उसकी आखिरी चीख एक सुरीली और लयात्मक पींऽऽ-पींऽऽ के साथ स्क्रीन पर दो सेकेंड तक उभरकर बन्द हो गयी। वहाँ रात के मैच का शेष भाग फिर शुरू हो गया।

आचार्य चूड़ामणि जी विभाग से रिटायर होने के दो महीने बाद दूसरे विश्वविद्यालय में कुलपति बना दिये गये। उनका इकलौता श्रवणकुमार, बकौल सारे शहर, जिसे एक वाक्य शुद्ध हिन्दी लिखनी नहीं आती थी, वह, मरुधर विश्व-

विद्यालय के फाटक से होता हुआ पाँच साल बाद उसी हिन्दी विभाग में रीडर बना दिया गया। उत्तराधिकार के इस महोत्सव में विश्वविद्यालय की राजपूत लॉबी ने उसका अभिनन्दन किया। इस नियुक्ति के समय भी सिनहा जी डीन थे। भूमिहार लॉबी ने बहुत कोशिश की लेकिन उन्होंने आचार्य चूड़ामणि से अपने सम्बन्धों को जातिगत रागद्वेष से ऊपर उठकर देखा। उन्होंने गम्भीरतापूर्वक इस बात पर विचार किया कि इकलौते पुत्र का वृद्ध पिता के पास रहना ही जरूरी है। इस नियुक्ति के ठीक एक महीने बाद आचार्य चूड़ामणि ने यह सोचकर कि किसी का कर्ज लेकर मरना राजपूती आनबान के खिलाफ है, उन्होंने अपने विश्वविद्यालय में डीन सिनहा जी की पुत्रवधू को अँग्रेजी में लेक्चरर बना दिया।

अपने गुरु के योग्य शिष्य सुबोध मिसिर नगर में दर दर भटकते रहे। वे रात के अँधेरे में बैठकर नीतिवाक्य लिखा करते। उनके साथ के सारे छात्र, जिनसे उनकी नोक-झोंक चला करती थी, जो उन्हें यथास्थितिवादी कहकर क्रान्ति और परिवर्तन की बात किया करते थे, वे सबके सब एक-एक कर विश्वविद्यालयों, डिग्री कॉलेजों और अखबार के दफ्तरों में जाकर चूड़ामणि जी का जूठन बटोर रहे थे। इधर सुबोध मिसिर विश्वविद्यालय के नये लड़कों के बीच अजूबे बनते जा रहे थे। वह सबसे कहा करते कि विरोध में उठा एक हाथ, पक्ष में उठे करोड़ों हाथ से महत्त्वपूर्ण होता है। वे इस विरोध की व्याख्या नहीं करते थे और अक्सर चुप लगा जाते। आचार्य जी हर पन्द्रहवें दिन बाद किसी न किसी नियुक्ति में एक्सपर्ट होते। हर बार वे दृढ़ प्रतिज्ञ होकर जाते कि इस बार अपने प्रिय शिष्य सुबोध मिसिर की नियुक्ति जरूर कर देंगे, लेकिन उनके मानवीय दायित्व बोध और न्यायोचित चेतना को किसी मन्त्री, विधायक, किसी भूतपूर्व विभागाध्यक्ष या समकालीन प्रोफेसर का सिफारिशी पत्र हर बार पथभ्रष्ट कर देता। वे रोज रोज पथभ्रष्ट होते रहे। एक दिन अपनी पुत्रवधू की नियुक्ति के लिए दिल्ली की एक महिला प्रोफेसर के पैरों पर गिर पड़े। नियुक्ति नहीं हुई। लोगों को उनके इस अपमान की उम्मीद न थी। सबको लगा कि कहीं अबकी बार गम्भीर हार्ट अटैक न हो जाय। लेकिन ऐसा कुछ भी नहीं हुआ। उनके दरबार में लोगों की आमद खत्म हो गयी। वे बिन बुलाए शहर और विश्वविद्यालय की हर सभाओं, समारोहों में पहुँचकर अपने को मंच पर बुलाए जाने की प्रतीक्षा किया करते और ऊँघने लगते। गोष्ठी, समारोह खत्म हो जाते। वे चुपचाप अकेले टहलते हुए अपने घर चले आते।

इधर गाँव में सुबोध मिसिर की बेटियाँ बड़ी हो रही थी। पत्नी के दाँत हिलने लगे थे। हर फसल कटने के बाद खेती पर पानी, बिजली और लगान के कुछ कर्जे बढ़ जाते। उन्होंने एक पर एक तीन एकड़ खेत बेच डाले। अन्त में गाँव के एक बुजुर्ग ने समझाया कि "भाई सुबोध, कब तक नौकरी खोजते रहोगे? यह खेत तुम्हारी

कमाई नहीं हैं जो बेचे जा रहे हो। कल लड़कियों की शादी करनी पड़ेगी।''

तीन दिन से भूखे प्यासे सुबोध मिसिर ने एक दिन अन्तिम रूप से गुरुदेव के चौखट पर मत्था टेका। ''बेटे सुबोध, मुझसे तुम्हारी दशा देखी नहीं जाती'' गुरुदेव ने कहा और रोने लगे।

''कोई बात नहीं गुरुदेव! मैं कुछ माँगने नहीं, आज्ञा लेने आया था। घर जा रहा हूँ।'' उन्होंने शहर के बीचोंबीच थूका और गाँव चले गये।

पाँच साल से गाँव में रहते हुए सुबोध मिसिर को सिर्फ यूरिया का दाम, बिजली के बिल, गेहूँ, धान और ईख का भाव याद रह गया था। अलंकार, छन्दशास्त्र, रस यहाँ तक कि तुक और विचार आदि की मर्यादा तोड़ता हिन्दी कविता का प्रवाह आधुनिकता, मार्क्सवाद और अस्तित्ववाद आदि को अप्रासंगिक करार देता हुआ इन दिनों उत्तर आधुनिकता और विखंडनवाद के समीक्षा सिद्धान्तों से अपनी संगति बिठाने का जोड़तोड़ कर रहा था। सुबोध मिसिर ने सुना कि आज पूरा विश्व एक गाँव बनकर रह गया है। संचार माध्यमों की अचूक पकड़ से कोई व्यक्ति बाहर नहीं है। वे यह सब सुना करते और देखते कि सैकड़ों सुरक्षा गार्डों के बीच प्रधानमन्त्री माँस के निर्जीव लोथड़ों में बिखर जाता है। हजारों जासूसी कुत्ते पाँच साल से हत्यारे की छाया सूँघते घूम रहे हैं। अजीबोगरीब विरोधाभासों और विडम्बना का दौर जारी है। पुरातत्व विभाग के संग्रहालय और अजायबघर की दीवारों पर कालिदास, भवभूति, सूर, तुलसी और कबीर की पांडुलिपियाँ मरे शेरों की खाल की तरह टँगी हैं। शब्द अप्रासंगिक हो गये हैं। कविता और इतिहास का अन्त हो गया है। यह सब सुबोध मिसिर अखबारों में पढ़ रहे थे और देख रहे थे कि यहाँ गाँव में अब भी औरतें शादी, समारोह में छठ और मुंडन के अवसर पर उसी तरह फटी साड़ियाँ और लुगदी पेटीकोट लपेटे गीत गाये जा रही हैं। ठंड में काँपते ठिठुरते धरने और प्रदर्शन पर जाते हुए लोग कबीर के निर्गुण और तुलसी की चौपाइयाँ सुन सुना रहे हैं। नारे लगा रहे हैं। वह अक्सर सोचा करते कि संचार माध्यमों ने जिस दुनिया को एक गाँव में बदल दिया है, उस गाँव के नक्शे में यहाँ की औरतें और लोगों की कोई सूरत और जरूरत क्यों नहीं दिखाई देती? कुएँ में गिरे बैल को निकालने वे लोग क्यों नहीं आते जो मुँह में भोंपा बाँधकर हमें अपने गाँव का वाशिन्दा बताते हुए रोज-रोज चीख रहे हैं। एक दिन उन्होंने देखा कि एक मजदूर नेता की, जो लोककथाओं की तरह प्यारा और खूबसूरत था, एक उद्योगपति और शराब के ठेकेदार ने मिलकर हत्या कर दी। आज उसी उद्योगपति ने हिन्दी का सबसे बड़ा पुरस्कार सबसे बड़े जनवादी और मानवतावादी साहित्यकार को दिया है। फ्लैश चमक रहे हैं। फोटो खींचे जा रहे हैं। विचार, आदर्श और नैतिकता बेमानी। यही है उत्तर आधुनिकता का खूबसूरत मॉडल। एक युवा मजदूर की विधवा ने जिस

सहायता राशि पर थूक दिया उसी के सूद से हिन्दी का सबसे बड़ा पुरस्कार सबसे बड़ा जनवादी साहित्यकार ले रहा है। बेशर्मी की हद है।

ठीक इन्हीं दिनों उन्हें पंजाब के एक विश्वविद्यालय से लेक्चररशिप का इंटरव्यू देने के लिए एक रजिस्ट्री पत्र आया था। तीन दिन पहले। आज जब वे खेत से आकर बैलों को भूसा दाना कराने जा रहे थे तभी उनकी बड़ीवाली बेटी ने उन्हें एक दूसरा पोस्टकार्ड दिया।

यह आचार्य चूड़ामणि का पोस्टकार्ड था। गुरुदेव मुझे अब भी भूले नहीं हैं—यह सोचकर ही सुबोध मिसिर की आँखें छलछला गयीं। कुशलता की कामना के साथ गुरुदेव ने लिखा है कि "अगर तुम्हें फुर्सत हो तो यहाँ चले आओ। पंजाब की यात्रा करनी है। बूढ़ा हो गया हूँ। अकेले यात्रा सम्भव नहीं है और अब यहाँ कोई इतना विश्वसनीय नहीं जिसके भरोसे इतनी दूर जाया जा सके।"

वही तारीख! वही जगह! लग रहा है इस इंटरव्यू में गुरुदेव ही एक्सपर्ट हैं—सुबोध मिसिर खुशी से करीब-करीब काँपने लगे—शायद अब मेरे दुःखों का अन्त होनेवाला है। ठीक पन्द्रह दिन बाद उन्होंने रामधारी साहु से हजार रुपये उधार लिये और गुरुदेव के चौखट पर हाजिर हो गये।

सुबोध ने देखा, अपने घर के बाहरी हिस्से में, जहाँ कभी गाड़ी खड़ी रहती थी वहीं एक टूटी और धँसी चारपाई पर गुरुदेव मैली कुचैली सी चीकट रजाई ओढ़कर बैठे हैं। जगह-जगह से फटी बेडशीट नीचे तक झूल रही है। सर्दी का मौसम था। गुरुमाता चारपाई पर पैताने सिकुड़कर बैठी थीं। एक गठरी हो चुकी गुरुमाता। जब सुबोध वहाँ पहुँचे तो गुरुदेव के चेहरे पर हल्की और थकी मुस्कराहट फैल गयी। उन्होंने कोने में रखे पुराने स्टूल की ओर इशारा करके बैठने के लिए कहा। "गुरुदेव आप यहाँ?" सुबोध ने जगह-जगह से फटी दीवारोंवाले गैरेजे में लावारिश की तरह पड़े गुरुदेव को देखा तो आश्चर्य और करुणा से भरकर पूछा। दीवारों और छत पर वर्षों पुराने मकड़ी के जाले लटक रहे थे। चारों ओर गन्दगी थी।

"हाँ, अब मेरे लिए यही जगह उपयुक्त है। उत्तराधिकार सौंप देने के बाद राजा के लिए जंगलवास ही उचित रहता है।" बोलते हुए चूड़ामणि जी के शब्द, जो कभी नाभि की ओंऽम ध्वनि की तरह थरथराते हुए निकलते थे, आज जैसे आँखों से भीगकर रेंग रहे थे। पंख फड़फड़ाने की कोशिश में गौरैया के बच्चों की तरह मुँह के बल गिर गिर जा रहे गुरुदेव के शब्द—"इधर अब थोड़ा एकान्त रहता है" उन्होंने कहा।

घुटनों में मुँह ढाँपे गुरुआइन अचानक फफक पड़ीं, "बहू उधर जाने नहीं देती। बेटा मउगा है। बात बेबात झिड़कता रहता है। अब तुम्हारे बाबूजी गठिया के मारे चल नहीं पाते। दो मील पैदल जाकर होमियोपैथ की दवा लाती हूँ। दिन भर के

लिए आधा किलो दूध! बेटा, तुमने तो देखा ही है! पाँच-पाँच किलो दूध का चाय बनाती रही हूँ। आज बुढ़ापे में अपनी थाली अपने हाथ धोओ! गिनी हुई रोटियाँ और मुट्ठी भर चावल!''

''चुप रहो भागमान।'' आचार्य ने पत्नी को सन्तोष दिलाया और पूछा, ''बेटे सुबोध! तुम कैसे हो? घर में बाल-बच्चे? और बहू कैसी है?''

''सब ठीक है गुरुदेव। लेकिन आप यहाँ! और इस तरह?''

''नहीं, मुझे कोई तकलीफ नहीं है। पत्नी अपनी आदत से लाचार है। बहू से नहीं पटती। खैर छोड़ो! मुझे यहाँ बहुत सुख है।''

सुबोध ने देखा था वह दिन, कालीन के चारों तरफ बिछी कुर्सियाँ, स्वयं तख्त के मोटे गद्दे पर मसनद के सहारे अधलेटे आचार्य चूड़ामणि का व्यक्तित्व। हिन्दी जगत का यह प्रचंड सूरमा शत्रु शिविर में ऐरावत की तरह, अपने सामने डीन, वाइस चांसलर या अन्त्री मन्त्री किसी को कुछ नहीं समझता था। सूर पंचशती समारोह का विराट समागम! देश के कोने कोने से आये मार्क्सवादी सौन्दर्यशास्त्र से लेकर संरचनावादी समीक्षा सिद्धान्तों के पचासों विद्वान। सबके बीच दिप-दिप करता आचार्य का अपना प्रभामंडल! सभी उनके सामने दंडवत थे। किसी को थीसिसों का परीक्षक बनना था तो किसी को अपनी किताब पाठ्यक्रम समिति से पास करानी थी। किसी को बहू की नियुक्ति चाहिए, तो किसी को यू.जी.सी. की ग्रांट। आज वही गुरुदेव लावारिस की तरह अपने ही घर के एक कोने में खो गये—सुबोध मिसिर भौंचक थे।

''अच्छा तुम ऐसा करो कि मुमुक्ष भवन में जाकर ठहर जाओ।'' आचार्य ने कहा-''कल सुबह पंजाब मेल से अम्बाला तक का रिजर्वेशन है। वहाँ से बस की यात्रा करनी पड़ेगी।''

''गुरुदेव! मैंने भी उस जगह के लिए आवेदन किया था।'' सुबोध ने बताया, ''मेरा भी इंटरव्यू लेटर आया है। क्या आपको मालूम है कि दूसरे कौन-कौन एक्सपर्ट हैं?''

अब तक आचार्य जी के मुखमंडल पर शिष्यत्व की जो ममता झलक रही थी अचानक यह सुनते ही कर्तव्यपरायणता के बोझ से दबकर कठोर रुख बदलने लगी। स्वर मद्धिम हो गया। बोले, ''चलो, यह तो बहुत ही अच्छा है। लेकिन तुम यह बात यहाँ किसी से बताना मत। मुझे तुम्हारी बहुत चिन्ता है।''

गुरुआइन ने कहा, ''अब इन्हें कौन पूछता है बेटा! पहले सब लोग यहीं माथा रगड़ते थे। अब इसी शहर में आकर चुप चुप चले जाते हैं। अगर गोहत्या का भय न हो तो लोग बूढ़े बैल को गोली मार दें।''

लखनऊ से अम्बाला तक की यात्रा आचार्य ने सोकर पूरी की। दूसरे सारे

मुसाफिर उनकी नाक की घर्र-घर्र और खाँसी के मारे ऊब-ऊब कर करवट बदलते रहे। आँखों के अलावा गुरुदेव के सारे अंगछिद्र मिनट मिनट पर विस्फोट कर रहे थे। श्रद्धा अतीन्द्रिय नहीं होती। खुद सुबोध को भी दिक्कत हो रही थी।

अम्बाला से बस का सफर करते हुए गुरुदेव सुबोध से हिसाब-किताब लेते रहे। खेती में कितना फायदा हो जाता है। ''हम लोग बचपन में चने का होला खाकर ईख चूस लेते थे। पेट भर जाता था। शहरों में तो बहुत प्रदूषण और मिलावट बढ़ गयी है। एक तो बिजली नहीं आती दूसरे बिल बहुत देना पड़ता है। 'महिषं च शरद् चन्द्र चन्द्रिका धवलं दधि:'। कालिदास ने लिखा है—शरद कालीन चन्द्रमा की चाँदनी की तरह भैंस की सुन्दर सजाव दही! पढ़कर लार टपकने लगती। यह सब गाँव में ही सम्भव है। शुद्ध हवा और बे-मिलावट भोजन।''

''लेकिन गुरुदेव, गाँव तो नरक हो चुके हैं। खेती की हर फसल किसानों को कर्ज में डुबोकर चली जाती है। दो जून के भोजन के अलावा अब वहाँ कुछ भी नहीं है।''

''यह तुम्हारा भ्रम है सुबोध! शहरों के लिए तुम्हारा आकर्षण ठीक है, लेकिन गाँवों के प्रति तुम्हारे विचार अच्छे नहीं हैं।''

सुबोध ने सोचा—क्यों नहीं आप गाँवों में चले जाते। कौन आपको रोके है। लेकिन गुरुदेव की बात। वे चुप लगाये रहे।

उतरनेवाले स्टेशन के थोड़ा पहले ही चूड़ामणि जी ने सुबोध को हिदायत दी, ''तुम पीछे से उतरकर दूसरी ओर चले जाना। वरना, कोई तुम्हें मेरे साथ देख लेगा तो पक्षपात का आरोप लगेगा। लोग कहेंगे कि 'कैंडिडेट' लेकर आये हैं।''

सुबोध ने कहा, ''जैसी इच्छा गुरुदेव!''

इंटरव्यू बोर्ड में दिल्ली के एक प्रचंड वामपन्थी थे और दूसरे राजस्थान के वामामार्गी। तीसरे स्वयं आचार्य चूड़ामणि, जिनके पुत्र को अभी बनारस विश्वविद्यालय में प्रोफेसर बनना था। सुबोध मिसिर ने इंटरव्यू बोर्ड में बैठे आचार्य को देखा। निर्वीर्य पौरुष की समस्त वासना निरीह आँखों में दीन याचना बनकर चुपचाप बैठी थी। वामपन्थी आचार्य ने उनसे अलंकार और रीति का सामाजिक और साहित्यिक महत्त्व पूछा। राजस्थान के वामामार्गी नाथ सम्प्रदायी आचार्य ने भाषा विज्ञान का 'ग्रिम नियम'।

सुबोध मिसिर सवालों का जवाब ठीक से नहीं दे पाये। इंटरव्यू खराब हो गया। इसलिए नहीं कि पिछले कई सालों से उनकी पढ़ायी लिखाई नहीं हो सकी थी, बल्कि इसलिए कि इंटरव्यू का अच्छा या बुरा होना अन्तत: और एकमात्र एक्सपर्ट पर ही निर्भर करता है। अब उन्हें अपने गुरुदेव आचार्य चूड़ामणि से ही अन्तिम उम्मीद थी।

"तुमने तो मेरी सारी उम्मीद पर ही पानी फेर दिया।" बाहर निकलकर आचार्य चूड़ामणि ने बताया।

"नियुक्ति किसकी हुई गुरुदेव?" बस अड्डे की ओर लौटते हुए सुबोध मिसिर ने बहुत धीमे और रुआँसे स्वर में पूछा।

रात हो रही थी। चौड़ी और चिकनी सड़क। दोनों ओर नियान लाइटों और हाइलोजन के पीले प्रकाश में जलपरी की तरह तैरती भागती कारें। खिलखिलाती लड़कियाँ। समूचा शहर एक नशीले संगीत की लय पर थिरक रहा था। उनका प्रश्न डूब गया था। किसी अदृश्य लोक की स्वप्न सुन्दरी ने अपने वैभव का पारदर्शी नीला आँचल बाजारों के ऊपर फैला दिया था। पैदल चलते हुए आगे-आगे गुरुदेव और पीछे सुबोध मिसिर। वह अपने गाँव के रामधारी साहु से उधार लिये एक हजार रुपये, अपनी पत्नी और जवान होती बेटियों के बारे में सोच रहे थे। कहाँ से चुकाएंगे यह एक हजार रुपया। उनका दिल डूब रहा था। गुरुदेव ने बताया, "रजिस्ट्रार की पुत्रवधू की नियुक्ति हुई है। सब कुछ पहले से तय था। कहने को लोग वामपन्थी बनते हैं, लेकिन प्रोफेसरों की एक ही जाति होती है, और एक ही विचारधारा। कौन उन्हें परीक्षक बनाकर हवाई जहाज का किराया दे सकता है! बस। मैंने बहुत दुनिया देखी है। बनारस विश्वविद्यालय में प्रोफेसर की नियुक्ति होनेवाली है। शायद यही एक्सपर्ट होकर आयें। इसीलिए मैं चुप लगा गया। किसी तरह श्रवण कुमार प्रोफेसर हो जाता।"

अम्बाला कैंट तक पहुँचने में रात के नौ बज गये थे। गाड़ी अभी चार घण्टे लेट थी। "ए.सी. और फर्स्ट क्लास में मैंने बहुत यात्राएँ की हैं। ऊब और एकान्त अब सहा नहीं जाता। देखो, सेकेंड क्लास में रिजर्वेशन मिल पाता है या नहीं?" आचार्य ने सुबोध से कहा, "तुम टी.टी. को बता देना कि बनारस विश्वविद्यालय में प्रोफेसर हैं।"

कुर्ते के नीचे मारकीन की बनियान। बनियान के भीतर चोरथैली। रामधारी साहु की बनियान की तरह आचार्य की बनियान में भी चोरथैली। ए.सी. का किराया मिला है। लेकिन गुरुदेव ने चोरथैली से निकालकर सौ सौ के दो नोट सुबोध को थमाये, "सेकेंड क्लास का टिकट ले लेना।"

"अभी गाड़ी आने में बहुत देर है" चूड़ामणि जी ने सुबोध से कहा, "यहाँ से तीन किलोमीटर दूर एक देवी का मन्दिर है। एकदम निर्जन स्थान में। कहा जाता है कि सच्चे मन से वहाँ माँगी गयी हर मन्नत पूरी हो जाती है। मुझे तुम्हारी भी बहुत चिन्ता रहती है सुबोध!"

शायद गुरुदेव मेरे लिए सोच रहे हैं। अगर कोई गुरु देवी के सामने जाकर सच्चे मन से अपने शिष्य के लिए मन्नत माँगे तो समूचे ब्रह्मांड में इससे पवित्र

प्रार्थना और क्या हो सकती है? सुबोध ने सोचा।

अँधेरी रात है। निर्जन स्थान। रिक्शा तो मिलेगा नहीं। "लेकिन कोई बात नहीं गुरुदेव! गाँव का रहनेवाला हूँ। बोझा ढोने की आदत है। ईख और ज्वार के बड़े बड़े बोझ खेत से लेकर आता हूँ। तीन किलोमीटर कोई दूरी नहीं है!" सुबोध ने कहा और गुरुदेव का भारी होल्डाल और अटैची सिर पर लादकर चल पड़े। अपना झोला उन्होंने गले में लटका लिया। "आप बस रास्ता बताते जाइए गुरुदेव!"

एक किलोमीटर बाद शहर खत्म हो गया। मुख्य सड़क से हटकर खेतों के बीच एक पगडंडी। दो किलोमीटर और चलना है—गुरुदेव ने कहा, "पता नहीं क्यों मुझे आज बहुत डर लग रहा है।"

गहरी अँधेरी रात थी। सिर पर भारी होल्डाल, अटैची और गले में झोला लटकाए आगे आगे सुबोध मिसिर और पीछे-पीछे अब भूतपूर्व हो चुके बनारस विश्वविद्यालय के अभूतपूर्व आचार्य चूड़ामणि। उनके पैर बार बार धोती में फँसकर उलझ जा रहे थे। जाड़े का मौसम था। तेज बर्फीली हवा चल रही थी। "लग रहा है शिमला में बर्फ गिरी है। इस साल ठंड बहुत पड़ेगी।" कम्बल को कसकर शरीर पर लपेटते हुए आचार्य ने कहा।

"मुझे तो पसीना हो रहा है गुरुदेव!" सुबोध मिसिर की काँपती आवाज होल्डाल के भारी बोझ से दबी जा रही थी।

"गाँव का आदमी श्रम करता रहता है। कर्मवीर और सच्चा प्रकृति पुत्र। इसीलिए नीरोग रहता है। पता नहीं क्यों आजकल लोग शहरों की ओर भाग रहे हैं। मुझे तो गाँव बहुत अच्छे लगते हैं। रिश्तों की आदिम गन्ध में डूबे गाँव। शहर में तो कोई किसी को पहचानता ही नहीं। चारों ओर मतलब और स्वार्थ!" गुरुदेव ने कहा।

बस, बस यही सामने। चारों ओर ईख और धान के कटे खेत। सन्नाटे में डूबा छोटा सा मन्दिर। तेलियों के बटखरे की तरह काली और बेढब सी गुप्तकालीन पत्थर की मूर्ति। न कोई तराश न भव्यता। आचार्य ने आँखें बन्द कीं और श्रद्धा से हाथ जोड़ा। "विदेशों में यह करोड़ों की बिकेगी। सरकार को सुरक्षा का इन्तजाम करना चाहिए।" गुरुदेव ने चिन्ता जताई और बताया, "हल जोतते समय खेत के भीतर मिली थी यह मूर्ति।"

गाँव में तो कोई इसका पाँच रुपया भी नहीं देगा। सुबोध ने आश्चर्य से गुरुदेव को देखा।

"पहले तुम अपने लिए कुछ माँग लो!" आचार्य ने कहा—"लेकिन पूरे मन से तन्मय होकर। स्पष्ट उच्चारण के साथ।"

सुबोध हाथ जोड़कर खड़े हो गये, "माँ, मुझे नौकरी चाहिए! हाई स्कूल,

इंटरमीडिएट से लेकर बी.ए., एम.ए. किसी भी कक्षा में पढ़ा सकता हूँ। मुझे पढ़ाने की नौकरी चाहिए माँ! मैं गुरु ऋण से उऋण होना चाहता हूँ। सरस्वती का कलंक सिर पर लादे, मैं अपनी समूची आस्था के साथ तुमसे पाप मुक्ति की प्रार्थना कर रहा हूँ। मुझे गाँव के अँधेरे नर्क से निकालकर चाहे जहाँ कहीं भेज दो। मैं वहाँ नहीं रहना चाहता। सारा गाँव मेरी पढ़ायी लिखाई पर हँसता है।''

काली अँधेरी रात। निस्तब्ध सन्नाटा। सुबोध प्रार्थना कर रहे थे। उनके एक एक शब्द, जैसे चिता में आत्मदाह करती किसी विधवा की चीख आग की लपटों में छटपटा रही हो। उनकी आँखों में आँसू छलछला आये थे।

उसके बाद आचार्य चूड़ामणि जी मूर्ति के सामने उपस्थित हुए। सुबोध ने सोचा, जो कुछ कसर रह गयी होगी मेरे माँगने के ढंग में, उसे गुरुदेव जरूर पूरा कर देंगे। वे चूड़ामणि जी के ठीक पीछे निश्छल भाव से खड़े हो गये। भावमग्न।

आचार्य ने पहले हाथ जोड़ा और फिर आँखें मूँद लीं। तीन चार लम्बी-लम्बी साँसें खींची। प्राणायाम की दीर्घ साधना में उन्होंने शब्द को नाभि तक खींचकर थरथराते मन्द्र स्वर में पहले ओऽम का उच्चारण किया। फिर हाथ को माँ के पैरों पर टेक कर जमीन पर लेट गये। थोड़ी देर तक एकदम शान्त। अचानक उनके गले से रोने की आवाज फूटी। सुबोध ने देखा, दुनिया का सबसे दु:खी आदमी माँ के पैरों पर गिरा पड़ा है। करुण हिचकियों में गुरुदेव के शब्द डूब उतरा रहे थे, ''माँ, मेरे बेटे को प्रोफेसर बना देना। हाँ माँ प्रोफेसर! समूचा हिन्दी जगत मेरे उपकार के बोझ से दबा है। लेकिन मुझे अब किसी पर भरोसा नहीं रह गया। मेरा दुर्दिन जानकर मेरे ऊपर दया करो माँ!''

यह क्या कह रहे हैं गुरुदेव! सुबोध मिसिर थरथर काँप रहे थे। कृतघ्नता का यह चरम रूप देखकर वे किंकर्तव्यविमूढ़ हो गये।

''अच्छा तो गुरुदेव, प्रणाम! मैं जा रहा हूँ।''

आचार्य ने सुना और लेटे लेटे पीठ के बल उलट गये, ''मुझे इस तरह यहाँ अकेले छोड़कर सुबोध?'' उन्होंने याचना के से स्वर में पूछा।

''हाँ! इसी तरह। इसी अँधेरे में। यहीं पड़े-पड़े आप रोते रहें।'' सुबोध के हाथ में एक हल्का सा झोला था। वे उसे उँगलियों में नचाते, गुब्बारे की तरह हवा में लहराते चले जा रहे थे।

अचानक उन्हें अपने पीछे किसी की हिचकियाँ और रोने की आवाज सुनाई दी। उन्होंने मुड़कर देखा। उन्होंने देखा कि सिर पर भारी होल्डाल और अटैची लादे आचार्य चूड़ामणि भागते गिरते पड़ते चले आ रहे हैं।

❑❑

णाणं
पयासयं
2470
1944
भारतीय ज्ञानपीठ